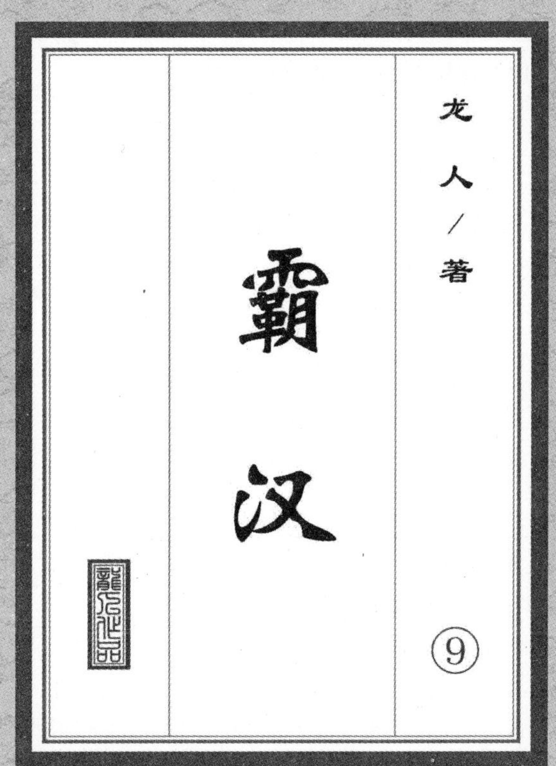

二十一世纪出版社集团
21st Century Publishing Group
全国百佳出版社

图书在版编目（CIP）数据

霸汉：全10册 / 龙人著 . -- 南昌：二十一世纪出版社集团，2017.10

ISBN 978-7-5568-3101-2

Ⅰ . ①霸… Ⅱ . ①龙… Ⅲ . ①长篇历史小说—中国—当代 Ⅳ . ① I247.5

中国版本图书馆 CIP 数据核字 (2017) 第 243760 号

霸汉：全10册　　龙　人著

责任编辑　敖登格日乐
出版发行　二十一世纪出版社集团
（江西省南昌市子安路75号　330025）
www.21cccc.com　cc21@163.net
出 版 人　张秋林
经　　销　新华书店
印　　刷　北京龙跃印务有限公司
版　　次　2018年2月第1版　2018年2月第1次印刷
开　　本　710mm × 1000mm　1/16
印　　张　160
字　　数　1600千
书　　号　ISBN 978-7-5568-3101-2
定　　价　498.00元（全10册）

赣版权登字—04—2017—743

目 录

第八十三章　济水杀机

刘玄神色间无喜无忧，问道："还是没有他的消息？"

廖湛的神色却有点尴尬，点头道："是的，我都已经派出了十多路探子，但是却无法掌握到刘秀的行踪，而且……"

"而且什么？"刘玄淡淡地反问道。

"而且只有两路探子负伤而回，其他的都无任何动静！"廖湛无可奈何地道。

刘玄依然平静，反问道："你以为这些没有回来的人去了哪里？"

"以臣之见，只怕是凶多吉少！"廖湛尴尬地道。

"会是谁干的？是刘秀吗？"刘玄又问。

"应该不是，回来的人说，他们根本就没能找到刘秀的行踪，就已经被别人发现了。于是，那些人便向他们出手了，其中有很多高手！"廖湛道。

"没有原因？"刘玄的眉头一皱，冷冷问道。

"没有原因，就像是双方有着深仇大恨一般，那些人一上来便不说一句话就出手，这两路探子也是好不容易才得以逃脱！"

"一群饭桶！"刘玄也不由得恼骂道，旋又冷冷地道："这样的人也敢回来见你？"

"所以臣已经杀了他们！"廖湛肯定地道。

"你做得很好，我手下不需要废物，看来我们都低估了老三，也低估了大哥！”刘玄深深地吸了口气道。

“圣上认为这可能与春陵刘家有关？”廖湛吃了一惊问道。

“没有人比我更了解春陵刘家，但我却仍看不透大哥究竟布置了一些什么。”刘玄不无感叹地道。

廖湛心头微有点发寒，如果连身为春陵刘家的二公子都无法清楚春陵刘家的布置，那么刘寅又会可怕到何种程度？不过，值得庆幸的是，刘寅死了，若是没有死，恐怕会更具威胁。

“老三是个聪明人，事事料敌先机，居然避过我的传诏，还能够脱出我探子的耳目，相信他定是在一路上安排了很多人！看来他早有逐鹿中原之心，否则在中原又如何能安排这么多神秘的力量？”刘玄自语道。

“他不过仅拥有一城之力而已，虽然有任光支持，但兵不过十万，何况又有王郎的威胁迫在眉睫，圣上却是复大汉江山指日可待，届时下令征讨天下，又有谁敢不服？”廖湛道。

刘玄不由得笑了，淡淡地吸了口气道：“虽得中原，但岂能就轻言复大汉江山？北方以黄河为屏，有一脉平川的富饶，若是未能平定，何谈天下？”

顿了顿，刘玄又道：“你不曾听说天下有四君的传闻吗？”

廖湛尴尬地点点头，道：“那只不过是一些谣传而已，根本就不属实！”

“这个世上本就没有很实在的东西，人活着就是最为重要的，但有时候却往往被他人所忽视，这真是一种悲哀！”刘玄不无讥嘲地道。

廖湛无语，他自不能反驳刘玄的观点，如果是以前的刘玄，他或许敢反驳，但现在的刘玄已不是昔日的刘玄了。

“王郎只怕根本就不是老三的对手，江湖中人的眼光是雪亮的，他们不看好王郎却选择老三，这并不是没有原因的。如果让我选择对手，我宁可选择两个王郎，也不愿意选择老三！”刘玄深吸了口气道。

“圣上也太高估刘秀了吧？”廖湛终于有点不认同。

刘玄望了廖湛一眼，依然很平静地道："我之所以不愿意选择老三，并不是因为他是我的亲弟弟！你应该明白，任何可能成为我阻碍的人，都是我的敌人，不管他是什么身份！"

廖湛被刘玄看得有点心寒，所幸刘玄并没有一直盯着他，而是又继续道："说到玩手段，只怕天下间能玩得过老三的人绝不多，王郎虽苦心经营了数十年，但是因其目光短浅，不擅利用形式，所以到现在也无法雄霸北方。而老三出道才一年多时间，却声名鹊起，天下侧目，那是因为他善于利用一切的外在环境和机会，能将最小的机会发挥最大的作用。如果你给了他一个机会，那他便可以让你万劫不复！除非他不出手！"

廖湛心中仍有点不服，他并未与林渺交过手，一切只是止于传闻，因此，他自是不以为意。

"那圣上准备如何呢？"廖湛试探着问道。

"如果无法将之除掉，便只能选择先稳住他！待他与王郎拼个你死我活之后再出手！"刘玄叹了口气道。

"圣上，前日王常送了百万两银子给姜万宝，只怕……"

刘玄眉头一掀，打断廖湛的话道："此事我知道，这是当日姜万宝送给王常天机弩的补偿，这只是他们之间的赌注！宛城果然在一年之内大破，姜万宝赢了，这是他应该得到的东西！"

"可是，如果姜万宝拿这百万两银子去支持枭城军，那岂不是助长了枭城的气焰？"廖湛不无担忧地道。

刘玄一笑道："这个不用你担心，朕自有安排！"

廖湛怔了怔，不再多话，但心中却有种怪怪的感觉生出。

狄英豪很是紧张，船身在水中颠簸得很厉害，他只好紧紧地抓住船舷，居然比马儿还要紧张。

艄公朝他笑了笑，好像是从没见过比他更害怕水的人。

狄猛和狄龙要稍好一点，虽然也不怎么懂水性，但在船上倒也安稳。

林渺和晴儿却感到很是好笑，他们俩乘坐一艘船，十分自在。

对于水，林渺从来都没有怕过，反而觉得比在岸上更为亲切。就是因为水，他才数次死里逃生，还杀了杀手盟最可怕的杀手鬼影子和剑无心。

船到河心，林渺的脸色微变，晴儿却突地掠身扑向那艄公，而在此时，船身裂成数截，化为碎木。

“砰……”艄公的大桨在晴儿的掌下爆裂，但其中竟迸出了一根极长的水分刺。

“叮……”林渺弹出一截碎木。

分水刺在碎木的相撞之下，偏向一旁，但艄公在晴儿的掌势攻到之时倒投入水中，竟水花不惊。

“轰……”水面在晴儿的掌力之下凹进一个大坑，但迅速又恢复。

健马惊嘶地落入水中，林渺却一把抓住了欲追入水中的晴儿。

“祭水上师!”狄龙吸了口凉气，他顿时认出了那根分水刺。

“他是一个水下高手，入水水花不惊，你水性不如他!”林渺脚下踏着两片碎木，在河水之上，如一片飘叶。

狄猛突地意识到什么，转身扑向他船上的艄公。

那艄公一声长笑，跃身便纵入水中。

“轰……”那艘小船被林渺一拂袖的气劲撞得横移五尺。

三匹战马一挤，竟全都落水，狄英豪自小修练擒拿手，手法之稳自不用说，尽管他怕水，但却在船身横移之时并未跌入水中。

狄龙和狄猛也差点跌下水，脸色变得很难看，但他们很快明白了林渺的用意，因为在船身刚才停留的位置翻起一个巨大的水花，显然是祭水上师欲击穿他们的小船，但被林渺识破了。

这船身毫无征兆地横移五尺，确实出乎祭水上师的意料之外，因此，水下的一击竟落空，但晴儿撒手打下一把暗器。

暗器入水，如雨珠洒下，有几条鱼儿漂起，却没有对祭水上师构成威胁。

“呼……”小船再次冲出一丈，因为林渺与晴儿已落在船身上。

船尾震了一下，水中之人没击中船底，却击中了船舷，但船身又顺水冲出五尺。

林渺大袖一挥，两股强大的气流冲在船尾的河面之上。

小船如过江之卿一般，在水面上标起，整个船首几乎全都昂出了水面。

狄龙父子正欲站直身形，但站立不稳，摔在船舷之上，狄英豪死死地抓住船舷不放。

“抓稳了！”林渺呼喝着，船身在无桨之下也迅速滑出四丈有余。

船尾下沉，尾后的浪花翻腾，在林渺沛然狂野的气劲催逼之下，船行如飞。

战马在水中挣扎，却被浪头卷走。

船后冒出一颗脑袋，却在丈许之外，但脑袋才冒出来，便迎头盖脸的是晴儿的一把暗器，那脑袋便又只好沉入水中。

“祭水，要是你能追得上，我就下水找你！”林渺长笑道，手中却一点也不松。

他不能与祭水在河心相斗，尽管他自认水性绝佳，但祭水乃是以水出名的水中高手，任谁想在水中与之相斗，都得慎重，何况狄家三人都不会水性，若落水则唯有死路一条。

因此，林渺便与祭水比速度！

比速度，这并不是不可以。若是普通的船速自无法与祭水的速度相比，但这一刻却不是，小船经林渺的强大功力催逼，其速较之游鱼还快，而祭水在水中的游速会比游鱼还快吗？

人毕竟不是生活在水里的生命，除了当年的水中无二之外，谁能在水中的速度快过游鱼？

相传，当年水中无二在水中行走的速度疾若奔马，因此而成了邪道第三大高手，更是杀手盟中排行第二的绝世高手，只可惜他遇上了武皇刘正。

即使是水中无二也无法逃过这个天下无敌的武皇刘正的屠杀！这是水中无二的悲哀，不过，江湖中从来都没有人忘记过这个可怕的杀手。

而今的祭水能与水中无二相比吗?

答案是肯定不能，如果祭水能与水中无二相比，也便不只是个上师了，而应该是法王！因此，林渺便与其一赌。

祭水自然不想放过林渺，如果这次他放过了林渺，便再不会拥有这么好的机会了。在陆地之上，便是他再聚两大上师也不是林渺的对手，因此他唯有追！

林渺的机警与晴儿的反应确让祭水意外，两人配合那般默契，以至于他没有时间来凿沉另一艘船。

林渺并不是第一次在河面之上遇袭，而晴儿那超乎寻常的灵觉，使他们在祭水心思一动之时便已经惊觉。

狄猛稳住身子，也来到船尾，挥掌击水推舟。

两股气劲在水面上翻卷，船行更速，在河面上划过一道水线。

祭水和那几名船夫全都沉寂于水中不见踪迹。

虽然河水清澈，却极深，并不能看清水底之物。因此，林渺并不能知道这些人此刻所处的位置。

小船飞速向对岸滑去，如掠过水面的飞鸟。林渺的功力似乎挥之不竭，越催越勇，使船身几乎是在水面上跳跃而行。

而在此时，一艘大船自上游顺风疾驰而过，迎风招展的大旗之上，斗大的一个描金“迟”字，映入林渺的眼中。

林渺顿时精神大振，一声长啸，如凤鸣长啸，激荡于两岸山谷之间。

林渺啸声刚起，河对岸也响起了一阵长啸，高昂苍劲。同时，四道人影如飞鸟一般向河中的林渺方向扑来。

林渺骇然，他对四人绝不陌生，正是那日在谷城围攻摄摩腾的四谛尊者。

四谛尊者居然也守候于此，他是见识过这四人联手之威的，当时连摄摩腾的武功都只有逃走一途。

狄龙也识得四谛尊者，是以他的脸色也变得很难看。

“待会儿必须分开他四人，狄猛、狄龙，你们便缠住无常尊者，晴儿和狄英豪便对付无我尊者，剩下的两人就交给我，绝不能让他们有联手布阵的机会，可知？”林渺沉声吩咐道。

晴儿看林渺的脸色，便已经知道这四个人绝不简单，甚至是最大的威胁。

“他们是什么人？”晴儿问道。

“王母门下的四大尊者，大日法王之下最厉害的人物！”林渺解释道。

狄龙和狄猛见林渺一开始便分配给他们任务，知道林渺一定是熟悉这四人，心中也暗松了口气。

他们自然知道四谛尊者的可怕，更明白这四人合击的阵法，连大日法王都没有把握言胜。但狄猛和狄龙明白，如果他们父子联手对付无常尊者，确实有一战之力，但是剩下的苦尊者和空尊者，林渺一人能够对付得了吗？

“还有水中的祭水怎么办？”狄龙担心地问道。

“他们有人去对付！”林渺一挥袖，小船顿时改向，向上游的那艘船迎头赶去。

“他们是什么人？”晴儿这时也注意到了那极具气派的大型战船，船上的人面容已清晰可见。

“我们的弟兄，黄河帮的人来接应我们了！”林渺解释道。

狄英豪刚才还在担心，这一刻见那居然是黄河帮接应的船。

久闻黄河帮横行水道十数年，水下功夫自然不会差，如果有黄河帮的人出手，自不用再担心祭水的威胁。

“砰……”祭水居然在船身改向之时撞中了船尾，但还没来得及再潜至船底之时，船身倏地冲出了丈许，又拉开了一段距离。

林渺不由得骇然，此人在水下的速度竟有如此之快，而且一直便追在船尾，只要船速稍减一点，便可潜入船下对船体造成巨大的破坏。

狄猛更不敢怠慢，忙运功催船。

晴儿此刻也知道，那要命的祭水上师便在船尾不远处，她也不敢怠慢，仔细地盯着船尾水下的每一寸可疑之处，她绝不想给祭水毁船的机会。

而大船顺流而下，也极速，百丈距离顷刻间便至三十丈，而四谛尊者也在数十丈外驾四艘小船如飞而至。

林渺的船便是追逐的中心，这一刻，狄英豪心中踏实多了，因为他的计算之中，在几组力量赶过来之前，他们足以赶到大船边上，上了大船他便可以松一口气了。

大船之上也有两乘小舟脱开船身向林渺的小船快速迎来，却是铁头与洞庭二鬼及几名黄河帮的水手。

他们似乎也看出了林渺的窘态，是以，他们抢先而出，驾舟如飞般迎向林渺。

小舟的速度自然要比大船快多了，难得的是铁头身上竟未带巨桨。

“主公，这几只小泥鳅便交给我们吧！”铁头朗声高呼了一声，在十丈之外的船上如一只横空而过的青蛙般窜入水中，惊起点点水花。

洞庭二鬼也是一身精赤，腰扎分水刃，纵身随在铁头之后窜入水中，几如溜水的蛇一般，声息极小。

“他们的水性定很好！”晴儿见这三人入水的动作，不由道。

“那当然！”林渺也很自信，这三人水上水下的功夫都可称是高手。

尤其是铁头，跟随林渺这些日子，武功也是突飞猛进，因其绝对的忠心，林渺并不将自己的武功藏私，自《霸王诀》上的一些武功中挑选一些传给铁头，所以铁头和鲁青这些日子来，确实已不同于往日。

林渺的船与那四只小船擦肩之时，大船便已到了，而在小船后不远的水面之上，翻起了巨大的水花。

显然是铁头与祭水上师的人已经交上了手。

"主公!"大船之上放下软梯，赤练剑和驼子恭敬地立于软梯边。

船头之上的黄河帮弟子已搭好天机弩对准了飞驶而来的四谛尊者。

狄英豪最先上船，林渺却向驼子打了个手势，并不上大船，而是跃上一只小轻舟之上，在河面上顺水飘摇，与那逼来的四谛尊者遥遥相对。

四谛尊者的四叶轻舟在河水之中穿梭，以一种奇异的轨迹运运动向大船逼近。

林渺却已长啸一声，人随轻舟，在大船将四船分于两边之时，已飞撞向空尊者，如一只掠波的燕鸟。

快，若射出的弩箭!

或者说，林渺与他的轻舟本身就是一支弩箭。

他不想给空尊者太多的机会，更不想四谛尊者有联手的机会。

空尊者吃了一惊，他这已不是第一次与林渺交手，但却比昔日任何一次都要来得猛烈而狂野。

强大的杀气激得浪滔如自九天之上狂泄而下的瀑布，席卷了十数丈。

苦尊者也惊，林渺的攻势让他吃惊，让他感到骇然，是以，他掠身自侧面狂攻林渺，他知道，空尊者接不下这一击。

他们此来的目的本就是为了杀林渺，皆因林渺太狂，狂得让大日法王恨。

林渺杀了四大上师，更让疾风重伤，几乎成了残废，这使得王母门的人大为震怒。

还没有多少人敢对王母门这般宣战，尽管其为西域的一大门派，但在中原活动已不止十年二十年，早在成帝之时他们便已涉足中原，大日法王之名更是成了一个极为传神的名字，而林渺却向他们叫嚣。

林渺只不过是个成名才年余的黄毛小子，竟然如此之狂，大日法王又如何能忍？是以，便派出四谛尊者欲追杀林渺。

那日林渺在谷城无意之中救了摄摩腾，而让四谛尊者心中大恨，因此，对林渺，四谛尊者自然不反对对付这个屡屡坏他们好事的人。

只是今日的林渺已不是昔日的林渺，更不像孤家寡人的摄摩腾。

想要对付林渺，那便必须面对所有拥护林渺的人，而这之中包括林渺自身的力量及江湖中各道上的人马。

空尊者一路跟了林渺很久，但他们并没有见到林渺身边的其他人。因此，黄河帮战船的出现只能是一个意外。

他们哪里知道，晴儿一感到有人跟踪之时，林渺便立刻传书让铁头诸人在济水接应。

眼下济水之地，已经差不多都是黄河帮的势力，获索和富平根本就无力抗拒，因此，黄河帮接应于此也是极为正常的。

空尊者横移小舟，但又怎可能避开这十余丈的浪头？那股沛然而狂野的杀气只让他感到一阵心寒。

“轰……”空尊者连人带船一起被巨大的浪头吞没，在一片迷茫之中，他感觉到了林渺的存在，于是他立刻出手了，全力而为。

苦尊者冲向林渺，却发现自己竟也陷入了一片混沌迷茫之中而无法看清目标，但却感受到一股强大的生机在这滔滔河水之中无限狂涨。他知道，林渺已经出手了。

林渺已经出手了，十余丈宽的浪滔骤然凝成一柄硕大无比的巨刀。

水刀，首尾长十丈，刀体之中，凝着林渺与其所乘的轻舟，自虚空狂斩而下。

空尊者只觉眼前一亮，浪滔消失，但取而代之的却是在阳光之下闪烁着异彩的巨刀。

森森的寒意来自刀锋，自各个方向折射着阳光，而使得虚空之中幻出一幕淡彩的虹，蔚为奇观。

“呀……”空尊者大吼一声，身形暴涨如球，轻舟射起撞向刀锋。

“轰……”

刀碎，轻舟化为碎末，空尊者如一块沉重的石头疾坠而落，在空中爆出一阵惨哼，洒下一抹血花。

苦尊者大骇，在水刀碎裂之时，他已经攻入了林渺的身前，但他发现了另一柄刀——冰刀！

冰刀，晶莹通透，映射着刺眼的光芒，两丈余长的形体在空中横切而过。

寒气透入骨髓，整个河面的色彩都变得绚烂多姿。

林渺，便是冰刀的把柄，整条轻舟都凝于冰刀之中，如厚厚的刀脊。

如此怪异的感觉确实让苦尊者骇然，此刻正是骄阳如火的暑天，但是虚空却凝出一柄冰刀，这怎不让他骇然？

“当……”冰刀与苦尊者的铁杵相交，爆出的声音清脆而悠扬。

冰刀的刀锋爆碎，但冰粒如暴风雨一般洒向苦尊者，皆带着飕飕的风声。

苦尊者只感到一股奇异的寒流自铁杵之上钻入经脉之中，他脚下的船几乎被压下了水底。

冰雨飞溅，苦尊者不得不退，却无法带着轻舟横移，轻舟在冰雨之下被砸得千疮百孔，已成一堆废木。

林渺的轻舟在空中竟旋转起来，自浪尖之上掠过，而他手中却出现了真实的刀。

平凡而朴实的刀！

刀锋拖过一道长长的光彩，碾过苦尊者那破碎的小船，如飞般撞向正朝水面坠落的空尊者。

大船上的黄河帮战士与众高手们皆看得心摇神驰，没想到林渺的刀劲居然如此猛烈，攻势之狂让人为之咋舌，这更激得众人斗志大盛。

无常与无我两大尊者的小舟将近，便迎来了密密的弩矢。

天机弩的威力足以穿甲破盾，尽管无常与无我两大尊者的武功超卓，却也不敢轻撄其锋，小舟几乎直立于水上，如一面坚盾，在注入了强大的功力之下，竟挡住了箭雨。而后，两叶轻舟如巨斧一般撞向巨大的战船。

黄河帮的弟子也骇然，这两人的轻舟如果撞上船体，只怕会让大船损伤不小，但便在此时，几条人影自大船之上狂掠而出，直撞向那飞来的轻舟。

狄龙和狄猛父子扑向无常尊者，而鲁青和晴儿则扑向无我尊者。

狄英豪因不识水性，只敢呆在大船之上，狄猛和狄龙因得林渺的吩咐要其对付无常尊者，是以尽管二人水性不好，却依然丝毫无惧地扑向无常尊者。他们也不想大船受损，否则还有何面目见林渺？

“轰……轰……”两叶小舟在未撞到大船之前纷纷碎裂。

狄猛和无常尊者对了一掌，身子与碎舟的狄龙同时坠落河水之中。

鲁青与晴儿两人却是将无我尊者的小舟截下，让其登船不得。

无常尊者和狄猛对一掌之时，身子依然如苍鹰般扑向大船之上，便在此时，他发现眼前亮起了一片雪亮的剑花。

赤练剑出手了，他一直都等候在船舷之畔，等待着最要命的一击。

赤练剑出手，狄英豪的骨节也爆出了一串脆响。他已经迟疑了一步，不能再在这些人面前丢丑了。

“叮叮……”赤练剑在虚空中与无常尊者相交如金珠落玉盘般，清亮悠长。

赤练剑斜落于甲板之上倒退两步，而无常尊者也向河中坠落。

"噗……"而此时，无常尊者手臂忽长，竟一把抓住了船舷。

无常尊者抓住船舷的刹那，狄英豪的手也抓住了他的手。

无常尊者闷哼一声，但身子却像是荡竹竿的猴子一般，翻身落上甲板。

狄英豪也冷哼一声，手心一抖，无常尊者的身子又抖了出去，他可不想让无常尊者上得船来。

林渺的刀在虚空中抹向苦尊者，便在苦尊者几乎避无可避之时，河面突地爆开一个巨大的水花，空尊者破水而出。

空尊者的钺影准确地截住林渺的刀锋，但却被林渺的轻舟撞上。

空尊者的身子如中巨杵，飘飞而出，像一只放飞的纸鸢，在空中洒下一抹血光。

苦尊者怒号一声，空尊者连受两记重击，而他们两人联手居然无法压住林渺的攻势，而且一上来便为林渺的气势所慑，将其可能存在的联击破坏无余。

林渺脚下的轻舟也化为碎末，这是空尊者以身相抗的代价。

林渺却知道，空尊者也同样是铜筋铁骨，这一击虽能让其受重伤，却并不能夺其命。

轻舟碎裂，但林渺却依然踏着一块木板在浪尖之上划过，并未停下对苦尊者的攻势。

苦尊者确实有点苦，在滔滔的河水之中，毕竟不如陆地之上，他没想到在河水之上，林渺居然如此可怕，这一刻，他倒有些后悔选择了这样一个环境来对付林渺。

如果四谛尊者联手，那时便不惧林渺了，但是那艘巨大的战船竟将他们四分在两边而无法相聚，使四谛尊者根本就无法组成联合之势。

这船巨大的战船的出现只是个意外，而任何的意外都可能造成最为致命的打击。

这里毕竟是中原而不是西域，在中原，王母门虽狂，但与林渺的实力相比，却是相去甚远。在人员和物资之上，中原并没有多少人能真的胜过林渺。

皆因各方支援之下，林渺几乎是在任何地方都可以得到支援。

仅中原之地便有小刀六散于各地的分坛，另外便是春陵刘家的生意网及湖阳世家的人，这些力量的任意一支都足以让人心惊，但林渺一人却得到了三支力量的相助。因此，四谛尊者想在中原对付林渺，确实有点小看了这个对手。

苦尊者接下了林渺横空出世的十数刀，而在水面之上也倒滑了五丈之多，几乎被林渺那刀锋强大的震力击沉入水中。

而在林渺的狂击之下，苦尊者却骇然发现，空尊者竟被潜入水下的黄河帮弟子擒上了大船，几乎是灌了一大肚子水。

空尊者本就受了重伤，这刻再喝一肚子水，哪还有力气挣扎？竟被黄河帮的一名小小的喽啰给揪住了。

苦尊者心神大分之际，却在林渺的刀下手忙脚乱，让其刀气破体而入，整个身子都几乎要沉入水中。

蓦地，苦尊者感到脚下一紧，一双手竟自水下紧扣其双足，大骇之下用力一挣，而林渺指出如电，连点其数大要穴。

苦尊者惨然被擒，心中气苦，却无力相抗。

无我尊者比无常尊者要狼狈多了，鲁青与晴儿联手，几乎使他无还手之力，而他的武功本就与无常尊者相去甚远。

无常尊者乃是四谛尊者中武功最强的，狄猛、狄龙与赤练剑三人联手却仍未能占到便宜，不过无常尊者却是知道，今日他们根本就不可能占到任何便宜，他甚至想登上大船都不行，船上拥有太多的高手。

无常尊者看到了被擒的空尊者，但是他却无力相救，而后又看到了苦尊者为林渺所制，他立刻知道不妙，便转身投入无我尊者的战团之中。

“走!”无常尊者逼退晴儿与鲁青，只向无我尊者说了一句话。

无我尊者已是无力为继了，又岂会再待，纵身踏着舢板便向河岸上退走。

无常尊者也绝不停留，在狄龙和狄猛赶上来之时，也踏水而去。

林渺若飞鸟般跃上大船，苦尊者庞大的身躯被掼在甲板之上。

“两位走好，回去告诉大日法王，如果想要祭水上师、空尊者和苦尊者的命，那就用心仪来换！否则，你们就等着收尸和滚回西域吧!”林渺长声呼道。

无常尊者心中大恨，回应道：“今日之惠，我定铭记于心，他日自当回报!”

“乞盼早日回复!”林渺坦然，既然已经与大日法王撕破了脸，便不必再客气。

“哈哈哈……两人一起回去似乎是太浪费了，只你一人回去就行了!”一阵朗笑自江畔传来，同时一道身影直迎向正欲上岸的无常尊者，迅如飞燕。

无常尊者大惊出手之时，那身影一滑，竟自其身旁侧过，斜撞向无我尊者。

无常尊者击空，无我尊者却击实，但只觉双手一紧，那躯体整个地撞在他身上，强大的气劲冲得其跌下舢板。

“无我!”无常尊者惊了一声，但无我尊者只发出一声闷哼。

“摄摩腾，你卑鄙!”无常尊者有些气极败坏地吼了声。

“哈哈哈……贫僧只是适逢其会，你去告诉大日法王，现在又多了一个人质!”

来者正是摄摩腾，在无我尊者大意之下，竟然一举遭擒。

无常尊者根本就没有勇气追，当日他们四谛尊者联手都没能杀了摄摩腾，此刻他只身一人，自更不是摄摩腾的对手。何况，还有一个武功也同样深不可测的林渺，他唯有狼狈而走。

摄摩腾如飞鸟一般掠向大船。船上的几大高手对此人并不陌生，前次在沔水之上，便遭到摄摩腾的暗访，他们都知此人已是林渺的朋友。

铁头诸人也自水下揪起了祭水上师，肖忆居然受了伤，还损失了四名黄河帮的弟子。

林渺也不得不佩服这祭水上师的水下功夫，居然要这么几位水下高手联手，还能伤了肖忆，此人确名不虚传。

“我们又见面了，大师!”林渺迎上如大鸟一般落至甲板的摄摩腾欣然道。

摄摩腾也朗笑一声，将无我尊者掼至甲板上，滚到苦尊者之旁。

“施主的武功又大进，真是可喜可贺!”摄摩腾笑道。

“大师也一样呀!”林渺道。

船上没见过摄摩腾的诸人也都暗自惊骇，他们刚才见过无我尊者的武功，但这行者居然可以一招之间便将之擒下，尽管算是偷袭，但也不能不让人吃惊。

“施主身边确实是人才济济，如果不是你们，只怕我仍要被四人紧追了，从西域追到中原，也确实让贫僧受够了，今日就此谢过!”摄摩腾笑道。

“大师何用如此说？如果大师要对付他们的话，还怕没有机会吗？只是大师宅心仁厚，不欲与其同流而已!”林渺也客气地道，顿了顿，旋又道：“如果大师不弃，便入舱细议吧?”

“请!”摄摩腾伸手作势道。

“小心!”晴儿突地惊呼。

晴儿惊呼之时，摄摩腾的手倏地加速印向林渺的胸膛。

众人皆惊！林渺也大感意外，但在晴儿惊呼之时，他便已惊觉，但是摄摩腾的动作何其之快，他一怔之际，掌心已印在了他的肩头。

晴儿以最快的速度扑向摄摩腾，她比任何人的反应速度都要快，是因为她拥有超乎常人的直觉，几乎是摄摩腾心神一动之时，她便呼喊了出来，比摄摩腾出手的动作快半拍，也因这半拍而救了林渺一命。

林渺惨号一声，身子飞跌而出，撞碎船舱跌入舱内。

铁头诸人也都大惊出手，而此时，甲板之上的无我尊者、苦尊者倏地跃起狂袭而出。

狄龙与狄猛正要攻向摄摩腾，但苦尊者却已狂袭而至，几乎被击得措手不及，但幸亏黄洞庭二鬼极为机警，横穿而出，为两人挡上了要命的一掌。

洞庭二鬼的功力自不是两大尊者的对手，呕血而退，却让狄猛和狄龙有了回气的时间，顿时与两大尊者对上了。

铁头、鲁青、赤练剑、晴儿、驼子和狄英豪众人则皆齐攻摄摩腾。

黄河帮众弟子见这刚被擒回的敌人居然又起来伤人，自怕空尊者也跳起来，立刻也对仍挡在甲板之上的空尊者大施杀手。

苦尊者大惊，立刻转身护住空尊者。

摄摩腾在六大高手的狂攻之下，一时竟也施展不开手脚。毕竟，这些人皆非凡俗，各有其特长，相互配合之下，也让其一时占不了便宜。

黄河帮的弟子见林渺被击飞，也有的慌了手脚，忙赶至舱中。

林渺口角溢血，却挣扎着撑起了身子。摄摩腾这一掌击偏了，也让林渺卸去一部分力道，皆因晴儿的警示，但这一掌的力道依然沉重得惊人。

所幸，今日的林渺已非昔日的林渺，尽管伤重却非致命。

“城主!”黄河帮的弟子骇然呼道。

林渺只觉得眼前有点发黑，五脏欲裂，整只臂膀几乎无法抬起。

“城主，你没事吧?”

“没事!”林渺强撑着坐起，以最快的速度聚敛心神凝气。他必须压住体内乱窜的真气，以减少对自己经脉的损害，他不愿去想为何摄摩腾居然要杀他。

黄河帮战船的甲板几乎给毁得不成样子，这些高手以此为战场。

摄摩腾的功力之高确已让人咋舌，六名高手依然被其耍得团团转，其怪异的武功完全出乎诸人的意料，更是奇招百出。

倒是苦尊者和无我尊者情况有点不妙，他们不仅要保护重伤的空尊者，更要应付狄龙、狄猛、洞庭二鬼四大高手，另外还有黄河帮的战士不断地骚扰，使之穷于应付。

黄河帮的弟子无法加入摄摩腾的战团，是因其激烈相冲的气劲，使他们根本就无法挤入。但是，他们却可以加入对付苦尊者的行列，因为空尊者此刻根本就没有反抗的力量，完全在他们威胁之中。

便在此时，河岸之上传来一阵长啸，如空谷狮吼，九天龙吟。

船上诸人脸色皆变，不知此刻来的又是什么样的高手。

河岸之上，一人如燕雀般掠波而至，只在河面之上化为一道灰影，让人无法看清其面目。

待黄河帮战士意欲戒备之时，那身影已如一只自天而降的大鹏，扑向摄摩腾与六大高手的战圈。

“大日法王，你太卑鄙了！”那自天空中降下的身影暴喝，声如雷鸣，疯狂的气劲若山岳般压下。

晴儿诸人皆惊退，他们感受到这股气劲之悍烈并不比摄摩腾逊色。

“轰……”摄摩腾已与来人互对了一掌。

甲板如被巨石砸开的水面，碎木若溅起的水花一般飞射而出。

摄摩腾与来人各自倒掠而出，却撞向了狄龙。

狄龙一惊之时，竟被掌风扫中，跌出八步。

“走！”摄摩腾似乎丝毫不加犹豫，抱起空尊者的躯体便飞掠上江面。

空尊者和无我尊者已经意识到什么，本就已经左支右绌，此时不走，又待何时?

那自空中飞落的身影在空中一扭身，飞旋而落。

众人骇然，此人竟又是一个摄摩腾！两人的容貌分毫不差！

整个船上的人都不由得绷紧了心神。

“大日法王，无常尊者在我手中，如果你想保住无常和祭水之命的话，就带梁心仪来换!”后落上船的摄摩腾扬声高呼。

“阁下是……?”赤练剑戒备着问道。

“贫僧摄摩腾!”那人道。

“刚才那个是假的?”鲁青问。

“他便是大日法王，在婆罗门有种叫偷星易日的大法，此法可以让人在短时间之内变换面容。在西王母门中，只有大日法王拥有这般功力。”摄摩腾解释道。

“林施主怎么样了?”摄摩腾问道，说着便要走入内舱。

“大师请留步!”赤练剑依然极为小心地戒备道。

“让大师进来，这个是真的!”晴儿的声音自舱内传了出来。

八月，申屠建与李松在析人邓晔、于匡起兵响应之下，西向攻破武关。

李松与于匡、邓晔合兵，又各自遣将分略京畿各地。三辅大姓豪强申砀、王大等人也纷纷起事，各自聚众千余，自称汉将军，与更始军配合作战。

李松、邓晔在华阴整治攻城器具，准备大举进攻长安城。

王莽仿佛每天都要苍老数年。数日前，他亲自下令毒死两个亲生儿子，因其意图谋逆。

一月前，当年追随他的亲信、朝中重臣甄阜、刘歆乃至本家的兄弟王涉，都已反叛了他。

王莽没死，甄阜死了，刘歆与其兄弟王涉也自杀而死，而他最看重的大司马董忠最终也死于他的手中。

王莽确已成了孤家寡人，身边已无可用之兵，于是听崔发之言："呼嗟告天以求救。"他率领群臣来到南郊，把上天护佑自己的符命陈说一遍，又宣读了为自己歌功颂德的告天策，然后捶胸顿足，仰天高呼："皇天既授臣莽，何不殄灭众贼？即令臣莽非是，愿下雷霆诛臣莽！"而后号啕大哭，气短力竭，伏地叩头。

当日，王莽命数千儒生为其悲哀及诵其策文。

长安百姓却暗下咒骂，这些日子来，王莽几乎弄得长安城天翻地覆，一时派人去破坏渭陵（元帝陵），一会儿又让人去破坏延陵（成帝陵），还让人以墨涂抹了陵垣，改变其颜色，真可谓是丑态百出。

在武关失守，华阴城被占之后，王莽不得不拼死一搏，拜朝中九人为九虎大将军，调数万精兵，每人赏四千钱，让其东向迎击义军，更将其妻关于宫中作人质，逼其为自己卖命。

在宫中，王莽聚敛黄金无数，却不愿多出军饷，以四千薄钱役卒出征，而使军士大为怨恨，毫无斗志。

九位将军在华阴大败，死的死，逃的逃，仅三人退保京师。

更始大军已经是势不可挡，万众归心，洛阳也因长安将陷，几乎有些绝望，诸如张长叔、薛子仲这等巨贾贪官更是早已潜走。他们自然明白，洛阳城破，不仅他们的亿万家资不再，便是老命也不保了。因此，见形势不好，便立刻开溜。

诸如薛子仲、张长叔这样的巨贾大贪有的是金银，这在什么地方都能生存，甚至有许多小股义军希望得到这些人的支持。

洛阳城破在即，城中兵将仍有斗志者不多。

在昆阳之时，拥有百万大军都未能胜绿林军，如今王莽末日已到，又怎能守得住这洛阳孤城？

林渺返回枭城，已是九月，其伤极重，故在平原小住十数日，在迟昭平与晴儿二女相陪之下，倒也自在逍遥。

养伤之余，林渺则更强化自己身边诸人武功，与众人精研招式之中的破绽，让晴儿更增实战之经验，使迟昭平的武功也再提高一个档次。

林渺此刻是身具数家之长，更是聚数家绝世武学为一身，尽管其所学皆不全，但以其超卓智慧和自身的罕见功力，竟逐渐将之融合为一体。

《霸王诀》林渺只学了前半部的武功，而未能得其内功修习之法，仅知此基础入门，但林渺却身具《广成帝诀》之中的绝世内功心法。因此，林渺在两种武功的互补之下，又得玄门之内的极寒之气而洗筋易髓，此刻的武功确实已是天下罕有敌手。

林渺自身的功力也足以让天下人侧目，机缘巧合之下，不仅吞服了烈罡芙蓉果，还服下了大圣丹，若能将之全部发挥，至少可拥有百年之功力。而在林渺的体内似乎尚有另外一股存在的潜力，这股潜力是林渺无法觉察到，却确实存在的。

只有在特殊的时候，它才会以一种生机的形式迸发出来，依林渺的估计，这可能是因为在玄境之中吸纳了自天外天渗入玄境中的魔气的原因。

这股力量一直隐而不发，却不知其潜力究竟有多大。

林渺无法在正常情况下探测到，自然就无法知道这股力量究竟有多么强大了，因此，他也不会去为这件事想太多。

林渺只是专心养伤，然后将《霸王诀》的武功，或是他总结出来的武功传给身边最为亲近的人。他始终知道一点，只有所有人都强大起来了，才是真正的强大，否则无论怎样也只是孤家寡人。

传说王莽也是绝世高手，但是他却无法以一人之力抗拒更始大军。

昔日武皇刘正更是无敌于天下，但想杀一个王莽却也身负重伤，无法在那众多的高手围攻下全身而退。

林渺自小生长在最底层的天和街，他最清楚集体的力量。最厉害的混混，往往因为其手下拥有别人不敢招惹的大批兄弟，若独来独往，那便只能成为浪子。

体验过最底层生活的人，往往只会做一些最为实际的事，会省去许多花巧和无益的东西，而得最大的实惠。

在经历过大日法王之后，林渺知道，身边每一个人的武功都是至关重要的，在与摄摩腾切磋之后，林渺更觉得武学实可以意想天开，完全能另辟蹊径。

西域的武学与中土的武学确有差距，但其瑜珈术之绝，几乎到了无以复加之境，两人相互切磋，确实受益极丰。

黄河帮在对待富平军与获索军方面的态度很是谨慎，他们也明白，想要花最小的代价，便要策略。

放松对富平军的限制，却加强对获索军的控制和打击。

如果能够控制两河之间的地方，那绝对是一件极有意义的事。

迟昭平现在稍担心的是怕获索在无奈之下，可能会选择去投奔王郎。

逼得太急，获索投奔王郎并不是没有可能，失败会让他不会去想太多的后果。

如果他将王郎的大军引入两河之间，那黄河帮的发展势必受挫。

而林渺此刻也没有更高明的策略，所以只能让一切顺其自然。倒是迟昭平像未卜先知般放缓了对付获索的步伐，并未将之逼得太紧。

林渺返回枭城，伤势已经差不多痊愈，于是开始谋划与大日法王换人。

大日法王绝不是个庸人，其武功甚至比摄摩腾还要高，而且此人以一代宗师的身份，却施以偷袭的手段，可见此人绝不是一个讲原则的人。

也只有这样的人才是最为可怕的，可以为达目的而不择手段，未必就会守信。

林渺一开始就对西王母门没好感，或许是因为一开始空尊者便对怡雪无理的原因吧。后来与西王母门人的接触也是怨多于喜，而当他听到西王母门的人竟有辱梁心仪之时，便已决定，只要有机会，他一定会将这个行事邪僻的门派消灭，不管其是在中原还是在西域。

一直以来，没有谁能够真正取代梁心仪在他心中的位置，这也是因为林渺一直以来，对梁心仪怀着深深的歉疚。

如果他不是因为藏宫的那幅画而知梁心仪尚活着的话，也许他会少去很多麻烦，但遗憾的是，他知道了梁心仪还活着，而且还在大日法王的手中。

以前，林渺并不太在意这个西王母门，但是自那日之后，他便开始收聚西王母门的资料，及在江湖中的各种动态。

时间，仍不是太过紧迫，王郎的威胁尚不能影响到枭城，而他也仍需要更多地积累资本，只有在拥有足够的力量之下，一举而起，再一股作气。

在这种时候，民心依然是很重要的，而林渺在不断招兵买马的同时，更不断地巩固在百姓心中的地位，于是借势散出各种立意要废除王莽旧制的消息，更专门设立“民策府”。

民策府专门制出一些废除旧制符合民心的新制度，而这些则散发于王郎的势力范围之中。另外，这些人专门处理百姓的各种需要，及与官府之间的矛盾，也会为百姓讨公道。

这只是一个附设，却是任何义军所没有的机制。

借商人与难民之口，将这种消息远播。另外，林渺更派使臣去见刘玄，表示天下若定，必当尊其为大，愿为臣子扶持汉室之社稷，并承认刘玄的刘室皇权的地位。

林渺的决定有点突兀，更让群臣心有所惑，便是朱右诸人也都有所不解。

也有些人认为，林渺乃是舂陵刘家的老三刘秀，刘寅乃是更始政权的大司徒，刘仲也是更始军的人物，尽管刘寅病故，但是林渺既已认祖归宗，便当以刘秀的身份尊刘玄为大，共保汉室江山。因此，有些枭城将领对林渺的决定并不意外。

朱右诸人却是深知林渺的人，对林渺如此做法自是不解。

林渺自然知道，此举很可能会影响军心，也知道朱右定会来找他商议。

朱右并不只是一人而来，与其同来的有卓茂、欧阳振羽。

“城主大可自立，何以称臣?”朱右直言。

林渺笑了，道：“我若自立便须以武力服河北，但若称臣则可以威服河北!”

“如若刘玄要主公交出兵权呢?”卓茂担心地问道。

“我根本就不必要回复刘玄的使臣，我只要刘玄给我一个回复，然后就可以不用去管其他的了!”林渺道。

“臣仍不解!”朱右道。

“哈哈哈，我意欲称臣只是想骗得刘玄承认我乃刘室正统，乃是实至名归的刘秀就行了，往后我们便可以做我们该做的事!”林渺淡然一笑道。

欧阳振羽似有所悟，问道：“可是如果刘玄让主公去京城授封呢?”

“我为什么要去?想要不去可以找到一千个理由!”林渺狡黠地道。

“可是这不会激怒刘玄吗?”朱右问道。

“他会发怒的，但他不会表现得很明显，至少当他的使者到枭城时，这使者还得口甜如蜜。我既已称臣，他便不敢早与我撕破脸，而当他要撕破脸时，我想也已经迟了!”林渺自信地道。

三人恍然，顿时明白，林渺此举只是借刘玄之名名正言顺地成为汉室正统，更借此刻刘玄的声势来扩张，但却不必向刘玄作出什么承诺。

刘玄若想北方平定，必倚重于枭城的林渺，那时，林渺就可明正言顺收复北方。当刘玄想找茬时，只怕河北已经收复差不多了，那时，枭城的力量就不是没有与更始政权一拼之力。

几人心悦诚服，对林渺的高瞻远瞩确实心服，他自然不了解，林渺对借别人的名头来壮大自己，在宛城做混混时是常用到的招式。而这种不依常归的行事方式却不是这些没有那种经历的人所能明白的。

林渺绝对是个只讲成败，而不则手段的人，只是他坚持自己最基础的原则，这也是林渺何以能在天下这种乱局之中迅速成长起来的最大原因。

小刀六顺利归返枭城，带着大批的漠外礼物，呼邪单于竟然让他成为使者以表示与中原交好的愿望。

此去漠外更是满载而归，不仅带回了耿况所需要的马匹，更也为枭城军带回了一千匹上佳的匈奴马，为信都送上了五百匹。

小刀六出手之大方，确让人不能不欢迎，北方诸股势力对之几乎是趋之若鹜，连塞北沈家的风头都被盖过了。

当然，小刀六自然不会做对不起塞北沈家的事，他们之间本就是合作无间，相互获利的。

飙风骑更是名动大漠，无人敢轻撄其锋。

呼邪单于更与小刀六达成长期交易的协定，这次的大漠之行，本以为只需一个余月，但却足足用了三月时间，却绝对值得，与漠外各部落都搭上了交情，这倒使小刀六成了中原和漠外的大红人。

这个战乱的世界，只有拥有最强的武力才能受人尊重，或是你能让别人成为最强的人，那你也可以得到尊重。而小刀六便是后一种人，因此，他受到任何力量的欢迎，得到诸方面的支持。

小刀六对中原的消息知道得不太多，但是他此次是先到信都才回枭城。

在回枭城之前，他便已知道了与自己生死与共的兄弟乃是春陵刘家的刘秀，知道晴儿回来了，还知道了梁心仪尚活着。因此，他一入枭城便直接找到林渺。

梁心仪还活着，不仅仅只是对林渺的震憾很大，对小刀六也同样是如此。

这一点林渺心中有数，只是他没有料到小刀六这么快便知道了。

"心仪还活着?!"小刀六的语气显得格外平静。

林渺很肯定地点头，然后便将藏宫的画交给了小刀六。

小刀六拿着画，眼中竟有泪花！仔细地审视着手中的画，竟发现梁心仪眸子深处似有道之不尽的哀婉与愁绪，他的手有些发抖，问道："这是谁画的?"

"藏宫！在去年十月所画!"林渺深深地吸了口气道。

"所以，心仪一定还活着?"小刀六问道。

"是的!"

"那她现在哪里?"

"你听说过西域王母门这个门派没有?"林渺也反问。

"听说过，还知道是婆罗门的一支，其主为大日法王，座下有四谛尊者，八大上师。"小刀六悠然道。

"看来这段日子你对江湖中的一切也了解得很多!"林渺道。

小刀六没有半点欢喜之意，若在昔日，他可能还会有点得意，但今日的小刀六已不是昔日的萧六。

林渺变了，小刀六也变了，随着天下的局势而变，这是一种成长。

小刀六的心情只有沉重，因为他似乎明白林渺说起这个话题的意思。

"你是说心仪在西王母门?"小刀六问。

“不错，也许她就在大日法王的身边，且已成了他的女人!”

“不可能!”小刀六断然否定。

林渺涩然一笑，没有说话。

小刀六的额上显出青筋，半晌才道：“我了解心仪，以她之刚烈，宁可选择死也绝不会顺从大日法王!”

“我也和你一样了解心仪!”林渺眼中闪过一丝哀伤道。

“那你为什么要那样说?”小刀六质问道。

“因为这可能是事实!”林渺吸了口气，脸上闪现出一丝淡而冷的杀机。

小刀六很痛，尽管梁心仪已经是林渺的妻子，但他们几人是从小一起长大的玩伴，青梅竹马，甚至是一起出生入死共患难，他对梁心仪的感情之深刻并不下于林渺。

林渺也知道这一点，所以，他对小刀六的表现一点也不意外，更不会吃醋，因为他们是最好的兄弟，他信任小刀六。

“你准备怎样?”小刀六突地反问。

“换人，我抓住了大日法王座下的首席尊者无常和祭水上师!”林渺道。

“大日法王一定会换?”小刀六又问。

“不知道!”

“如果他不换呢?”小刀六眸子里闪过一丝冷色问道。

“我要他永远消失在这个世上，包括他的王母门!”林渺回答得很平静，平静得让人心头发寒。

小刀六的脸上绽出了一丝涩然的笑意，问道：“你给他多少天时间?”

“一个月!”林渺又道。

“还有几天?”小刀六又问。

“两天!”林渺吸了口气，脸上泛出一股浓浓的杀机。

小刀六的脸色也变了，他知道这两天的意义，更知道这两天若错过了可能会发生些什么事情。

“大日法王的行踪何在?”小刀六问道。

“不知道，但他手下几大尊者的行踪已在邯郸!”林渺道。

“邯郸?那么就是说两天之内不可能会有什么明确的答复了?”小刀六神色再变。

“他们是想让王郎来对付我!”林渺吸了口气，顿了顿又道：“但我会让他们知道，他们错得是怎样厉害!”

小刀六的瞳孔收缩了一下，他发现林渺捏碎了那张红木椅的扶手。

第八十四章　再见爱人

林渺见到了东郭子元，是东郭子元要见他，小刀六专为其安排的。

东郭子元很早便想见林渺，但是却一直都没有机会，如今他终于见到了林渺。

东郭子元见了林渺，有些激动，纳头便拜，而这个时候，小刀六才知道，东郭子元居然是天机神算东方咏的弟子，曾在东方咏门下学艺五年，后因某种原因而回归家门。

算起来，东郭子元还是宋留根的师兄，这让林渺和小刀六都感到意外。

小刀六一直都知道，东郭子元不是个简单的人物，知其身份后则为之恍然，同时有点庆幸，自己居然能得东方咏的传人之助，确实很是意外。

林渺自不是第一次听说东方咏，更知道此人乃是与三叔武皇刘正并称的唯一奇人。

若说二十年前天下有人能与武皇刘正并肩而立于江湖，那这个人便是天机神算东方咏。

得其传人相助，自是让林渺欢喜，而更让林渺激起心中波澜的却是，东郭子元是因为新星才找到河北，更称林渺便是那颗真的紫微新星，这与姬漠然的说法似乎不谋而合，甚至也符合昔日天机神算东方咏的预言。

而这预言乃是刑风所说的，这几个人之间并无关联，但是其口吻竟不谋而合，难道自己真的是天命所归？这让林渺兴奋，也让林渺充满了无限的斗志和激情，而大日法王的事情，也便显得微不足道了。

近日来，枭城确实热闹了许多，傅文也自父城赶来见林渺。

昔日结义，傅文最小，但却最是天真，而傅文更带来了冯异。

冯异也是父城的名人，林渺曾在聚英庄住了数日，便与冯异极为投缘，此人本在颍川郡任郡椽之职，但后来却被贬父城，在父城县长苗萌府上，而与林渺相见恨晚。

数月前，父城失守，他便入了绿林军，但并不得志，在未被重用的情况下，便与傅文北上来投林渺。

冯异不仅是自己来投，更带了同邑人铫期、叔寿、段建、左隆等一干人同来枭城，依附林渺。

林渺再得如此多的人才，自然是欢喜异常，立刻授冯异为偏将，以恢复刘室江山为名义去河间招兵买马。

林渺自回枭城之后便立刻以汉室正统自居，更以恢复汉室江山为名向河北各县散发徼文。

废旧制，免苛税，在北方仍有许多汉室旧臣，而且林渺已有任光与耿况的支持，因此都不敢反对。

何况林渺所定的新制对各郡县的大小官员并无影响，同时也是让各豪族百姓皆受益，所以人人都愿意接受新制。

林渺最大的优势便是任光的支持和耿况的支持，这在北方结成了一个铁三角。

耿况虽未明确表示支持林渺，但与林渺交好，这是不可否认的。因此，林渺以刘秀的身份说话便有了资本，有了分量，否则仅以枭城的力量尚不足以震慑北方，这是可以肯定的。

林渺不加征讨，便是想先巩固义军之外的汉室旧臣的力量，因为王郎也在极力争取这些人的支持。

王郎处心积虑了二十载，其财力和兵力到目前为止绝对比林渺强，而且其以汉成帝之子的身份也能对各地的汉室旧臣起到诱惑。

此刻天下呈四面之势，东面樊崇拥有绝对的威慑力，南面和中原，已成了更始政权的天下，惟西面和蜀中尚为旧汉的割据势力，北面则是义军与旧汉朝廷杂居之地，形势最为特殊。

尽管义军横行河北，但各州府的兵力仍不能小看，无论是谁，若得了他们的支持，必能够雄据河北。

林渺不能不全力施为，以加重对这些旧汉势力的影响，以对抗邯郸的王郎。

值得庆幸的是，林渺得到江湖正道力量的大力支持，又有湖阳世家和舂陵刘家在暗中施以影响，使其在许多方面都拥有极大的优势。

单凭林渺自身的力量自是不够，但林渺最擅利用外在的形式。

尽管林渺此刻部下中能人众多，但在紧要时刻仍觉人手不够用。

便连贾复也正在赶回枭城的途中，而此刻傅文、冯异来得正是时候，只是二哥傅俊在更始军中为将，不曾来，而老四宋留根也不知道踪迹何方。

有冯异等一干豪杰前来相助，在人手之上，便能有更充分的安排。

林渺现在需要运作的并不只是北方的一切，更有整个中原的庞大生意网和情报网。所幸，中原有姜万宝这颗智脑，其作用绝不逊色于小刀六。

而这次姜万宝更传来消息，将有一百万两银子由贾复北运而回，这是昔日与王常的赌约所得。而眼下，宛城和南阳早定，王常自然要付赌金，便是刘玄也不能反对，因为当时下江兵众将都在场，也都是参与赌注的人。何况当时如果没有姜万宝在困难之时免费赠送的天机弩，绿林军根本就不可能有今日的更始政权，因此，下江兵诸将皆愿赌服输。

这些人也输得心服口服，心甘情愿，张卯、成丹诸将无不是更始政权中的支柱人物，有王常、张卯、成丹说话，这事自然是真。

这一刻更始政权得了整个南阳，又岂在乎这区区一百万两银子？

姜万宝是个细心的人，他知道王常、张卯和成丹这些人是不会出尔反尔的，但刘玄却难说。因此，他把这个任务交给贾复，他相信只有贾复亲自出手，才会更安全。

刘玄脸色铁青，他也知道这次运送银子的人名为贾复，更知道此人智计过人，因为他派出去劫银的人，全都空手而回。

第一拨人马劫银，劫了个空，第二拨人马反而被贾复设计耍了一通，第三拨人马却中计被天虎寨的人杀个落花流水，只有最后一拨人马找到了贾复，找到了那一百万两银子，但是贾复身边的力量却大大地出乎他们的意料之外，血战之后，贾复依然扬长而去，这些人想追，却有点心虚，因为接应贾复的人马已经赶到了。

贾复的人马过了济水，便不会再给更始机会。

刘玄也不得不叹，自己仍小看了林渺手下的人。他知道姜万宝是个极为厉害的人，但却知道这次送银子的不是姜万宝，因此他可能是有点估计不足，没想到在姜万宝的手下也有这般人才。

刘玄知道，他应该狠力去关注林渺留在中原的力量了，不过，他不觉得林渺会是最大的威胁。

最大的威胁来自天魔门，当刘玄对天魔门知道得越多，便越觉得其可怕，这股力量甚至已经渗至了更始政权中的许多骨干之中。在更始政权之中，有许多人便是天魔门之人。

刘玄自不是昔日的刘玄，而是舂陵刘家的刘仲，以其野心，绝不想让天魔门操控了自己的力量。因此，他必须清除各处的天魔门力量。

天魔门的人绝想不到此刻的刘玄已不是昔日的刘玄，也绝不会想到出卖其所有内部消息的居然会是他们的护法。

而要对付天魔门，刘玄则是借邪神的力量。

邪神也是刘玄所要清除的对象，但他只会对邪神表现得极为谦恭，至少，在没有除去天魔门的威胁之前，他对邪神只会以最谦恭的姿态出现，因为邪神便在他的皇宫之中。

天魔门也知道四处劫杀他们弟子的人便是邪神门徒，但是邪神门徒也如同天魔门一样神秘，极难对付。

因此，在江湖之中，尽管天魔门的力量要强过邪神门徒，却似乎陷于敌暗我明的不利地位，也占不到什么便宜。

刘玄要的便是这种效果，当邪神门徒与天魔门两败俱伤之时，他便可以凭借自己培养起来的亲信力量而毁去这两股力量的残余，那时，他就可以安安稳稳地做大汉天子了。

林渺自枭城来上表，这让他有点意外，猜不透林渺心中想的是什么，但无论是什么，他都必须回复，更把降表遍示群臣。因林渺乃是春陵刘家之后，也是汉室正统，又雄居北方，自然不能不封。

刘玄心中却是另有打算，他先给林渺一个名分，然后让林渺前来京城授印信。但他绝不想林渺再活着返回北方，因此他并不怕给林渺一个什么很高的虚衔。

刘玄传旨，因刘秀在昆阳之战中立有大功，等同于刘仲，因此封为阳武侯，更行大司徒之职持节过河，招抚河北诸州郡，让其回京授印持节。

刘玄的圣旨快速传出，这确实极具诱惑，但有许多人都很明白，林渺只要来京城便是有来无回。至少，也会永远软禁在京城之中，因此并没有人争议。

另外，有许多人都认为刘寅本是更始政权的大司徒，林渺是其亲弟弟，而且若昆阳之战中没有林渺，便不会有绿林军的今天，所以，刘玄对林渺的封赏并不过分，而让林渺行大司徒之职过河招抚河北诸郡，只怕没有人比林渺更适合担此任务，因其在北方本就有自己的力量，更是名动北方，极有影响。

九月中旬，洛阳举城而降，刘玄大喜，立刻决定自宛城迁都洛阳。

而此刻长安城也是在风雨中飘摇，王莽几乎已无可派之兵，九虎将有六人或死或逃，另外三人也是在京师苟延残喘，现在连守长安城的兵力都不够，而义军已经逼临城下。

李松、邓晔等已整合了华阴所有的攻城器具，准备对长安城强攻。

王莽已无法可想，只得出最后的下策，赦免狱中囚徒，让其拿兵器上阵打仗，但让他想不到的却是这些囚徒还没出城，便一哄而散，根本就没有人愿意上阵送死。

王莽几乎已经绝望了，而长安城外的进攻便要开始了，他几乎已经不知道该如何面对，唯一可做的便是坐以待毙。他已经数日未食未眠，精神几近崩溃，内心深处，已经感到深深的绝望。

老天并没有帮他，整个长安城的人都似乎在恨他，突然之间，他觉得让人恨也是一件痛快的事，深深的孤独使悲哀深深地种入他的心海，数十年的浮华到头来只是孑然一身，便连自己的儿子都选择了背叛，更别说是外人了。

也是该作一个了结的时候了，人生七十古来稀，虽然这对王莽来说算不了什么，以他的功力，如果真的想活下去，只怕很难有人能找得到他。但是，如果天下的人都已经抛弃了他，他又何必要再苟且？不如与自己的王朝一起埋葬，这也是王莽不离长安的原因。

生与死，对于王莽来说，已经不再重要，想自己三十八岁辅政，独霸朝野，五十一岁摄政，更是无人能撄其锋，虽为武皇刘正几乎逼上绝路，但他终还是没死。

被武皇刘正逼上绝路这并不是一件可耻的事，试想，当年的天下，又有谁能是武皇刘正之敌呢？此人只能是武林的一个神话，即使是两百多年前的西楚霸王和汉高祖都无法与之相比，江湖中三百年所未曾有过的绝世奇才。放眼当今江湖，虽也有武学奇才辈出，可是无人能出武皇刘正之右，更不会有人能够在江湖之中取代他的地位。

王莽并不以为耻，他这一辈子也够了，尽管五十四岁时才真正称帝，但也做了十四年的天子，让天下有十四年的时间是姓王的！他不后悔。

死，至少他比许许多多的帝王都要让世人瞩目，同时也相信，古往今来，只有他才有这样的能力，尽管他无法在武功上与武皇刘正相提并论，但却在另外的方面胜过了武皇刘正。他霸占了刘家的江山，主宰了刘家命运二十载，王莽满足了。

刘玄定都洛阳，其声威更是大振，更始军已经成了天下所瞩目的对象。

洛阳一得，长安便已在指掌之间，恢复汉室江山几乎没有什么悬念。

但另一件事却比刘玄迁都洛阳更让江湖惊咋，那便是玉皇顶决战。

玉皇顶决战，代表正与魔的两大顶级高手，也是一个神一般的人物与另一个神秘莫测，却足以让天下震撼的人物。

武林皇帝与天魔门的宗主。

天魔门的宗主，二十年前与武林皇帝秘密决战的神秘人物。那时候，没有人知道这神秘人物的身份，但今日天下皆知。

天魔门的宗主，昔日天下第一妙手秦盟。

秦盟，乃二十年前侠圣秦鸣的兄长。

有人传说，因秦鸣为王莽杀害，而秦盟便偷入皇宫盗走了王莽的数件重宝，后来也在皇宫的高手围杀中死于乱刀之下。可是这一刻，却有人传说当年死于皇宫之中的人竟在这一刻成为两度对决武林皇帝的人，这怎不让天下惊乍？

二十年前泰山绝顶神秘一战为天下人所错过，而与武林皇帝错失二十年，但这次却没有人愿意错过。

事实上，任何关于武林皇帝的消息都可以风行江湖，何况是武林皇帝复出后的天下第一大事？

决斗，永远都是江湖之中一个不老的话题，永远都能成为人们所向往的事情。

因为激情，因为热闹，也因为神秘，所以江湖人喜欢决斗，喜欢看决斗。

当年武皇七破皇城已成了神话，而今日，又能创造出什么样不巧的神话呢？

江湖中都快淡忘了那个昔日的第一妙手秦盟，皆因为这些年来，江湖太乱了，天下也太乱了，江湖中的每个人都自顾不暇，没多少时间去想其他的事情，也便渐渐地把这个昔日在江湖中虽有名气，却并不是太显眼的人物记在心上。

昔日秦盟虽极为有名，但昔日江湖中名人太多，诸如武皇刘正、邪神、杀手盟……每一个人都比秦盟张扬，另外各大门派的高手极多，诸如崆峒派，还有湖阳世家、天机神算之类的，而秦盟只不过较之七大剑客名气要响一些而已，比三圣都要差一截，所以江湖中人都几乎将之忘记。

可是此人在二十年前便可以成为武林皇帝的对手，可见江湖中人是怎样小看了此人的存在，这让江湖中所有人都感到惭愧难堪。

而更让人难堪的却是，秦盟居然还是江湖中最为神秘的组织之一天魔门的宗主！此人隐忍二十载不发，可见其是何等深沉。

每个人都在好奇，当年也曾有许多人与秦盟有过交往，还记得秦盟的模样，但却没有多少人知道，今日的秦盟会是什么样子。

毕竟这已是二十多年前的事了，二十多年一切都变了。

今日的秦盟会是昔日的样子吗？还是昔日的第一妙手吗？

这些年来，他又去了哪里呢？为什么销声匿迹那么多年又重出江湖？

许许多多的疑问，让江湖中所有人都为之困惑。

林渺没有困惑，他只是在完成另外一件事——接回梁心仪！

林渺要接回梁心仪，不管梁心仪已经变成了什么样子，都是他的妻子。

如果给林渺机会，他会杀死大日法王。

内丘，北近太行，南近邯郸，东对巨鹿，此地并未为义军所占，但却是在义军的活动范围之中。

内丘县令拥小城而立，因其无甚重要意义，倒也在夹缝之中生存了下来，抑或是因内丘县令做人圆通老到之故。

城北是一片起伏的山岭，接太行而自成一脉风景。

北望坡是在这起伏的山岭之中的一片清静地。

不过，北望坡近来却因王郎与马适求的交战而变得不安静了，空气里似乎仍有点淡淡的血腥和冷杀。

秋风中，仿佛尚可听到隐约的征杀之音，让这片静谧的天地更多了几丝诡异和神秘。

或许，并不是征杀之声，而是刀声，金属的杀伐之音，不是因为战场，而是因为一柄插于坚石之中的刀！

刀锋，没入坚石三寸，刃口迎风，自然杀意凛然。

卓茂，立如山垣，在冷风中一身长衫悠然盘于石上，目视刀身，仿佛在领悟一种禅机。

他在等人，等大日法王的到来！

林渺对梁心仪的事绝不会袖手，只是他并未出现在这里，因为大日法王也没有来。

来的人是空尊者！

空尊者的影子在骄阳之下拖得很长，但他一出现的时候，那插于石上的刀锋便发出了一阵阵轻啸，仿佛有股强大的生命力在其中激荡澎湃。

卓茂缓缓地睁开眼睛，便看到了空尊者，两人的目光在虚空中相撞，表情都稍改，或是有点惊愕。

空尊者的伤势显然已经好了，不过，脸色似乎仍有点发黄。

“就你一个人?”卓茂淡淡地问道。

“你是谁?”空尊者冷冷地问。

“卓茂!”卓茂应了声。

“刘秀为何不来？你是他什么人?”空尊者有些恨恨地问道。

“那大日为什么不来?”卓茂冷冷地反问。

“你算什么东西？让刘秀跟我说话!”空尊者怒叱。

“就凭你这秃驴还不配让我们主公看上一眼!”卓茂没有说话，他身边的两人便已说话了。

空尊者大怒，其脾气火爆，却没想到竟被人如此说，怎会不让其大恼？不过他却知道今日自己处于被动，是不可以在正事未办成之前便太过激的。

“你不用再说太多的废话，如果就只你一个人前来，那我们今日的事情就到此为止!”卓茂冷冷地道。

“那你们的人可带来了?”空尊者也冷冷地反问道。

“我们先要看到梁心仪，见了她之后，我们自然会把人带出来!”卓茂淡淡地道。

“哼，我怎么知道你们不是在耍诡计?”空尊者冷冷问道。

“我们没有必要耍诡计，我会让人和你一起去证实梁心仪的存在，而且在这十里之内，我们会让你看到无常尊者和祭水的存在。”卓茂道。

空尊者脸色一变，怒叱道：“那我怎么知道这不是你们耍的诡计?”

卓茂冷冷一笑道：“大日根本就没有一点诚意，因为他已经决定放弃无常了，根本就不会交换人质，你不过是来试探而已。”

“放屁！”空尊者大骂。

卓茂却并未生气，反而笑了。

空尊者突地发出一声长啸，声振四野，那插于石上的刀也跟着发出一阵轻吟。

卓茂看见了一群人，而在这群人之中却只有一个人能吸引他的目光。

一个女人，一个极美的女人，就像暗夜里的一颗明珠，让整个空荡的山野蒙上了一层涌动的生机。

女人，清丽，忧郁，修长婀娜如一株绽放于水中的芙蓉。

略显苍白的脸色，淡而忧伤的眼神中透出一股恬淡从容的坚强，那透体的灵气有种逼人的震撼。

卓茂呆然，但他身后的两人却脱口轻呼了声：“心仪！”

“心仪！”卓茂低念了一遍，顿时回过神来，他知道眼前这女人便是梁心仪。

这绝不会错！林渺选择这两人跟他同来，是因为这两人也同样是生长在天和街，与梁心仪一起长大。

梁心仪，卓茂终于见到了这个传闻中的女人，让林渺心伤却永远都无法忘怀的女人！他的心意有点激动。

在见林渺的时候，卓茂便有点激动，那次林渺刚自平原大胜获索和富平军之后回枭城，林渺比他的想象更要让人尊敬，而此刻在见到梁心仪时他竟有同样的感觉。

不是因为梁心仪那不可逼视的美丽，而是那忧伤中透出淡定而坚强的眼神，仿佛是在劫火之后依然盛开的一朵小花，在一片灰烬之中仍保持着娇艳的颜色，以至于使卓茂忽略了那一群伴在梁心仪左右的人。

“你要的人我带来了！我们的人呢？”空尊者冷冷地打断了卓茂遐想的思绪。

卓茂悠然而立，立在刀锋之后，那三尺长的刀锋衬着他高颀而完美的体型，竟自然生出一股凛烈的肃杀之气。

空尊者的眸子里暴出一缕淡淡的讶异。

梁心仪身边的人也都似乎感受到卓茂身上的那股气势，而梁心仪依然没有任何多余的表情，或许她只是在想着自己的心事，根本就不曾注意这个高立于青石之上的人。

“请问夫人可是宛城梁心仪？”卓茂吸了口气问道。

梁心仪一怔，神色间微有些错愕，表情顿时变得极为复杂起来，她打量了卓茂一眼，却发现了卓茂身后的两人。

“心仪，是阿渺让我们来的。”那两人上前两步，急切地道。

“我师兄呢？”空尊者身子向前一横，怒叱道。

梁心仪的脸色顿时显得更苍白，眼中的神色更忧伤。

“他呢？”梁心仪终于长长地叹了一口气，反问道。

那两人不由一怔，目光投向卓茂，似乎在征求卓茂的答案。

“主公就在附近，只要夫人跟我去，便立刻可以见到主公了。”卓茂语气平静，却很恳然地道。

“你们要的人我已带来了，我们要的人呢？”空尊者冷冷问道。

卓茂笑了笑道：“我们自然不会怠慢你们要的人！”说完甩手打出一道旗花，在空中炸出美丽的星星点点。

旗花炸开，便有一阵急促的蹄声响起，在地平线的另一方土坡之上，一队快骑迅速出现在众人的眼下，再以飙风般的速度赶至阵前。

空尊者眼中闪过一丝杀机，来人正是狄猛与狄英豪爷孙俩及另外一群枭城的好手。

在人数之上，双方似乎并不相上下，而且枭城多为马上战士，其高手也甚众，只怕是三大尊者齐至也不会占到什么便宜，而林渺却依然没有出现。

林渺为什么不出现？他又去了何方？难道他不想急于见到梁心仪？

"你要的人来了!"卓茂指了一下被捆在马背之上的无常尊者和祭水上师，淡然道。

"好了，也不用多说什么，把人送过来吧!"卓茂吸了口气道。

"你休想什么诡计!"空尊者显得有些警惕地道。

"没想到大日也有你这样怕事的手下，如果你们连这点心理准备都没有，又何必要约定与我们在此地交换人呢?何不干脆让我们将人送去邯郸王郎府上不就得了?"卓茂不屑地笑道。

空尊者脸色一变，狠狠地瞪了卓茂一眼，他与卓茂斗口，自然是有败无胜。卓茂文武双全，这也正是很快被林渺委以重任的原因。

事实上，如卓茂这等人物，能收归己用确实很幸运，林渺和朱右也都意识到了这一点，所以，他们绝不会浪费这等人才，更要留住这等人才。

枭城虽小，却是藏龙卧虎之地，因其处于特殊的地域，又有特殊的环境营造出一种特殊的氛围，而使其商业发达。另因人口众多，其农业也渐兴起。

在枭城之外开荒种地者极多，这使得枭城之外的大片沃土得到开发利用，屯粮积兵的效果极妙。

就因为这些有利的因素，这才使得枭城拥有特别的吸引力，让许多的豪杰愿意前来投效。

当然，另一个原因也是因林渺这些日子来所建立的声誉，试问谁不想投效明主，找一个有潜力的主子?如此在这乱世之中创出一番大业也更容易些。

卓茂便是因此而前来投效的。

而朱右重英雄识英雄，重用了卓茂，林渺归返，更是对卓茂礼待有加，这使卓茂自是愿以身相报，竭力而为。

无常尊者的神情略有些颓丧，成为别人阶下囚的这些日子，确实使他的信心受到了强大的打击。

但这一切能怪林渺吗？都只是为了各自的利益。若换了他，对林渺也会是这样。

刀便架在无常尊者的脖子上，天机弩全部上弦对准了无常尊者，这是让空尊者诸人知道，如果敢要诡计的话，无常尊者依然只是死路一条。

送梁心仪出来的是一匹战马，而那群随梁心仪来的人，也随时有射杀梁心仪的准备。

梁心仪没有被束缚。

无常尊者与祭水也在马背之上，但他们似乎已经无法运功。

枭城军见梁心仪打马而来，也松开无常尊者和祭水的马缰，而在阵前走马换将。

每个人的心情都很紧张，如果有一方松弛的话，人质必将会死于乱箭之下，是以谁也不敢乱动。

梁心仪的表情依然有点木然的冷静，看不出其心中的喜忧，但眸子里那淡淡的哀伤却依然为卓茂捕捉到。

三匹战马渐渐走近，每个人的心中都很紧张，谁都知道，如果此刻发生变故的话，谁也不敢放箭，若放箭必会误伤己方之人，尤其是梁心仪不会武功，其结果则是更难预料。

无常尊者不敢乱动，他根本就不知道背后有多少支箭对准了他的心脏，也许只要他稍动一下，便立刻会被利箭穿透。

祭水却是积下了一肚子的火，他居然在枭城受了近半个月的虐待，在水中被人所擒，这确实是奇耻大辱，是以他绝不想让林渺好过，他早就暗暗发过誓。

战马错身而过，祭水便在此时动了，反手抓向自己擦肩的梁心仪，尽管他的功力被封住了，但动作依然快捷至极。

卓茂一声怒喝。

祭水突然发现自己的胸前穿出了一截箭尖，冰凉的感觉极快地漫遍全身。

梁心仪惊呼了一声，看见这支箭自她的身边擦过，如电光一闪而没，然后，祭水的手便停在空中，仅刹那间，她便听到了祭水那恢复意识似地一声尖厉的惨叫。

空尊者一声怒吼，他知道祭水死了，也看见了祭水的动作，尽管祭水未安好心，但祭水终还是死了，死在一支不知自何处射来的弩箭之下。

准得骇人的一箭，一击而杀！没有任何多余的悬念。

无常尊者的身子倏地滑至马腹之下，空尊者一方的箭矢也立刻飞洒而出，全都射向梁心仪。

梁心仪感到后面弦响，知道是怎么回事，却根本就无法躲避，也躲避不了，但便在此时，她突然发现身前的地面之下竟快速无伦地隆起一条土埂，仿佛有一只巨硕的大鼠在地面之下奔行。

“轰……”梁心仪还没弄清怎么回事时，身后便已爆起了一团巨大的土尘。

泥土如箭雨般飞射而出，在空中竟仿佛筑起了一道巨大的屏障。

梁心仪骇然回首，她没有发现那追射而来的箭矢，而是发现身后竟展开了一面墙。

一面泥土筑成的墙，混沌，朦胧一片，如一方巨盾，箭矢没入墙中即被绞碎。

祭水的马和尸体竟自空中落下，是被这自地底爆出的力量冲上了虚空。

连尸带马冲上了虚空。

空尊者骇然，王郎的部下也都骇然，为这突然而生的变故，为这突然出现的强大杀机。

梁心仪定神，她看到了一张苍老的脸，看到了那懒懒的笑意自那张脸上扩散开来，亲切而淡定，恹恹的有种厌世的感觉。

老人向梁心仪笑了笑，牙齿很黄，然后梁心仪便觉身形一紧，已被那老人揽住了腰肢。

“归鸿迹——”一道焦雷般的声音自虚空响起，一条人影若秋雁般掠过虚空，直扑向那自土中钻出的老人。

“大日法王！”狄猛惊呼了一声，于是，天机弩的利矢全都射向了那自虚空落下的身影。

大日法王终于出现了，他没想到来救梁心仪的人不是林渺，而是天下第一遁归鸿迹！

这个二十余年都不曾现身江湖的邪道第二大高手，竟然会突然出现在这里，确实让人感到意外。

大日法王识得归鸿迹的武功，天下间也只有归鸿迹的遁地大法能有这般诡异，所以，他再也不能不出手。

大日法王绝不想让梁心仪走，没有男人舍得把这样的女人送给别的男人，因此，他早就有所安排。

而这个安排是针对林渺！

对付林渺，并不只是大日法王一个人的想法，王郎也是如此，而这次却是大日法王与王郎的合作，每一步计划都经过了深思熟虑的安排。

弩矢在虚空之中交织成一张巨大的网，罩住大日法王飘下的每一寸空间。

梁心仪的脸色也有些惨白，她知道大日法王是一个怎样的人，也知道此人如何可怕，当这个人出现的时候，她便无法不紧张。

大日法王大袖一挥，那弩矢大网竟掉头，所有的弩矢全都倒射向归鸿迹。

归鸿迹一手抱起梁心仪，旋身，另一只手在虚空中划了一个半弧。

梁心仪惊讶地发现，那许多的弩矢竟然如被吸入漩涡的蝗虫，全都没入半弧之中，然后便飞洒向奔来的空尊者诸人。

大日法王如一片暗云般罩下，地面之上只有一片阴影。

“小心！”梁心仪不由得惊呼，只觉眼前尽黑。

归鸿迹冷冷一笑，却不伸手相抗，便在此时，突地在黑暗之中亮起一道刺眼的电火，如撕开虚空的极光，自地面爆射而起。

虚空顿时割碎，连梁心仪的声音也被割碎。

是一柄刀，一柄惊世骇俗、惊天泣地的刀！

一刀出，风云变色，天崩地裂。

出手的人竟是滑至马腹的无常尊者！

无常尊者的刀！

无常尊者竟然会有如此惊世骇俗的刀法，如此惊世骇俗的力量！

空尊者脱口惊呼出了一个名字——林渺！

是的，是林渺，一个深深烙入空尊者灵魂的名字。

空尊者更不是第一次见识林渺的刀，所以，他一眼便认出了这一招是林渺的刀招，也只有林渺的刀才有如此可怕的爆发力和震撼力。

无常尊者根本就不会拥有这样的手段和功力。

梁心仪看到了这一刀，看到了那道破空的弧迹，但她却不知道这一刀从何而出，向何而去。

归鸿迹笑了，一切都在林渺的计划之中。

大日法王突然之间发现自己犯了一个致命的错误，那便是他根本就忽视了林渺在哪里这个问题。

在归鸿迹要抢走梁心仪的那一刻，他便再也顾不得隐身，抢着出击了，但这正中了林渺的诡计，也陷入了绝对的被动。

林渺要么不出现，若出现，一定会出现在他最该出现而又是大日法王最不想他出现的地方。

大日法王在济水之上暗算了林渺，这一刻，林渺要连本带利追回来，所以，他绝对没有一点犹豫，绝对没有任何仁慈可讲。

战争本就是没有道理可讲，乱世的原则便是强存弱亡，不管你用什么手段。

林渺向来都不讲究手段，只要能杀敌！

大日法王想改变攻击方向，想在空中挪动位置，但是他的速度又怎能避开林渺这全力一击？一个是以有心算无心，一个是根本就没有料到，等他发现不妙之时，便只能勉强移开致命的要害。

大日法王在空中连连变换了一百三十八个方位，但最终仍未能避开林渺这闪电般的一刀。

刀，没入大日法王的胸膛，但大日法王的掌已将刀身斩断，右掌却印向林渺的胸膛。

一切都发生在电光石火之间，快得让人喘不过气来。

“轰……”林渺倏然出掌，刀断之时，他的掌已与大日法王的手掌相接。

强大无比的气劲在虚空中激起一股翻腾的尘暴，地面裂出巨大的土坑。

在强大的气流相冲之下，大日法王胸间刀伤之处竟射出一股血箭，其硕大的身躯倒跌而出。

林渺也倒跌而落，着地之时又再倒退八步方才稳住身子，手中依然握着半截断刀。

大日法王跌落之时，竟踉跄坐倒地上，林渺这一刀伤得他实在很重，在受了重伤之下再出掌，其功力自然大打折扣，居然在林渺那浩瀚的掌劲之下不支。

林渺的功力之深厚，让大日法王难以置信，其体内似乎涌动着无限的潜力，掌力阴寒之中又似夹着罡烈的火劲。

论功力之纯正，林渺确实不及大日法王苦修了数十载所得来的功力，但是大日法王受伤在先，功力大打折扣，这一击，林渺自然占了优势。

“杀！”林渺立稳身子，挥臂一呼，卓茂诸人的天机弩如雨般飞洒向空尊者一方，那队劲骑更是如风般狂卷而出。

空尊者与那群王郎派来的高手几乎都一下子蒙住了，大日法王竟一出手便被林渺暗算致以重伤，这场仗还用打吗？

林渺朗声道：“大日，前次你偷袭了我，这次便当是还给你好了！不过，还要还回我的本钱！”

说话间，林渺错步如风般再一次撞向挣扎着起身的大日法王。

如果给林渺一个机会，他绝对不会让大日法王这样的对手活下去。

越是危险的对手，便越要一击致命，否则，只会后患无穷。

林渺更明白，如果再想找到一个如此对付大日法王的机会，那几乎是不可能，所以，他绝不会放过一切可能存在的机会。

杀大日法王，更是因为林渺恨这个曾占有梁心仪的男人。

在林渺自梁心仪的眸子里看到那哀伤的神采之时，他的心都碎了，他要杀大日法王！

刚才那一刀并不是太致命，尽管有可能让大日法王一命归西，但林渺却希望看到大日法王死在自己的眼皮之下。

“杀，杀……”突然之间，四面喊杀之声倏起，无数的呼声自四面的坡上传来。

尘土扬上天空，如云似雾，蹄声使整个天地都在震颤。

王郎的大部人马如潮水般向北望坡狂涌而至。

林渺的脸色变了！

林渺变了脸色并不是因为这自四面如潮水般涌至的王郎大军，而是一柄剑！

一柄剑，一柄古玉长剑，如惊空的闪电，竟比林渺的速度更快一筹地截在大日法王之前。

剑截住了林渺的刀，但却似乎是刺入了林渺的心中。

林渺从未遇到比这一剑更可怕的感觉。

剑不是来自真实，而是来自心里，仿佛是一直潜伏于内心深处的某地，然后便在刹那间爆发出无可比拟的杀伤力。

不仅仅是摧毁林渺的刀招，更要摧毁林渺存在的生机和斗志。

林渺没看到这一剑来自何处，也没有看清出剑者是何人，但他却退！

退，林渺一退五丈，犹如一阵疾风！

林渺的瞳孔收缩了一下，他发现了剑的主人。

一个须发皆白，却红光满面的老头，皮肤有如婴儿般粉嫩。

林渺并没有发现剑，但他知道，这个老头自己便是剑，在任何时候都可以爆发的剑。

剑，只会出现在最该出现的地方，而林渺所感觉到的并不只是这个老头，而是一团燃烧的生机。

生机，嵌入大自然之中，与天地浑为一体。

老头已不是老头，是剑，是天地，是大自然中的风或是每一种生命。

林渺感到手心竟微有汗珠渗出，丝丝凉意在心中不断地扩散。

“王翰！”归鸿迹的眼里却爆出一丝惊惧，低低地念出了一个名字。

“鸿迹，你老多了。”那老者突然开口说出了一句让林渺为之愕然的话。

林渺的脸色变了，他知道这老头的话是对无名氏说的，而无名氏正是当年苍穹十三邪之中最可怕的归鸿迹。

“你是王家老祖宗?!”林渺突然想起了白善麟曾讲过的话。

那老者的眸子里闪过一丝讶异，淡淡地笑道：“年轻人，你确实很了不起，居然避过了老夫一招心剑。看来，江湖中的传闻尚小看你了。”

“心剑?!”林渺骇然，他知道眼前之人是什么人了，更知道眼前这个老头乃是出自无忧林，更是怡雪师叔祖一辈的可怕人物。

无忧林的武功，江湖之中没有人能知，其深奥之处，几到不可揣测之境，眼前这老人出手的竟是闻所未闻的心剑，这更证实了这个老头的身份。

王郎居然动用了这个几可与昔日武皇相匹的绝世高手，可见对林渺是如何的重视。

林渺不知道是该高兴还是该叫苦，这个昔日暗中主持杀手盟的邪宗宗主居然为他而亲自出手。

林渺也想到了邪神，这老头与邪神究竟谁更厉害一些呢？

不过，王翰在江湖之中潜隐五十余载，这种甘于寂寞的心态，又有谁能够与之相比呢？其年龄更已达百岁，却看上去并不老。

空尊者急急扶起了大日法王，而卓茂身边的骑兵已经冲到了林渺的身边，却全都止于林渺的身后，悠然与王翰相对。

战马低嘶，似乎也感受到了那弥于虚空之中的强大杀气。

王翰一人静立于空旷之中，竟有一种接天插地的苍奇。

林渺手中已无刀，轻风中，衣衫飘洒，他已摘下了无常尊者的面具，而在他的身后则是数十高手，排成一排，以他为中心，似乎组成一道傲立于风浪之中的海岸。

数十人对王翰一人，其奔涌的杀气似乎达到了一个饱和点。

似乎并没有人在意那自四面奔杀而来的王郎大军。

“轰轰轰……”而在此时，北、东、西三面响起了三声炮响，随即极速奔出两支劲骑，如利刃一般直插向王郎的大军之中。

两支劲骑足有四千之众，而且清一色的都是长刀健马。

四千精骑！

这绝不是个小数目，而在这种低丘陵之地，骑兵的冲击力是无法估计的，其杀伤力与其速度是成正比的。

骑兵绕过林渺与王翰对峙的地方，直接奔杀那群普通战士。

但林渺并没有太高兴，尽管他知道自己布下的这支劲骑一定可以以迅速击溃王郎的大军，但——王翰却必须由他自己面对，这是不可能有人代替的。

战王翰，将是林渺最大的挑战，一个是无忧林之主的师伯的人，就凭这一点，便足以与武林皇帝刘正一较长短。

武林皇帝是武林中的神，而无忧林则是江湖的神话。

在谈到武林皇帝之时，从来都没有人忘记无忧林的存在。

可是，天下间绝没有人知道，神话般的无忧林中却出了一个叛徒，一个让天下黑暗了数十载的叛徒！

林渺知道，有些问题终还是需要面对，某些人总会在成长的路上出现，这是不能改变的命运。

林渺有些开始相信命运了，也正因此，他对自己更自信。

经历了无数的劫难，但是依然活着，而且每一次都更成熟一些。他也相信，这个世上是没有什么不可以战胜的，包括眼前的这邪宗宗主。

邪宗究竟是怎样一个概念，江湖中人并不是太明白，因为其远没有天魔门出名，甚至江湖之中邪神门徒都要比邪宗更有名。

当然，这并不是说林渺便可以大意的对待眼前这个超级高手。

王翰并没有出手，只是遥望着林渺，像一棵枯朽的树木。

但林渺知道，王翰出手了，手未动，心已动。

剑自王翰的心中生起，以一种虚幻的形式却能爆出实质的杀伤力，这是邪法还是武功？

林渺无法说清，却不能否认这种攻击方式的可怕。

所以，林渺也出手了，先机，或许已无所谓。高手与高手之间的对决，需要先机，但当武功超越了这个范围时，一切都会以另一种形式表现，先机或许已经不再重要。

林渺与王翰之间相距五丈，五丈并不能算是空间。

一出手，距离便已不存在，心剑已入林渺的心，但林渺的刀也没入了王翰的气场之中。

杀戮是相互的，王翰欲杀林渺，却不能不接林渺这一刀。

“叮……”白玉剑。

刀与剑擦身而过，林渺与王翰的身子错位之际，却是一道闪电划破长空，在两人初立之地击出一道焦烟。

卓茂知道，他们已只是旁观者，不可能还能在之中插手什么，于是他便完成他所要完成的任务——护送梁心仪回枭城，到一个最为安全的地方去。

“夫人，请与我们一起走！”卓茂很恭敬，梁心仪是林渺的妻子，真正的过门妻子，也便是枭城的女主人。

“不，我不走！”梁心仪肯定地道，她的眼中依然是淡淡的落寞和伤感。

卓茂一怔，讶异道：“可是这里很危险！”

“我要陪阿渺！”梁心仪长长地吸了口气，表情更是落寞，却有说不出的坚定，仿佛在其脆弱的外壳中包裹的是一块坚硬的石头或钢铁。

卓茂有些傻眼了，梁心仪的话并不是无理取闹，他也一样关心林渺的安危，尽管他并不知道眼前这个老头的身份，就凭其一出手便让林渺放弃放弃杀大日法王，而且还被逼退，便可见这老头绝非等闲之辈。

自一个人的气势之中，卓茂可以感觉得出这个老头是个绝世高手。

“夫人，我们离远点，在那山坡之上等主公吧。”卓茂突然想到了一个折中之法。

梁心仪望了卓茂一眼，又望了望那神情肃然的数十高手，及那自两面冲出的数千精骑，眸子里闪出一丝难以言喻的光彩。

她知道，今日的林渺，已不是昔日的林渺，她从未想过，林渺居然拥有如此武功，便连大日法王也几乎丧命于林渺一刀之下。

而林渺的这群部下对她的关心，也使梁心仪看出林渺在这些人中的分量是如何的沉重，还有这数千骑兵，所拥有的实力是她昔日在宛城之时想都不曾想过的。

今日的林渺变了，别过近两年，林渺确实变了，梁心仪知道自己也变了，但是她的变化却不像林渺这样，成了另一个极端，于是她心中涌出了莫名的悲哀。

“心仪，那边还有人在等你！”说话的是两名昔日虎头帮的弟子。

梁心仪认识他们，但这两人也似乎脱胎换骨了一般，不再有昔日的痞气，却多了一股无法言喻的朝气。

“谁?”梁心仪的目光不由向那方的土坡之上望去，却见那土坡上多了一杆大旗。

旗上迎风招展着一个斗大的“刘”字！

那土坡之上居然还有一支人马，“刘”字自然是枭城军。

枭城军全都打起“刘”家的旗号，因为林渺乃是春陵刘家老三刘秀，打起刘家的旗号是名正言顺的。

梁心仪的目光并不是落在那杆大旗之上，而是落在旗下那个人的身上。

一张熟悉至极却又有些陌生的面孔，梁心仪口中不由得低念了声：“六子！”

“六子！”梁心仪的泪水便滑了出来，她终于是见到了亲人。

亲人，这是怎样的一个概念，当一个人完全处于一个陌生的环境两年，受尽欺辱之时，亲人对他们来说又是怎样的一个概念?

小刀六的马蹄如飞，就像天空迅速聚拢的密云。

小刀六的身后百余骑也如一阵风般卷了过来。

“心仪！”小刀六振臂而呼。

一句亲切而又熟悉的呼唤，梁心仪突然发现自己流泪了。

“噼……哗……”梁心仪心神狂震之时，一道闪电便劈落在她的身边。

卓茂吓了一跳，吃惊地呼道：“夫人，我们快离开这里！”

梁心仪也回过神来，却发现天已经全都暗了下来，密集的电火将地面劈出一个又一个焦黑的坑洼，而林渺与那老者竟完全纠缠在电火之中，已经分不出彼此，只有两团火焰一般闪烁的光芒借着电火的光华挥出惊天动地的异彩。

梁心仪被镇住了，不由得惨呼了一声："阿渺！"

梁心仪从没想过世间居然会有如此场面。

林渺听到了梁心仪的呼唤，心神竟然松了一下。他全身心地投入到了这一战，却无法忘掉对梁心仪的爱，那是烙在心灵深处的感情！

卓茂脸色变了！在梁心仪呼出声的那一刻，他想阻止都不可能。他知道这可能会出现怎样的后果。

卓茂所猜到的后果果然应验，林渺的身子自电火中游离而出，却在虚空中洒下了一口鲜血。

腥红热辣的鲜血，在电火之中化为红色的气焰，林渺的身子牵扯着两道电火，如划过虚空的慧星。

坠落之时，手中的刀寸寸而裂。

"阿渺！"梁心仪更急。

"夫人，不要让主人分神！"卓茂惊呼，他一把拉住梁心仪肃然道。

梁心仪一怔，她看出了眼前这个很沉稳的男人眼里竟有一丝恼怒和责备，不由心中一颤。

"林渺，今日便是你的死期！"王翰像是空中虚无的风和气，已在林渺落地之时飘至。

"天地怒——"林渺突地再一次立直身子，手中竟又多了一柄刀。

林渺身上的刀似乎无穷无尽，却没有人知道林渺的刀藏在哪儿，但林渺确确实实自身上掏出了三柄刀。

刀，接上虚无的天空，数十道猛烈的光束自暗云之中射下，接在林渺的刀尖之上。

刀锋霎时变得如明珠一般光华流溢，那道光华更自刀身透入林渺的身子。

林渺也如刀一般，散发出无可比拟的亮彩，如爆炸的恒星一般，形成一道无形的光云，吞噬了林渺的刀、林渺的人及其身边的每一寸空间。

光华更以四面八方辐射的形式侵入每一寸虚空，吞噬了王翰。

“六道无间——”王翰也在虚空中暴吼了一声。

云层顿如撕裂了口的海堤，大水直倾而下，化成瓢泼大雨在天火交错之中幻成奇异的形态。

仿佛有亿万生命在狂舞！

所有人都看呆了，便连远处奔来的小刀六也呆了，天空似乎在突然之间陷入了一种怪异的混沌之中。

光和电吞噬了天地之中的一切，并以林渺与王翰为中心向四面八方辐射。

“快走！”卓茂想也没想，抓起梁心仪打马便向光芒辐射的相反方向狂奔。

卓茂身边的人也似乎意识到了什么，也立刻夹马狂退。

战马似乎也意识到了死亡的气息，惊悚之下，长嘶而逃。

每个生命都具备对危险走避的天性，战马自也不例外。

天地变得异常混沌，在奔逃之中，每个人似乎都忘记了身边的每一件事，包括那倾下的风雨，和整个充斥着杀机的世界。

天亮了，因为电火；天暗了，因为那倾天而下如暗云似的大雨。

黑暗之中似乎有无数张狂野性的嘶吼。

五识六觉在刹那间静止。

将人心神再次引入现实中的是风啸、马嘶！

黑暗远去之后，众人恍然发觉天地一片萧瑟，一片宁和。

战场之上硝烟依然袅袅而起，尸首狼藉，破车败旌，四处可见。

所有人的目光都在搜寻，寻找那混沌的源头，寻找那制造混沌的罪人。

冷风中，林渺如一株凋零的树，悠然静立在一片废墟的大坑边。

王翰已不在，在林渺的面前只有一个巨大的土坑，归鸿迹在大口大口地喘息着，但所有人的目光却都聚于另一个人的身上，那是一个极为高大魁伟的背影——摄摩腾！

是摄摩腾，并不只卓茂识得此人，但是没有人知道摄摩腾是何时出现的，是以什么样的方式赶到了现场，而且出现在林渺的身边。

王翰又是去了何处？在刚才那无法知晓时间的片刻究竟发生了什么？究竟出现了什么意外？

谁胜？谁败？

所有人都怀着强烈的疑问。

林渺没动，摄摩腾也没动，归鸿迹仿佛是在叹气。在漫天降落的尘埃之中，三个人的表情都有些模糊。

没有人知道是喜是忧，是悲是愁。

王郎的大军在数千骑兵的冲击之下，已经开始溃逃，而王翰的突然消失，使他们的精神也似乎在刹那之间崩溃。

而在那尘埃犹未落定之时，王郎的大军已经若潮水般退却，有点莫名其妙，但所有人都似乎意识到一个问题——林渺的力量占了上风，王翰走了！

王翰不可能就这样轻易死去，那么，便只有一种可能——退走！

王翰走了，为什么而走？难道林渺不想将他留下？难道林渺就不能将他留下？许许多多的问题，也许只有林渺明白，但没人问。

王郎的大军疾退，枭城和马适求的骑兵势如破竹，追杀十数里。

马适求的大军一直都受王郎的压迫，恨极王郎，无奈王郎势大，根本就没有什么特别好的机会让王郎尝尝厉害，这次林渺的出手则是给了他一个机会，是以杀得极为痛快。

当然，这次前来的不只是马适求的义军，更多的是枭城军与信都的战士。

……

梁心仪几乎不敢相信这是事实，但林渺确已经证实了他已不再是昔日的林渺，而是一方霸主，一代高手，手下更是战将如云。只凭这数千骑兵，便足以让天下人不敢小视林渺。

梁心仪觉得林渺有些陌生，尽管依然是昔日那个模样，依然是那般热烈，但是在梁心仪的眼中，两人之间已经存在了极大的距离和反差。

她不觉得自己已经走到了林渺的身边，尽管林渺便在她的身前，那是一种只有心才能抵达的距离。

相聚，重逢，梁心仪心中极度伤感，她也不再是昔日冰清玉洁的她，也不再是昔日高傲纯情的她。

造化弄人。

……

第八十五章　泰山之战

林渺受了伤，不轻，王翰的武功已经超出了林渺的想象，只有他才真正地知道，天下高手是如何之多，什么才是真正的高手，若不是摄摩腾及时出手，只怕他与归鸿迹已经不能站在阵前了。

王翰，昔日杀手盟的真正主人，这是归鸿迹的证实。

事实上，林渺也没有料到他身边的无名氏便是昔日那最神秘的杀手盟头号杀手归鸿迹。

昔日，武皇七破皇城，归鸿迹没有出现，以至于十二大杀手惨败于武皇刘正之手，更使红极一时的杀手盟灰飞烟灭。

当然，这并不能说是归鸿迹的错，不过，确实没有人能知道，如果聚齐了十三大杀手，武皇是不是还能大破未央宫呢？

没有人知道那种不可能重演的故事的结局，能够做的只是估计，只能在心底去猜想。

林渺受伤了，梁心仪自然是极关心，极痛心，但梁心仪居然没有更多言语，只是告诉了林渺一个极为意外的消息。

梁心仪为林渺生了一个儿子，而这个儿子便寄养在宛城一个农户的家中，且她将小孩托负给了藏宫。

梁心仪见过藏宫两次，但她却知道这是一个可以信任的人，所以她请藏宫去南阳找回她的儿子，并交给林渺。

藏宫没有找到林渺，林渺更不知道有这件事的存在，但林渺却是欣喜至极，他居然有儿子，对梁心仪却更多了一丝歉疚。

梁心仪没有说更多，她不曾为孩子取名，因为她生下孩子之时仅只来得及让人将小孩送走，后来孔庸死了，她却被大日法王所掳，再后来她便陷身于虎狼之窟。她活着，只是想让林渺知道，他们有一个儿子！

林渺忘了伤痛，只想到那未曾见面的儿子和藏宫。他不再奇怪为什么藏宫会有梁心仪的画像，为什么会画得如此之传神，只是因为他们曾经有过一段交往。

小刀六感到有点心酸，他终于再见到了梁心仪，却恍如隔世，彼此只是近两年未见，却发生了如此之多的变化，仿佛是做了一场光怪陆离的梦，而现实之中只剩下一点昔日的影子。

相聚，相对，却已无语，满心的情绪都哽咽在喉中无法吐出。

枭城、信都、巨鹿三地同庆，因为此次压住了王郎的气焰，同时，也代表林渺与王郎正式宣战。

从这一刻起，北方便多事了，枭城与邯郸成为两股对立的势力，整个北方义军的力量或许已经开始倾斜。

一个是在北方经营了数十载的豪强，拥有大军十数万，以及数郡义军的支持；一个是新近崛起于天下，名动朝野的年轻代表，同时也代表了汉室正统，其同样拥有河北数郡兵力的支持，更被传神为无敌的军事天才。

林渺的崛起确像是个奇迹，不过，奇迹并不让人意外。在这个纷乱的世界里，什么样的可能都会存在，便像是林渺突然成了舂陵刘家的三公子刘秀，更成了汉室正统一样。

林渺向邯郸宣战，并不只是因为这次与王郎兵力的正面对抗，却是因为梁心仪。

梁心仪死了，在随林渺返回枭城的途中以让所有人都为之意外和震惊的方式离开了人世。

凶手是梁心仪自己！

梁心仪的死让林渺受了很大的刺激。她曾以屈辱的方式在大日法王的淫威下苟活，却以高贵的姿态死在自己最爱的人面前。

理由是：她已不再是昔日的梁心仪，已经没有颜面存于世上。

昔日之所以活在大日法王的淫威之下，是因为心愿未了，那便是想见林渺最后一面，并告之儿子的下落，或者可以说是在等一个机会让所有败坏自己贞洁的凶手死于自己的刀下，包括大日法王！

梁心仪见到了林渺，见到了小刀六，见到了枭城、信都的千军万马，她知道，自己无法做到的和想做到的，林渺一定会为她完成，所以，她不再以残身苟活于世。

林渺知道梁心仪的贞烈，他一直相信梁心仪的贞烈，但是却没能让梁心仪活下去，没能不给梁心仪自杀的机会。

心痛的不只是林渺，更有小刀六，但是一切都成了事实，没有谁可以让命运重演或是改变。

林渺没有选择流泪，更没有选择颓丧，他知道，自己的责任不只是一个丈夫的身份，而应该是一军之帅，一城之主，一方之雄，因此他知道自己应干什么，应怎样去对待任何意外所生的变故。

他知道梁心仪不要他颓废，更知道许多该为梁心仪完成的心愿，他为自己拥有这样贞烈的妻子感到骄傲。

枭城举城戴孝，城中百姓和战士尊敬林渺，所以也同样爱戴林渺的亲人。

没有林渺，便没有枭城的繁荣和安定，尽管战火已经燃起，但是枭城依然太平，王郎的兵力尚无法延伸到这里，而且枭城的护卫已不是昔日的模样。

城外村连村，堡连堡，接成了一个很好的外廊，只凭这些村堡便可阻止大批的外敌强攻。

枭城的商业已经极为繁盛，几成了北方的商业枢纽，百姓安居乐业，也盛行小买卖。因此，枭城内外的居民皆极为富有，加之正是丰收之后，枭城的积粮顿时储满仓库，而这一切都是因为林渺。

当然，这也并非林渺一个人的功劳，但如果没有林渺驾驭这么多的人才，枭城依然只是昔日的铜马军，那绝不可能出现今天这般盛况。

林渺决定与王郎交战，便首先要肃清军队。是以，他派人去王校军中，晓以利害，更给王校军一些甜头。

他必须让王校军与自己合作，否则便只有先灭了王校军之后才能够真正的去对付王郎，一时之间北方战云密布。

泰山之战确实也是人人关注的对象，试问谁不想观看当世的武林神话？

昔日武皇刘正七破皇城只有居于长安附近的人才知道，但知道真相的人依然是少之又少，至于昔日武皇决战泰山，也同样只是一个谜，没有外人知道，顶多便是泰山附近的猎户们看到了天象大变，因而不敢出门，他们想都没想过这天象大变只是因为两大绝世高手的交手。

但今日不同，武皇刘正与天魔宗宗主决战却已经是满天风雨，整个天下都知道了。

人们对武皇刘正有一份好奇，对天魔宗宗主同样也有一份极度的好奇。

不知道天魔宗的人几乎没有，不知道天魔宗宗主的人却是太多，这是近年来江湖之中最火最神秘却又势力最强大的组织，在天下义军纷起之际，天魔宗就像是一个异类，几乎是无处不在。

而天魔宗宗主又为何会与武皇决战呢？而能够与武皇决战的人又究竟是怎样的一个人物呢？这像是一个魔咒，吸引着江湖中许多人为之疯狂。

于是泰山脚下变得无比热闹，甚至让人忽略了那在长安城中风雨飘摇的王莽。

王莽，确已至末路。

长安城的官兵很多倒戈相向，王莽大赦城中各监狱的囚徒，给予武器，杀猪饮血，在众亲卫相护之下，聚囚徒发誓："有不为新室者，社稷记之!"

城外喊杀声依然笼罩在整个长安城上空。

长安城的天空仿佛满布阴云，囚徒们似乎都很沉默，但在王莽发誓匆匆离开后，很快倒戈，没有人不恨极王莽，更不可能有人为王莽卖命，而今绿林军便在城外，又有谁还会傻得为一个穷途末路的敌人卖命？

城内官兵大乱，这些囚徒在狱中憋足了冤气，尽管没有官兵训练的那般精良和默契，但这许多囚徒，确也将城中闹得一片混乱。

囚徒们直冲宣平门，一路奔杀。

王莽更是大惊，他根本就没有料到这些囚徒如此顽固，当然也有些囚徒一哄而散。

城外听到城内的喊杀声，又立刻加紧攻城。

十月初一早晨，绿林军在囚徒们的相助之下，破开宣平门冲入了长安城，在城巷之中与官兵激战。

大战一直都在持续，到黄昏，长安城内各官府都跑个精光。

王莽无奈退驻皇宫，直到第二天凌晨，绿林军才控制长安城，包围了皇宫。

大战持续一天一夜，长安城内血流成河。

申屠建、李松、邓晔诸将立刻整顿义军，在长安城的百姓相助之下开始攻打皇宫。

泰山附近因江湖人士云集而显得有些混乱。

有许多多年的冤家走到了一块，自然便会大打出手。因此，还没等上得泰山，就已经有许多人死于非命。

泰山本是樊崇的地盘，那里的义军却并不敢多管泰山之上的事。

赤眉军本来就并不是一支十分正规的军队，更明白江湖人的习惯，自不愿得罪这些来自各方的武林豪杰，能做的便是趁此机会拉拢各方的英雄人物，以壮大自己。

樊崇自不会错过拢络江湖人士的机会，如今天下的形式纷乱，谁得天下尚是个未知之数，如果能使自己的势力再扩大一些，自然便更多一分把握。

当然，樊崇也知道眼下的形式对他极为不利，因为刘玄乃汉室正统，且又攻下了洛阳，长安也成了其囊中之物，而他却只能隅守东面，在兵力和人气之上，他根本就没有办法与刘玄对抗，这是樊崇心中的隐痛，不过，他也是一代枭雄，自然是不到最后不会放手，至少不会在天下一统之前轻言放弃。

聚贤庄。

泰安城中最具声名的庄园。

聚贤庄主赵飞飞在豫鲁地区声名远播，未闻其名者极少。

江湖中人未闻赵飞飞之名的也不多，至少在鲁地，赵飞飞比鲁南大侠张宽更具震慑力。

有人说赵飞飞是东海第一高手寿通海的弟子，也有人说其是寿通海的侄儿，还有人说赵飞飞乃是天魔门的一位重要人物……

当然，传闻终究是传闻，而不是事实，尽管许多江湖中的传闻并不都是空穴来风，但也不能不相信。

赵飞飞是个很低调的人，在江湖之中是这样，不过，聚贤庄却并不是那么低调。

许多事情都并不是赵飞飞做主，而是聚贤庄的管家赵东来。

赵东来不低调，黑道、白道，只要能有钱赚的生意他都敢做，仿佛他便是聚贤庄的主人了。只要他说做，就等于是聚贤庄去做，赵飞飞似乎并不管赵东来的事。

江湖中人给赵东来的面子，便是樊崇也会给赵东来几分薄面。在赤眉军大破泰安之时，便不曾与聚贤庄发生什么冲突。

也可以说，聚贤庄与赤眉军也有着某种交往。因此，聚贤庄在豫鲁之地确实是一股潜在的势力，其财大势大，庄中高手极众，但是近日来，聚贤庄确实不顺。

首先是庄中四大天王在朝阳楼中与人争风吃醋，被人杀了两个，后又是赵东来在庄外两里处暴死。

赵东来乃是与鲁南大侠张宽齐名之辈，但是他死了凶手是谁却没有人知道，包括他身边的亲卫家丁也是没有一个活口，死状极惨。

居然有人惹上了聚贤庄，这确实是让人有些意外，而且还在泰安城中杀了赵东来，这几乎是没把聚贤庄放在眼里。

近来泰山之战，泰安极不安稳，江湖人物川流不息，多是为睹百年难得一见的高手之争，但这些江湖人之中，能够杀得了赵东来的人却少之又少，那么，又是谁有这么大胆敢轻捋虎须呢?

聚贤庄中的二号人物被暗杀，泰安城中自然是闹翻了天，每一个到过泰安的武林人物都成了怀疑的对象，而来凤楼更是聚贤庄的主要目标。

来凤楼与朝阳楼相对而建，乃是近两月才建起来的最大酒楼客栈，更有传闻与朝阳楼联手做生意，使得青楼、赌坊、客栈、酒楼一条龙地联营，是以生意极为火爆。

来凤楼“来”的是有点意外，但正好赶上四方江湖人士云集泰安之时，这使得来凤楼成了江湖人的首选。在这里所住的大部分人都是商贾和江湖豪强，不过却很安宁，没有人敢在来凤楼闹事，这一点实不能不让人意外。

这点意外便使聚贤庄对来凤楼更多了几分注意，也多了几分猜疑。

入住来凤楼的人都知道，这是一股他们不应该惹的江湖实力，因此，来这里的人都显得谨慎，不轻意闹事。

朝阳楼则不同，闹事者常有，但聚贤庄熟悉朝阳楼，这是泰安最早也最有名的一家青楼兼赌坊，其老板的身份是不用怀疑的。

来凤楼的掌柜钱二三是个胖子，脸上堆了许多肉，使之眼睛小得像是在笑，确是和气生财的面相，人缘似乎极佳。

十月初一，一大早钱二三便感到生意特别清冷。

这使人有点意外，街上冷风瑟瑟，颇有点意兴索然。

夺命书生的出现是钱二三今天的第一个意外。

夺命书生是踏着冷风走入来凤楼的，看上去似乎一脸风尘仆仆。

钱二三第一眼便认出了柳生，柳生也看见了胖掌柜钱二三，是以怔了一下，想说什么，却又没有说出口，只是找了一个角落安静地坐下唤了声："一壶酒，两道小菜。"

小二一怔，柳生也不说要什么菜，他正想问时，钱二三却叱了一声道："去准备麻香豆腐、辣子鸡丁！"

小二有些惊讶，似乎钱二三知道柳生要吃什么，于是他望了柳生一眼，见柳生没反对，也便立刻去了后厨房。

柳生似乎真的很沉得住气，一直都不吭声，望着那裱着一层纸的窗户透入的那微白的光发怔，仿佛是心神飞越到了一个遥远的地方。

"客爷，你要的酒菜来了！"小二放下酒菜唤了一声。

柳生没有动，依然望着窗户发怔，小二唤第二声时才扭头看了一下。

"放这儿！"说话间柳生自壶中斟了一杯酒端在手中，半晌才吸了口气道："邯郸和枭城交战了，你知道吗？"

钱二三怔了一下，望了柳生一眼，没有说话。

“邪宗的宗主现身于内丘，与林渺打了个两败俱伤!”柳生似乎是在自言自语地继续道。

“不可能!”钱二三的脸色急变，脱口道。

柳生望了钱二三一眼，冷冷一笑道：“你终于肯说话了。”

“为什么不肯？我一直都在说话!”钱二三冷冷地道。

“可惜呀可惜!”柳生冷冷一笑。

“可惜什么?”钱二三似乎有点气恼，问道。

“可惜你已经不是昔日太行五虎之一了，太行五虎只是过往云烟!”柳生叹了口气道。

钱二三脸色极为难看，喘了口气道：“人各有志，过去了的都过去了，这也未必不是一件好事。”

“但愿，只可惜你是投错了主!”柳生不屑地道。

“这是我的事!”钱二三急辩。

“不错，确实是你的事，我差点忘了我们已经不是兄弟了，不过，我念在昔日的情分之上，劝你还是立刻离开这个是非之地，否则，只怕来不及了!”柳生吸了口气道。

“你这话是什么意思?”钱二三脸色大变，反问道。

“你自己应该明白!”柳生喝了口酒道。

钱二三的目光冷冷地盯着柳生。

“你不用这样看我，我不是你的敌人。”柳生没有抬头，只是平静地道。

“想走，只怕没这么容易!”一个冷冷的声音悠然飘了进来。

“哗……”纸糊的木窗顿时裂开两个大洞，两道人影踏着碎片悠然而入。

“二大天王!”钱二三眼中闪出一丝冷光，低低地呼了一声，但他的目光却被自门口进入的人给吸引住了。

“赵飞飞!”钱二三吸了口气，自口中迸出三个有点发冷的字，声音轻的似乎只是在说给自己听。

“小二，赵庄主到了还不快招呼酒菜?!”钱二三突然回过神来干笑了声，急忙吩咐道。

“不知赵大庄主大驾光临，真是本店的荣幸呀，不知庄主要些什么?”钱二三依然极为镇定地道。

“我们庄主只要你的脑袋!”南天王声音极冷地道。

“南天王说笑了，我这颗脑袋有什么好?”钱二三干笑一声道。

“既然你的脑袋不好，留着也没用!”北天王冷冷地补了一句。

“钱二三，不必和本庄主绕弯子，交出凶手，我可以饶你不死!”赵飞飞声音平静得让钱二三心中发毛。

柳生没有动，依然只是在喝着酒，似乎这里的一切都已经与他无关，而这里的所有人又似都不曾当他存在。

“我不明白庄主在说什么?”钱二三吸了口气道。

“你会明白的，我给你最后一次机会，如果你愿意告诉我凶手在哪里，或者说出雷霆威或是玄剑的下落!”赵飞飞冷冷地道。

“我根本就不知道他们在哪里。”钱二三也冷冷道。

“那就怪不得我了!”

赵飞飞的话音刚落，南北两大天王的手已经到了钱二三的面前，但钱二三的身前却横着一张大算盘。

钢珠铜骨，在两大天王的袖刀刚出之时便已经撞上了刀锋。

而在此时，店中几名小二的身形也如风般动了，他们的目标自然是赵飞飞!

赵飞飞没有动，连眼角都没有斜一下，但便在几名小二的兵刃挥至赵飞飞身前三尺之时，突然窜出一簇弩箭。

弩箭准得吓人，每一支箭射入一个人的心脏，不偏半分，是以几名小二的身子便扑倒在赵飞飞三尺之外。

赵飞飞依然没有动半根指头，连眼皮都未眨一下，一切，似乎都只是在他的意料之中。

钱二三却吃了一惊，他没有看到箭出自何方，但却见到了八名全身裹于黑衣中的人，每人身负大弓。

看不清面目，皆因其面目尽罩于黑巾之中，不过，钱二三并没有太多的心思顾及这八个神秘的人物，在南北两大天王的强攻之下，他也只能穷于应付。

聚贤庄的实力并不是没人知道，却不是每个人都见识过。

钱二三战十数招便立退，疾速退向后厨，他知道，赵飞飞不会放过他，而他根本就不可能有机会胜过赵飞飞那群人。

钱二三并不是一个习惯等待死亡的人，身为昔日的太行五虎之一，当然不是等闲之辈。

南北两大天王自然不想松懈，但钱二三手中的铁算盘却炸成了无数碎珠，如雨花般散射向空中的每一个角落。

“好个天女散花！”赵飞飞淡淡地说了声，那八名箭手的箭便已经射了出去，目标直取钱二三！取箭、上弦几乎是在一刹那间完成，动作利落快捷得让人无法不惊叹。而且八人的动作之整齐划一，如同一人，便是一旁的柳生看了也不由得心中升起一丝寒意。

钱二三心中也升起了一股极度的寒意，他的身形虽快，却快不过这脱弦的利箭，而“天女散花”自然也未曾考虑到这八支弩箭。

赵飞飞的眼中闪过一丝冷酷的杀机，望着钱二三那几近绝望的表情及那绝杀的弩箭，心中没有半丝怜悯，但他的目光却在突然之间变得无比锋锐。

那是因为一只拳头！

一只无声无息，却在死神的手下将钱二三拉回的拳头。

八支弩箭在同一时间爆成了碎末，化成粉尘散落于钱二三的身前，但那只拳头并没有停止，而是以无坚不摧的威势撞入南北两大天王的气场。

南北两大天王正在躲避那如漫天花雨一般的钢珠，但他们却似乎怎样都无法避过这只拳头，无论他们怎么改换身形，怎么变换方位，最后仍是撞上了那只拳头。

于是，两大天王听到了自己骨头碎裂的声音，紧接身躯便如驾云一般飞了出去，至于如何落地，他们已经感觉不到。

“雷霆震怒——雷霆威！”赵飞飞的声音像冰一样冷。

拳头滞于空中并缓缓回收，来凤楼中却多了一位老者。

“想不到江湖中还有这么多人记得老夫，这真是一件令人欣慰的事！”雷霆威悠然地笑了笑道，仿佛他刚才根本就未曾杀过人一般。

“我以为你不敢出来，既然你出来了，那便偿命吧！”赵飞飞冷冷地道。

“如果你有足够的能耐，那便出手吧，赵东来是我杀的。”

“你为什么要杀赵东来？”一名蒙面箭手厉声喝问道。

“不仅是赵东来，每一个天魔门的人都得死！”雷霆威冷厉地道。

赵飞飞怒笑了一声，便已出手了。

赵飞飞出手很少，真正知道其有多大实力的人也并不多，但外面传言此人绝对是一个可怕的高手，甚至比赤眉三老也不遑多让。

当然，传闻只是传闻，何况雷霆威乃是昔日的杀手之王，也是天下间让人听到就头痛的人物，这两人交手又是谁的胜算多一些呢？

这只能等待结果！

刘玄迁都洛阳，宛城之地由王常留守，刘仲整顿洛阳的文书，为司隶校尉。

定都洛阳，长安也已是囊中之物，刘玄自然遍写诏书发向各路反王义军，请各路反王义军前来洛阳受封。

刘玄为汉室正统，且此刻已是天下势力最强的一支军队，各地反王军自然臣服，除河北诸义军有黄河相阻外，整个中原和江南都已成了刘玄的地盘。

江南的秦丰、张霸最先称臣，因其与刘玄曾有约定，若能破王邑大军，自然称臣，可是刘玄现在不只是破了王邑大军，更得洛阳重城，长安也已攻破，他们哪有不称臣之理？

绿林军势大，更是因为其军有着无数的绝顶高手，诸如王凤、王常、王匡、朱鲔等，无一不是当今之世难得的猛将好手，战将如云的绿林军，又岂有不胜之理？

仅是刘家自身的高手便足够让人心惊，而王莽旧朝的战将已经死伤得无可战之人，或死或逃，或伤或自立为王，天下义军，即使是赤眉军中的将领也无法与绿林军相比。

刘玄此刻的兵力已达百万余众，横扫天下，谁人能敌？

河北，虽刘玄未出兵，但已封了河北最有声望的刘秀为招抚大使，行大司马之职。

刘秀与其枭城大军，还有一些旧汉势力的依附，使之成为了河北最强的力量之一，唯有王郎的大军可以与之相提并论。

但是若刘秀联合了刘玄，得到刘玄的支持，那么刘秀的声势则绝对远超王郎。

南有刘玄，北有枭城刘秀，这天下自然成了刘家的。

刘玄复汉，更是得天下民心，这是任何义军也无法与之相比的，即使是樊崇也知道，若是刘玄真的攻下了长安，那么便是大势已定，他也不能不向刘玄称臣了。

赵飞飞的武功确实让雷霆威有些意外，尽管仍不能超越雷霆威，却也相差无几，但若加上那八名神箭手，便成了另外一回事了。

赵飞飞以九人之力合击雷霆威和钱二三，并以一种特殊的阵法紧缠两人穷追猛打，雷霆威想走都没有机会，而钱二三已是负伤累累。

来凤楼则被几位高手几乎是掀翻了天，楼中的住客则纷纷走避，哪敢在这种是非之地久留？

赵飞飞是越杀越勇，尽管他没有雷霆威那般超强的功力，却比雷霆威更为灵动。

钱二三苦战，暗叹："吾命休矣……"那八箭的攻势几乎是密不透风。

柳生依然没有动，他的目光只是淡淡地扫过楼内的每一个角落，却未被惊走。他知道，这绝对不是最后的战局，这是直觉，是以他不走，至少他要看看最后的结果会是怎样。他并不是一个缩头藏尾的人！

柳生没有猜错，在钱二三的命只差剑尖三分之时，来凤楼中突然多了一柄巨剑。

剑，突然而至，却如破浪的巨鲨般游入战局之中。

八箭的奇阵若飓风中的飞叶，散成碎片，在那巨剑之中化为虚无。

钱二三没死，而要杀他的人却死了，在那柄巨剑之下，连人带剑一分为二，唯有一幕血影飞洒而下。

巨剑余势未竭，幻成巨龙绞出。

"玄剑！"赵飞飞喊出这两个字之时，身边的八箭已有四人身首异处。

没有人能在巨剑之下轻撄其锋！

——不！

玄剑再旋之时，却发现一只手——

一只抓住了剑身的手！

玄剑的心仿佛被火炙了一下，一只手居然抓住了他雷霆一般的巨剑！他没能认出对方是谁之时，钱二三已惊骇地呼了一声："柳生！"

出手之人是柳生，柳生的右手！

钱二三做梦也没有想到，天下间竟有人敢以赤手去抓玄剑的剑！更做梦也没想到这个人却是太行五虎之一的柳生！

玄剑的心神大震之时，却发现另一只手已以快得不可想象的速度冲向他的胸膛。

“轰……”雷霆威挡住了那袭向玄剑的手，但整个人却像触电般身形狂飙出五丈，落地之时压碎了一张檀木桌。

柳生身形没有晃一下，但玄剑手中的巨剑像是变成了一块火红的烙铁。

玄剑出掌，掌如巨剑，以开天辟地之势斜斩柳生的脖项，但在距柳生脖项五寸之时，却发现自己的手斩在柳生的左手之中。

玄剑心头再骇，他没有发现柳生是如何出掌的，但却发现自己的掌劲有如泥牛入海，化为无形。

“咔……”玄剑听到手腕骨头碎裂的声音，然后便感到一阵钻心剧痛传遍全身，随即他的身躯也如雷霆威一般飞射了出去。

因为柳生的一脚！

柳生的脚踢陷了玄剑的胸膛，在虚空中划过一道血弦，生命便已远离玄剑而去。

一切都只是在突然之间发生，雷霆威落地，即如虾子一般弹起，却并非攻向柳生，而是射向来凤楼之外。

“想走？没那么容易！”赵飞飞的速度也绝对不慢，柳生出手的时候，他便已经严阵以待了。因为他知道，柳生出手根本就不需要他相助，同时他也知道，雷霆威一定会逃！

事实果然没出赵飞飞所料，是以雷霆威没能逃过赵飞飞的拦截。

雷霆威强攻出手，却只让赵飞飞退了七步，但此时柳生却已经横在了雷霆威的身前。

柳生没有立刻出手，只是冷冷地望着雷霆威，笑容有点冷漠。

“你究竟是谁?”雷霆威的脸色有些难看，他猜不出世间有几人能够在一招之间将他击退。

柳生笑了笑，轻抹脸庞，袖袍移开，却是另一张极为年轻的面孔。

雷霆威怔住了，这张面孔绝对陌生，而且极度年轻。

“秦复!”钱二三声音有些发硬，额角渗出了一颗颗汗珠。

“你居然还知道我?”那人正是秦复，但此刻其表情极度冷漠。

“请宗主饶命，请宗主饶命，小人该死!”钱二三的腿一软，立刻跪倒在地。

“你就是天魔门的第二代宗主秦复?”雷霆威的声音也有些变了。

“知道是本宗，你应知道该怎么做吧?”秦复的声音有点冷傲。

“天魔宗主有什么了不起，秦盟老夫都没有放在心上，我倒想看看你这黄毛小子有什么了不起!”雷霆威冷哼一声，踏步而上，身子若涨大的皮球一般。

每步仿如金戈击鼓，裂心破腑的气势漫涌向静立的秦复。

秦复也冷哼道：“简直自寻死路!”

雷霆威出拳，疾如奔雷，狂若雷霆震怒，但他迎来的却只是秦复的拳头。

拳头碰拳头，雷霆威听到臂部骨节暴响，随即整条手臂陷入麻木之中，强若狂洪惊涛的气劲自麻木的手臂延伸而入，将体内真气冲击得一片混乱。

雷霆威暴退，但才退五步便定住了，发出一声惨号，胸前透出一截剑尖。

面对秦复，雷霆威几乎忘了身后幸存的箭手。

幸存箭手对雷霆威是恨极，是以在雷霆威后退之时，便立刻出手。

雷霆威被震得五内俱热，根本就无力阻挡背后的偷袭，是以只好是死路一条了。

钱二三想逃，却没有力气，恍然间他似乎明白了点什么，是以在突然间变得沉默了。

秦复悠然来到钱二三的身前，语气有点冷地问道："胆敢背叛本宗，你以为就凭那几个老不死的，便可以篡夺本宗的地位吗？本宗可以给你一次机会，只要你说出与寿通海串通一气的所有人，本宗便不计你欲反之罪！"

钱二三的脸色一片煞白。

"宗主已经给你机会了，如果你想错过的话，应该知道怎样的后果！"赵飞飞冷冷地道。

钱二三几不敢仰视秦复的目光，半晌才泄气地道："我说，只要宗主不杀小人，小人愿意将所知道的全都告诉宗主。"

"很好，寿通海答应给你什么？"秦复反问。

"总护法说事成后，可以让小人做玄鹤坛坛主。"

"那好，只要你老实与本宗合作，本宗也可以让你做玄鹤坛坛主！"秦复道。

"谢宗主，小人知无不言……"

地皇四年（公元 23 年）十月初三，皇宫被绿林军焚烧，王莽避火至宣室前殿，后又在群臣扶持下上车至渐台。

王邑领随从千余以渐台池水为掩护，与绿林军垂死相抗。

经过昼夜交战，终箭尽兵绝，王邑等将尽数战死。

王莽因多日未食，无力征战，绿林军在傍晚时分攻到台上，杀死不少官员，商人杜吴偷袭得手，取王莽之绶印玉玺，校尉公宾倒戈割下王莽首级，义军则分裂王莽的尸体。

一代枭雄，末路之时竟死无全尸，终年六十八岁。

十月初六，绿林军大部分将领会师长安，向更始皇帝刘玄呈送王莽的首级，并悬于宛市，百姓掷击之，更有人割食其舌。不久，官兵将士死的死，逃的逃，降的降，王莽政权彻底垮台。

刘玄下令整顿长安城，诏告天下反王军队，恢复汉室旧制，更准备迁都长安。

天下义军无不相附绿林，至此，刘玄也长长地松了一口气，此时的天下已归绿林军所控制。

泰山。

孔子曾曰："登泰山而小天下!"昔年黄帝轩辕西拜崆峒，东封泰山，在泰山绝顶得道飞升。后秦始皇更是东拜泰山，尊其神为东岳天齐仁圣帝。

泰山一向为道教福地，其山势、气势雄伟磅礴，峰峦突兀峻拔，更有天下第一名山之称。

天下第一名山，总有让人向往之处，在这十月初冬之际，泰山脚下却聚集了来自八方的江湖豪客，却没有几人真能上得泰山之顶。

东岳剑派雄踞泰山近百年之久，而其更是为哀帝主持封禅仪式的御赐名门，是以泰山便名正言顺地由东岳剑派坐镇。

东岳剑派在近几日已封绝山顶，不许任何外人登上泰山绝峰。

当然，东岳剑派并不是太让人惧怕的，百年前，其或可称为江湖上可怕的组织之一，但百年之后，却变得没落，即使是其门主也不过是江湖七大名剑之一，名气尚在武林四圣之后，但是今日登山的高手却没有谁能够闯过东岳剑派的封锁线。

那并不是因为岳宏的名气与武学修为，而是因为几个怪人。

知道这几个怪人身份的人几乎是少之又少，却没有一个人敢去挑衅这几个怪人的威势。

那群自称是一方豪雄的高手，在这几个怪人的手下，却没能够走上五招。

有人猜测这几个怪人是天魔门中的高手，也有人猜这些人是昔日武林皇帝的仆人。

当年武皇七破皇城之时，便有人见过其所带的五仆。在二十年前，武皇的五仆就已是天下难逢敌手，出入长安城，万马千军而如入无人之境，二十年后，这些人的武功又会到了一个怎样的境界呢？

至于这几个怪人是不是昔日武皇的仆人，并没有人敢肯定，但却有人认出了其中一人便是昔日黄河帮的创始人迟守信，也便是现在北方第一大帮黄河帮帮主迟昭平的父亲。

天下人没有不知道黄河帮的，眼下黄河帮统一了黄河与济水之间的大片地域，更让富平和获索臣服，声势之盛更是随北方刘秀的发展而水涨船高。

林渺便是刘秀，此刻早被天下人所认同，便是刘玄也没否认，那谁还有资格否认呢？

而黄河帮的老帮主却出现在泰山之上，这自然是让人惊讶和不解。

世间的许多事本就是让人难以理解的，便像昔日迟守信所领的黄河帮正如日中天之时，却突然传位其女迟昭平，而在江湖中销声匿迹，这本就是个谜。

泰山之顶，两大当世无敌高手决战自然是足够吸引人心神的事情，以至于尽管有这几位无名高手相阻，却仍有人想上山一睹究竟。

能够闯上山的人并非没有，也并不是一定要打败迟守信几人，而是只要能够在迟守信等人手上走过百招不败者，才有资格上泰山，但仅止于上泰山，不得越过南天门上玉皇顶和日观峰。

没有人敢惹怒武皇，因此，能上得南天门便已心愿足了。

没有人敢想象两大高手决战会是怎样的战况，但每个人都在期待。

阿姆度也在期待，他上了南天门，本来满怀豪情欲一战武皇刘正，但是在上得南天门之后，他才知道自己的武功原来也不过如此！只凭武皇的几个仆人便让他很是狼狈，他并没有十足的把握胜过这几位神秘的高手。

若连武皇的仆人都没有把握战胜，那根本就没有资格挑战中原武林的神话武皇刘正，因此，他只好安分地守在南天门外。

守在南天门外的，并不只有阿姆度，自言谈之中，他知道所来之人有东海义军的另一大势力的首领张步！

张步也到了南天门，甚至有赤眉军三老之一的杨音，另外还有几位神秘的人物，但谁都知道，能上得南天门的人，没有一个不是武功足以震慑一方的超级高手，而这些人都是为了观看这神秘的一战。

许多人都对这一战抱有强烈的希望，但是守在南天门外的高手都已经守候了三天，却没有一点收获。

武林皇帝刘正与天魔门的宗主仿佛根本就不曾到达玉皇极巅。

当然，阿姆度知道武皇到了，南天门的每一个人都感觉到了那股自玉皇顶所散发出来的奇异而野性爆烈的杀气。

能够让自己的战意和杀气笼罩整个玉皇顶的人，便只有武皇刘正或是天魔门宗主！

玉皇顶之上，似乎只有一个高手，仿佛找不到第二个人的生机，这让阿姆度诸人极为奇怪，除非是两大高手中有一人失约，否则绝不可能出现这样的情况。

究竟是怎么回事却并不是每个人都能知道的，因为没有人敢轻易越过南天门。

一天、两天、三天……泰山之顶平静了五天，仍没有任何高手决战的痕迹，终有人按捺不住心中的忿然。

“究竟是怎么回事？什么意思？竟让我们在这里白等了五天！”一人忿

然大步越过南天门。

“请回，南天门是禁地!”便在那人刚跨过南天门之际，却横空拦出一名高瘦清奇的道人。

道人的声音很冷静平稳，却有种说不出的坚决。

那人一怔，立刻定住了脚步，他感受到了来自这名道人身上的强大气势，如一柄插天的古剑留于地面之上的巨锋。

“你是谁?”那人冷冷地问。

“我是武皇的仆人，谁想过南天门，就必须先过我这一关!”

“你以为你可以阻止得了我?”那神秘人冷笑问道。

“除非你是邪神!”道人也冷冷地道。

“你好狂，难道天下间只有邪神才能胜你？我就不信!”那神秘人不屑地一笑。

道人的眸子里闪过比剑还锋利的神采，却无法看透这神秘人物面具之后的面孔，但捕捉到了那似曾相识的眼神。

眼神相触，神秘人便已出手了，天地似乎突然变得死寂而沉闷。

道人悠然一笑，身形顿时消失在神秘人物的前方，在炽热静寂的气流之中，远远地立在五丈之外的一块巨石之上。

“请！武皇已经等你很久了!”道人的脸部绽出一丝奇异的笑容，淡漠地道。

“崆峒派的流云飘!”那神秘人物吃了一惊，反问道。

“不错，邪神的功力更胜昔年多多!”道人并不否认地道。

“松鹤已死，想不到崆峒派居然还有人能将流云飘练到这等境界，难道你便是三十年前反出崆峒派的阴风?”邪神吃惊地问道。

“邪神未忘故人，阴风自感荣幸！邪神请了!”阴风道长不置可否地道。

邪神却犹豫了，听阴风的口气，似乎武皇刘正正在山顶等他，而且等候多时。

“你便是邪神?”阿姆度突地踏入南天门，冷冷地问道。

“你是什么人?”邪神不屑地打量了一下阿姆度。

“贵霜国九段武士，也便是五月与松鹤约战武当山的阿姆度！松鹤是不是你杀的?”阿姆度极为忿然地冷问道。

邪神不由得笑了:“原来是你，你想向我挑战?”

“不错，我倒想看看你究竟有什么能耐!”阿姆度冷冷地道。

“你杀了我师侄?”阴风的脸色大变，冷冷地问道。

“不错!”邪神并不否认。

阴风背上的剑竟呜呜地鸣叫起来，仿佛欲脱鞘飞出。

邪神神情顿时肃然。

阿姆度却为之骇然，他突然感到内心升起一股奇异的寒气，仿佛有一柄模糊而实在的剑在扩张，来自阴风身上的气势如无孔不入的剑气透过每一个毛孔射入肌体之内。

“阴风!”一缕遥似自九天云外飘来的声音悠然传至南天门，又在每一个人的心中回荡，历久不息。

阴风身上的杀气顿敛，表情平静得如无风的湖面:“你可以过去了。”

邪神突地冷冷一笑，身形暴退道:“我为什么要去?”

“你以为你可以走得了吗?”那自遥远处飘来的声音又一次飘了过来。

邪神速度快极，但另一条身影也同样快。

“砰……”邪神身形狂撞在阴风的身上，阴风倒跌三丈，邪神也暴退三步，两股疯狂的劲气若风暴般在南天门内卷起，石走沙飞，枝残叶碎，天空一片混沌。

当天空自混沌之中安静下来之时，邪神却发现自己的身前多了另一道身影。

“刘正!”邪神脱口惊呼。

“故人相见，又何必急着要走呢?”刘正头发乱如杂草，胡子更将面目遮掩的不见其表情。

“你没有与秦盟交手?”邪神有些骇然地问道。

“他只是一个废人，根本就不值得我再为其出手!”武皇刘正悠然道。

“不可能！这怎么可能?!”邪神神色大变地失声道。

“世间不可能的事情太多，只是你没有想到而已!”武皇冷冷地道。

“你的计划落空了!”秦盟的声音很平静，却掩饰不住自己的虚弱。

邪神死死地盯着秦盟，这与他想象中的秦盟确实有很大的区别。

“你不是秦盟，秦盟绝不会是这样的!”邪神失声道。

“如假包换！本宗二十年前与武皇一战，其伤便一直不曾好过，尽管以功力强压住了伤势，却无法阻止五脏六腑的衰死。一月前，旧伤复发，还有三日可活，但在死前却有最后一个愿望。”秦盟惨然一笑道。

“最后一个愿望?”邪神讶异地问。

“不错，那日与武皇决战，本不会伤势严重到不可治愈的地步，但拜你和王莽所赐，使本宗伤上加伤，所以我今生最大的愿望便是想看到你死在我面前!”秦盟悠然笑了笑道。

“你想杀我?”邪神感到有些好笑。

“我功力尽失，自然杀不了你，但有人会杀你!”

邪神不由得将目光投向武皇刘正，恳切地道：“刘兄，我们从无怨仇……”

“我本以为在我快要出关之时，那奇异的笛音乃是秦盟所发，这才引我走火入魔，从而让无数无辜之人死于我手，但很遗憾的却是，那笛音是你设下的圈套，你的用心也太毒了一点，我刘正一生行事只求无愧于心，无愧于天下，但却在闭关二十年后成了武林的罪人，我不得不感激你!”刘正深深地吸了口气，不无恨意地道。

“我想刘兄是误会了!”

“我从不会误会任何人！你的身份我早便已经查清楚了。昔日你师父王翰设下圈套引我与秦盟决战，更乱我大汉江山，今日我能找到秦盟也是拜你所赐。你们师徒二人都是我刘家的大敌，为天下苍生百姓，我也不能放过你这等祸首！”刘正长长地吸了口气道。

邪神的心神大震。

“王翰乃是无忧林的叛徒，却能教出王莽和你这样两个祸害天下的弟子，真不能不让人佩服！”秦盟不无揶揄地道。

“你不是一直都想向我挑战吗？我便给你一个公平的机会！”刘正淡淡地道。

“你一直都在等我？”邪神问道。

“因为我知道你一定会来，或者来的人是王翰！只是你的耐心比我想象的要好，居然能五天不动声色！”刘正笑了。

“城主，赤眉军传来消息称，樊崇义军有欲臣服刘玄之心，并准备去洛阳受封！”朱右神色甚忧地道。

林渺神色微变，反问道：“你的消息可靠吗？”

“绝对可靠！”朱右肯定地道。

林渺深吸了口气道：“绝不能让赤眉军成为刘玄的力量！”

“可是我们根本就没有办法阻止他们！”朱右道。

“如果赤眉军臣服了刘玄，那么，我居于北方就没有任何意义和价值！你迅速让贾复来见我！”林渺沉声道。

朱右望了林渺一眼，应声退了下去。

樊崇的决定，让其部下众将有些难以接受，但樊崇乃是赤眉军之首，眼下的形势确实不宜再连年征战。

赤眉军征战多年，尽管人才济济，但是却也是兵疲马困。

战争，并不是真的那般吸引人，何况此刻刘玄许以给赤眉军众主将以列侯之位的承诺，这也是一种诱惑。

看看自己的兄弟们一个个在身边倒下，没有人知道下一刻战死沙场的会不会是自己，因此，尽管臣于他人并不是大家所愿，但却也不能说不是一个极好的选择。是以，当樊崇如此决定之后，谢禄、徐宣、逄安诸将也没有反对。

事实上，樊崇与他们情同手足，上下一心，这才能使赤眉军连年征战而不败。

樊崇安排妥当赤眉军中之事时，已是身心略感疲倦，他也为一方之雄，先刘玄而举义旗，可是却要他去臣服刘玄，这让他确实心有不忿。

当然，樊崇此去洛阳，却并不是全因刘玄，而是因为另一个人。

樊崇办好军中之事，便立刻赶回府中，许多的事情尚要向这位等在他府中之人陈述。

樊府极大，却有一处禁地，而这神秘人物便等候在密室之中。

樊崇的脚步略有犹豫，而范忆却在此时出现了。

范忆是他的义子，樊崇也不能否认此人确实是个人才。

“义父!”范忆的神情依然很恭敬，轻轻地唤了一声。

“少主可在?”樊崇轻叹了一声，问道。

“少主已经等候多时了，请您进去!”范忆应了一声。

“你在外面等着，没我的命令，谁也不许进入这里!”樊崇叮嘱了一句。

“孩儿明白!”范忆点了点头。

樊崇推开玄铁重门，赵飞飞便出现在了他的眼前。

“国师!”赵飞飞极恭敬地唤了一声。

樊崇摆了摆手，目光却投向室内面壁的背影之上。

“少主!”樊崇叫了一声。

那背影悠然转了过来，却是一张极为清秀的面孔，赫然正是秦复!

“国师辛苦了，请坐！”秦复的语气也极为缓和道。

“谢少主！臣已经将军中之事按少主之意安排好了。”樊崇恭敬地道。

“很好！你不愧为我大秦第一忠臣，如果他日复我大秦，必不会亏待国师！”秦复不无嘉许和感激之意。

“臣历代受大秦之恩，更受历代主公之眷顾，为复我大秦，甘愿拼尽一身骨头！只是我不明白，为什么少主要我前去洛阳受封于刘玄？”樊崇神情有些惑然地问道。

“刘玄乃是本宗护法之一，但近日却连诛本宗安排在绿林军中的高手，想必已有背叛之心。此刻他已为天子，掌握百万大军，我们此时若与其硬拼，势必难有胜算，因此，我们必须等待时机！”秦复吸了口气道。

“如果他背叛天魔门，就让我派人去取他首级回来……”

“他身边高手如云，若是伯父未武功全失，或有可能，但伯父却武功尽失，更有武皇刘正那老不死的，谁能轻易取下刘玄首级？何况你并不是天魔门的人，我也不想你暴露自己的身份。”秦复道。

“主公武功全失，可是却仍与武皇约战泰山，那岂不是……”樊崇吃惊地道。

“伯父并没有想过活着下山，他早有安排，即使是武皇不疯也逃不过此劫！”秦复不无感伤地道。

樊崇半晌才道：“武皇武功举世无敌，几已达神乎之境，主公……”

“你放心，泰山之战，武皇将永远消失于天下，也许还可以拖一个邪神下水！其实在泰山绝顶，伯父早就让人埋下了一千斤火药，只要一经点着，整个玉皇顶都会分崩离析，更别说血肉之躯了！”秦复肯定地道。

“火药？那是什么东西？”

“伯父学究天人，武学、机关巧器无一不登峰造极，那是他一次练丹之时偶有所感，才造出了这些东西，至于是什么东西，我也说不清，但那种东西只需半两便可炸死一头猛虎，威力之强，难以形容！”秦复不无神往地道。

樊崇不语，他知道秦复没有说错，秦盟确实是学究天人，更有天下第一巧手之称，能与之相比者，天下难寻其一，机关巧器便连昔日的武皇也叹为观止！如果说秦盟真的在玉皇顶上有所准备，自是有把握可以成功的。

“眼下的要务便是寿通海那老匹夫，居然胆敢趁伯父重伤，勾结几位长老欲篡本宗之位。因此，我要借你手下的高手先清理天魔门之乱，你则可去洛阳稳住刘玄，待我清理了宗内之事后，你便立刻与我回军中会合，再逐鹿中原。如果我估计没错的话，刘玄必不是个真能治好天下的明君，王凤和王匡之辈也不是甘于屈居人下之人！”秦复断然道。

樊崇眼睛一亮，顿有所悟道：“臣明白少主的意思！”

秦复不由得笑了。

“城主，不知找属下来所为何事？”贾复恭敬地问道。

“有消息称樊崇要率众部将降于刘玄，你可听说过此事？”林渺淡问道。

“属下刚听说。”

“你有什么想法？”林渺反问道。

贾复一怔，不是很明白林渺的意思，但隐隐感觉到一些什么，道：“如果樊崇真心实意地降服于刘玄，那么天下再无敢与绿林军相抗衡者，汉室必复，只是……”

“只是什么？”林渺反问道。

“刘玄不是一个能成大事之人，得到天下后只怕会如王莽般苛政相差无几。”贾复道。

“何以见得？”林渺反问。

“他刚掌大权便害死寅将军，可见其无容人之量。而其在洛阳的表现更是让人失望，居然因张长叔献他两百万两银子和一座御花园，便放过这个大贪官，甚至还让其官至二品。此等做法，可见刘玄不是一个真的深具远见的人物!”贾复道。

“我看若是樊崇真的降了刘玄，只怕对城主极为不利!”贾复随即又补充道。

林渺不由得笑了，道：“知我者，贾先生也，我找先生前来便是为了此事!”

“愿听城主吩咐!”贾复道。

“不知贾先生有何高见，以避免此事发生?”林渺反问。

“这件事只怕有些难办。”贾复道。

“贾先生此言差矣，我倒觉得此事不难。”林渺道。

“愿闻其详!”

“只要先生代我去见两个人，此事便不难办了。”林渺道。

“两个人?”贾复讶异问道。

“王凤和陈牧!”

贾复的眼中闪过一道光亮，林渺又接着道：“樊崇征战近十年，乃一代枭雄，如果让他屈居人下，定不会心服，但如果只给他虚衔而不给兵权，他必会再反，而以王凤与陈牧两人的性格，必难容刘玄身边多出这样一个强大的威胁。所以，你只要代我去见见王凤和陈牧就行了。”

“属下明白，此去必不会让城主失望!”贾复至此哪还不明白林渺的话意?

“要花费多少金银，便在姜先生那里拿。”林渺道。

“报城主，春陵大夫人和大小姐来了!”一名亲卫前来相报道。

“什么?”

林渺一怔，随即立刻明白道：“你是说我嫂子和琪琪来了?”

“不错，正是他们!”那亲卫肯定地道。

林渺大喜，他早就派人去接李盈香母女了，几经周折，终于将之接到枭城。

事实上，若真能接来李盈香和刘琦琪，则更能让刘家人归心，更能证实林渺是汉室正统的子孙。

这是一个极具象征意义的决定，是以林渺很重视。

第八十六章　出征王郎

泰山之战的结果让天下人皆惊，整个玉皇顶夷去两尺，玉皇顶上的草木更是化为灰烬。

整个泰山都似乎颤抖了，天空中洒下一阵石雨，便连山脚下都有飞自玉皇顶上的石末。

这一切并不是因为武皇与邪神惊天地、泣鬼神的大战，而是因为秦盟点燃了一种奇异的东西。

南天门在巨大的冲击之中毁去，而武皇和邪神及秦盟都在惊天动地的巨爆中化为碎末，抑或是葬身绝崖之底。

南天门外守候的高手也无法抗拒那巨大无匹的冲击，或伤或走，他们从未见过如此可怕的杀伤力。

几乎是每个人都为之傻眼了，若非能上南天门者无一不是超级高手，否则只怕被那强大的冲击波和碎石冲击得不死也是重伤了。

泰山之顶究竟发生了什么事并没有多少人真的知道，没能上南天门的人还以为这是武皇刘正与天魔门的宗主秦盟交手所引起的超强杀伤力。

泰山之顶本就是天象大变，武皇和邪神两大高手交手，也是百年难遇的一战，尽管二十年前邪神的武功排在武皇之后，但相去也不是太远，而这二十年来，武皇因走火入魔，武功大打折扣，而邪神这么多年来一直在长进，相较之下，邪神与武皇也有一战之力，即使武皇能胜，也要至千招之后了，但他们却忽略了秦盟。

秦盟早就料到此战局，是以早在玉皇顶埋下了火药机关，只待武皇和邪神交手时，在其无暇分神之下，引爆火药，以求与这两大无敌高手同归于尽。

秦盟以求同归于尽，自然是为了秦复，因为在此之前，他已将功力全部传给了秦复，包括其毕生所学的武功。他知道，如果让这几大无敌高手同时消失，那么，天下间能成为秦复对手的几乎没有或是少之又少，这一番安排可谓是用心良苦。

事实上，谁也没有想到秦盟会有这一手，在临死之际，尚要拉这两大无敌高手下水。

武皇因走火入魔，思想有些混乱，神志并不是太过清醒，所以并没能发现秦盟的阴谋。否则，以武皇的绝世天资，想暗算他绝对不是一件容易的事。

邪神是清醒的，却苦于被武皇缠住，根本就没有办法抽身去管其他，这才中了秦盟的暗算。

泰山之战，孰胜孰负，已没人知晓，在江湖之中，只有一种传闻，那便是同归于尽。另有一种传闻却是天魔门的宗主秦盟与邪神两人联手战武皇刘正一人，这才使得三人同归于尽于泰山绝巅玉皇顶。

事实究竟是怎样，便是那些守候在南天门的高手也不是完全知道，他们也是看得糊里糊涂，但最后是三个人同归于尽的结果他们并不否认。

这些人也不会轻易在江湖中以讹传讹，更难得有人能从他们口中得到真实的消息。因此，结果如何，只能是江湖人自己去乱猜了。

但无论这三大无敌高手是如何死的，都足以成为江湖中的一段神话。

武皇刘正本就是武林的神话，其神圣的地位无人能及，他的死，自然也让许多人为之惋惜，而刘家子孙则更是悲痛至极。

刘正是武林的神话，同时也是刘家的守护神，如果不是刘正的存在，王莽当年早已杀尽所有刘家正统的子孙，就是因为武皇刘正的存在，这才使得刘室子孙得以保存，以至于在二十年后有重复汉室江山的力量。可以说，汉室中兴，没有武皇刘正，那是不可能实现的。

刘正战亡，便像长安城破、王莽身死的消息一样，迅速传遍了大江南北。

传到枭城之时，已是泰山之战后的五天。

林渺得知此消息，也是心神大震，不无悲伤之情。尽管他与武皇刘正只有两面之缘，但武皇对他却有授艺之恩，甚至将其毕生所学毫无保留地传给了林渺，这才使林渺的武功能够极速地提高。

尽管武皇亲自指点的机会几乎没有，但以林渺聪颖的天资，按照书册上所写习练也同样拥有绝佳的效果。否则，只怕当日根本就不能与王翰正面相抗。

林渺没有太多的悲伤，因为此刻他正准备大举与王郎作战。在前线，他的部队在王郎的大将李育的手下连败了两阵，如果不是信都刘植和耿纯带来宗族子弟兵相援，只怕这一战会败到枭城了。

耿纯亲自督战，大战李育，又借来信都的骑兵，这才稳住战况。

信都周围的诸郡之长都表示臣服林渺，是因为林渺此刻代表的身份是汉室的大司马，由刘玄任命的招讨使，更是汉室正统，又是北方一大势力。

林渺近日派人去各郡征集兵源，更调集各郡国的材官和骑士为兵，并亲领兵先向北强攻中山之卢奴（今河北定县）。

枭城军在此时才表现出其超常的作战力，平日训练在这一刻有所体现。

林渺亲自挂帅征战，仅用了三天便大破卢奴，又在王校军的支持下攻克常山之真定，与大枪义军短兵相接。

王校军是不得不降于林渺，一来，林渺势大，又是邻居，若不降，最先受到攻击的将是他们；二来经过十余月的经营，临平与枭城几乎成了一体，王校军许多利益都与枭城军唇齿相依，因此选择臣服和合作乃是最为明智的。

北定卢奴后，林渺便立刻与耿纯合兵，在马适求的指引下，以迅雷不及掩耳之势夺下元氏（今河北元氏县西北）。

此刻，林渺的声势已大壮，大枪军避走太行。他们本与王郎结成一气，但林渺却让大军封锁房子城（今河北高邑西），断其与王郎联系的通道，等于是将大枪义军孤立了起来，以至于其不得不避走太行。

高湖、重连两军欲夹攻林渺，但却遭黄河帮的精锐自背后偷袭，吓得只好回护老巢而不敢轻举妄动。

富平的义军几乎已归附到黄河帮旗下，而获索则领一些人降于赤眉，其地也逐渐为黄河帮吞噬。

迟昭平所使的正是昔日林渺定下之计，整个济水北部数郡都已经在黄河帮的控制之下，其兵力已达五万之众，足以称雄一方，但黄河帮却是枭城的最强支持者。

迟昭平是无条件支持枭城军！形成南北联手之势，对王郎确实形成了一股强大的压力。

王郎也想出征黄河帮，但有黄河相阻，想出兵，却不能不惧黄河帮的水师。

黄河帮的水师战船神出鬼没，速度之快，几让王郎吃惊，他的水军与黄河帮一触即溃，便是湖阳世家的船也不能与之相比。

而在此刻，湖阳世家的船也迟迟无法运到北方。

当然，王郎虽然势大，也不宜多方作战，此刻北方林渺攻势凶猛绝伦，他也不敢不小心。

林渺部下大将极多，诸如郑志、耿纯、刘植、卓茂、朱右、李度，还有一些新加入枭城军的新人。

林渺绝不是一个吝啬给人才机会的人，贤才都能在其手下发挥作用。

让邯郸军头大的却是枭城大将铁头，此人确有万夫莫敌之勇，力大无穷，每次出战必身先士卒，一身铜皮铁骨，普通刀剑难伤其皮毛，数战之下，立刻扬威沙场！

大战才开场，林渺便迎来了一群亲密的战友，景丹、坚镡还有臧成功也纷纷来投，一时之间，其帐下更是大将如云，人才济济，最让林渺痛快的却是邓禹的赶来。

邓禹是在林渺兵困房子城之时赶到的。

邓禹是去枭城找林渺，但扑了个空，于是便将柳宛儿安置在枭城，单枪匹马便来到了房子城外找寻林渺。

知邓禹赶来，林渺出营五里相迎，前几日他尚念叨着，如果有邓禹为他出谋划策，那后防也不会混乱了。

朱右在处理情报和天下太平之时或能主持大局，但对整个形势的把握仍是不当，以至于粮草诸方面并不协调。

邓禹之名早已天下闻名，而在其单枪匹马解昆阳之围后，其名气更是如日中天，让天下人为之敬仰，其才华在多年前便得到了人们的认同。

"终于把你给盼来了！"

"愿赌服输，邓禹若是不守信义，只怕也无颜活于世上了。"

"邓兄何用说此话？你能来助我，乃林渺之福！"林渺抢下马。

邓禹一笑，也跃下马背，迅速跪于林渺身前，恳然道："邓禹愿以此身听城主差遣！"

"邓兄何以如此？"林渺忙扶起惊问道。

"我既已输，自然无话可说，一切听城主的吩咐，邓禹无敢不从！"邓禹肃然道。

"哈，邓兄不必如此，咱们依然是好兄弟，你来得正及时，我正需要你为我打理后防之务，走！我们去营中细细商量。”林渺客气地道。

王郎极为震怒，林渺连夺他数城，这时他才真的感受到来自林渺的威胁。

昔日感到的威胁并不直接，但此刻却是绝对直接。

尽管邯郸的兵力比林渺更为强盛，但是林渺用兵莫可揣度，更以奇兵著称，现在又听说邓禹这等人才也投奔了林渺，使林渺声势大壮，不仅如此，邓禹更以数千战士以极速大破乐阳。

邓禹破乐阳，便与林渺的大军几乎是自三面合围邯郸之势。

所幸，王郎有坚城为凭，尚可与之相持，但枭城的粮草储备极足，各方面的物资则由小刀六的商队源源运至信都，又有域外的马匹补充，其后备力量确实极强。

王郎甚至有些嫉妒林渺拥有小刀六这样的人物相助，尽管他也经营了二十多年，但比起各地的生意网络，甚至不如小刀六，而且在中原之地，他的商队完全受到绿林军的干扰，难以运进物资。

绿林军此刻在中原势大，刘玄自命汉室正统，但王郎却在邯郸称帝，这自然让刘玄极为震怒，尽管刘玄对林渺不至洛阳受封有点恼，但至少林渺已经称臣，更说明了原因，同是刘家子孙，因此，林渺与王郎交战，刘玄虽不发兵助林渺，却也不会让王郎在中原运去太多的物资。

刘玄知道林渺与王郎开战，立刻发诏书以示嘉奖，自是想借林渺之手除掉北方对他最有威胁的王郎。

在各方的形势之中，林渺都占着极大的优势。

刘玄的心情确实是极好，长安已破，旧朝的文武百官都愿奉其为君，准备迎其迁都长安，汉室二十多年的灾难终于能在他的手中终结，这确实是让刘玄引以为傲。

光复汉室，这是多大的功业，如同高祖创立汉室天下。

最让刘玄兴奋的是赤眉军的降服，樊崇及其一群将领正在前来洛阳的路途，少了赤眉军这样的劲敌，这个汉室江山便是十余九稳了。

想到汉室的中兴，刘玄没有理由不欢喜，他身边的功臣良将如云，而讨他欢喜的人也极多，尤以廖湛和杜吴为最。

廖湛和杜吴可以说是他最忠实的心腹，杜吴在江湖之中打理一切，更为其送来百名绝色美女的大礼，这使得刘玄心花怒放。

刘玄本非不识大体之人，但因天下已在掌握之中，再无顾忌，心怀大放之下，自然不再收敛，而且此刻他乃大汉天子，拥有三宫六院七十二妃这是无可厚非的。

曾莺莺为刘寅所杀，真刘玄的妻妾被他以天下未复、不提男女之事为由打入冷宫，压抑了太久的他，自然是一发不可收拾。

杜吴这一百名绝色美女正是火上添柴，使得刘玄的性情也在无形之中改变。

若是昔日的刘仲，绝不会发生这样的情况，但是此刻刘仲已经是刘玄的面孔，所有的一切都只能以刘玄的标准去做。

尽管成了刘玄之后，刘仲得到了想要的虚华和权力，得到了万人的尊崇，但是，却没有人知道刘仲内心的痛苦。他活着，却不是自己，不是真实的自己，便像是一场永远不会醒来的噩梦！

昔日以刘仲的身份，尽管没有太大的权力，但至少仍是他自己，是一个真实的自己，有自己的思想和个性，但改变了容颜之后，他便只能出卖自己的灵魂，抹去自己的个性，以一种虚假的姿态出现。因此，在得到了至高无上的权力之后，却无法填平内心的空虚，是以刘仲无法不痛苦。

在这种心灵的折磨之下，刘仲这个假刘玄的性格也在慢慢地改变。

刘仲自己也不知道会有这种结果出现，抑或他自己都不曾注意自己性情的细微变化。

——但是刘嘉注意到了，旁观者清，刘嘉把一切都看在眼里，心却开始痛了。

刘嘉心痛同样也是为自己，他活成了刘仲，但却没有了自己，这种感觉让人疯狂！但他没有疯狂，因为他尊重刘仲，为这个昔日的三哥出力，他心甘情愿，所以他仍清醒着，更为汉室的复兴而骄傲，为春陵刘家能主宰天下而欢呼，这，只是属于少数人的秘密，因此刘嘉在意假刘玄的每一点变化。

所以，刘嘉找刘玄谈过几次，但是刘玄不但没有接受他的提议，反而训斥了刘嘉。

刘玄是当今天子，而刘嘉只是一朝臣子，他无权说太多。

刘嘉无奈地退下，他已经感觉到刘玄心性的变化，但更多的却是感到无能为力，他似乎成了角落中一个几乎被遗忘的角色，背负昔日昆阳大捷的虚名，却难再有建树，因为他根本就不是刘仲，更不能如昔日刘仲一般放手大干一番。

倏然间，刘嘉想到了刘秀，那个居于枭城的春陵刘家老三！

“仲将军何以郁郁不乐？”

刘嘉正心神不定之时，倏闻一声质问，不由得心神微震，抬头看时，不由得笑道：“刚才被圣上训斥了一番。敬国公何时返回洛阳，而与大司空同来见圣上，定有要事发生了吧？”

“哦，圣上近日心情不好吗？”王凤讶异地问道。

“敬国公见过圣上自然知道！”刘嘉并不想与王凤多说，昔日刘寅之死，多少与王凤这些人有关。因此，刘嘉对这群妒贤嫉能的人极为不屑，尽管这些人无一不是顶级高手。

“报皇上，敬国公与大司空求见！”一名内侍禀报道。

刘玄似乎心情尚未好转，道：“让他们在门外候传！”

“皇上，敬国公说有要事禀于皇上！”那内侍有些犹豫地道。

“好吧，传！”刘玄也有些无奈，王凤与陈牧所代表的是军方中的两根支柱，而且此二人在新朝中的分量绝不小。

“臣王凤、陈牧叩见皇上，愿吾皇万岁万岁万万岁！”

“两位爱卿平身，不知两位爱卿有何事呀？”刘玄道。

“谢皇上，臣此来是因樊崇之事！”王凤直截了当地道。

刘玄神情立肃，关于樊崇之事，自然是大事。

陈牧的目光却投向殿中的内侍和宫监，刘玄努了一下嘴，那些宫监和内侍知趣地退了出去。

“有事便禀上来吧！”刘玄道。

“臣派出的探子回报，樊崇在前来洛阳之前，便在赤眉军中作下极度秘密的安排！”王凤语出惊人地道。

“什么安排？”刘玄吃了一惊。

“赤眉军的前锋营移至东郡附近，大有西进之势，且赤眉军各旅有积极备战的动向，皇上不能不小心呀！”陈牧出言道。

“哦，竟有此事？难道樊崇此来投降有假不成？”刘玄大为震怒地问道。

“依臣看，樊崇此来确没有安什么好心，皇上还是小心为上！”王凤提醒道。

“那朕便在他入长安时，斩了他们，我倒要看看赤眉军没有了樊崇、逄安那些人还有什么作为！”刘玄冷冷地道。

“此事万万不可！”陈牧忙道。

“有何不可？”刘玄反问。

“樊崇此贼虽贼心不死，野心勃勃，但此次是以臣服为名来我洛阳，若是皇上在没有他们想造反的证据之前，便杀他们于洛阳，只怕会让天下人寒心，往后，谁还敢臣服于皇上？因此，樊崇绝不能杀！”陈牧道。

“嗯，大司空所言极是！”刘玄并不糊涂，在大局之上，他依然不会不明事理，眼下正是天下反王军纷纷臣服的关键时刻，如果他没有理由而杀了樊崇的话，那只怕会使天下反王势力各自为政，谁也不敢来洛阳受封了。到时候，战乱仍将无休止地延续。

“那以二位爱卿的意见，认为该如何处理樊崇？”刘玄反问道。

“臣以为樊崇不能杀，我们还要封其官职，但却不能让其拥有实权，更永久留在洛阳，只要樊崇留在洛阳，在我们的掌握之中，便不怕他飞上了天，而且赤眉军也会投鼠忌器，天下各路反王军自然也便无话可说！”王凤提议道。

“敬国公是说软禁他？”刘玄立刻明白其话意，反问道。

“皇上圣明，臣正是此意！这样一来，既可堵天下人之嘴，二来又可防患于未然，天下自然轻易可定！”王凤肯定地道。

“大司空的意思呢？”刘玄的目光转投向陈牧，反问道。

“臣之见与敬国公相仿，臣认为敬国公之计确实妙极！”陈牧附和道。

“很好，朕心中有数，此事待樊崇来朝之后再议，你们二人先行退下！”刘玄吸了口气道。

“臣先行告退！”王凤与陈牧顿喜形于色，弯腰而退。

刘玄却陷入了沉思。

“主公，属下幸不负所嘱！”贾复兴奋地道。

林渺极喜，问道：“怎样？”

“王凤和陈牧果然中计，劝说刘玄。刘玄封樊崇及其所领的二十余位大将为列侯，却没有实权，更将其安排在一片府第之中，不许私离洛阳，等于是软禁于洛阳，想来樊崇必不会长久受制于人，受此闲气。”贾复笑道。

“做得好！刘玄啊刘玄，你杀我长兄，这天下自不应是你这无容人之量者之物！”林渺恨恨地道。

“主公，贾复愿为主公身边之先锋卒，为主公平定河北效犬马之劳，恳请主公恩准!”贾复诚恳地道。

“哦?”林渺微感惊讶，打量了贾复一眼，反问道：“你想行军打仗?”

“不错！大丈夫当以征战沙场为荣，还请主公给我这个机会!”贾复肃然道。

“好！我就封你为偏将，编至邓禹军师的帐下!”林渺悠然道。

“谢主公!”贾复大喜。

林渺心神突觉有些恍惚，情绪没来由地波动了一下，不由得抬头，却见一道幽风吹入帐内。

林渺一惊，不由得低呼：“怡雪!”

帐中已多了一人，林渺身边的狄龙与狄英豪立刻出手。

“住手!”林渺低喝。

狄龙和狄英豪一怔，他们不知道这突然不告而入的神秘人物是谁，但他们最先想到的却是林渺的安危。

“怡雪，怎会是你?”林渺大喜立起。

入帐之人正是与林渺一别数月的无忧林传人怡雪，这怎不让林渺欢喜异常?

怡雪的神情极冷，声音有些冷漠地反问道：“我究竟应该叫你刘秀，还是林渺?”

林渺一怔，似乎感到有些意外地道：“林渺是我的过去，刘秀是我的现在，名讳只是一个代称而已!”

“你错了，名讳不只是代表一个代称，更可以定格一个人的地位和权势!”怡雪冷冷道。

“你怎么了？为什么今天说话这般怪？你不知道我很记挂你吗？还没谢你上次相救之恩呢!”林渺惑然道。

怡雪漠然一笑，道："你记挂的只是权力，只是私欲吧？"

"我不明白你在说什么！"林渺有些莫名其妙地道。

"你应该明白，我以前看错你了，以为你是一位只为天下百姓着想的大英雄，是一位救万民于水火的好汉，但是你却为了一己私欲，挑起刘玄与樊崇之间的战争，使本可以平静生活的百姓再次陷入水火之中！"怡雪有些怒意地道。

林渺哑然，错愕地问道："你怎么知道这些？"

"若要人不知，除非己莫为，难道不是你让人去游说王凤和陈牧的吗？"怡雪反问。

林渺吸了口气，与怡雪对视半晌，才道："不错，是我安排人去游说的，。但即使没有我的游说，王凤和陈牧之辈也不会让刘玄真个接纳樊崇，我只不过是为一件本来就会发生的事添了把火，使之加速进行而已！"

"你知道若是绿林军和赤眉军交战，将会有多少无辜的百姓丧命于战乱吗？"怡雪冷冷问道。

"你以为赤眉军降了，天下便会太平吗？百姓便可以安居乐业吗？现在赤眉军屯于濮阳，并未与绿林军有任何冲突，你看看，百姓都安居乐业了吗？你再看看赤眉军的动向，樊崇在入洛阳之前便已经准备了退路，你以为他这是真的降吗？"

顿了顿，林渺又道："此刻，河北未定，南方只要有一把火就可能重新动荡，巴蜀的公孙述自立为王，根本就没有降意，陇西有隗嚣，这些人未定，谁敢称天下太平？依我看，这次赤眉军的举动只不过是权宜之计，如果刘玄与公孙述或是隗嚣交战，樊崇必趁机攻击后方，那时南方秦丰也必反，绿林军才真的是背腹受敌，我这只不过是想刘玄先平定中原和东海而已！"

"狡辩，如果樊崇降服，公孙述和隗嚣何以敢战？虽巴蜀有地利可凭，但陇西却如何能挡百万大军？"怡雪斥道。

“没有发生的事情，谁能预料结果?”林渺反问。

“但你不该火上添油，刘玄毕竟是你族兄，也是人心所向，你如此做分明是想趁乱自得天下，满足你的私欲而已!”

“不管你怎么说，我刘秀做事都是有自己的原则的，我并不觉得自己是个有多伟大的人物，我只是一个混混出身，不知大义，你说我自私也好，说我无赖也好，我并不在乎，只要我问心无愧，就不怕人骂!”林渺也有些恼火地道。

怡雪冷冷地望着林渺，半晌未语。

狄氏父子有些错愕，在这种情况下，他们根本就不知道该怎么做，但他们并没能看到怡雪的面容，却知一定与林渺有某种特殊的关系，而让他们吃惊的却是，这女子进入帅帐却没有惊动帐外的护卫，这使得他们为之愕然，同时也明白此女绝非一般人物。

对于天下大局诸事，狄氏父子自然不太懂，也插不上嘴，但他们是林渺的亲卫高手，自然以林渺的安危为主，任何人若要对林渺不利，必须先要放倒他们!

但是此刻林渺并没有让他们出手，而且也不宜出手。

“我们今日可不可以不说这些?这些尚很遥远，谁能说得清其中的变数?为了这件未能预料的事伤了彼此的和气，值得吗?”林渺吸了口气问道。

“你变了!”怡雪道。

“我没变，只是我更清楚自己该怎么活下去!”林渺肯定地道，顿了顿又道:“你来找我便只是为了这些吗?”

“你知道，无忧林的弟子之所以出山，便是为了找寻天下的明主!”怡雪道。

狄氏父子吃了一惊，这才知道眼前女子的身份。

“是的，我知道，难道你已经认定了刘玄?”林渺问道。

“你以为天下谁比他更合适?”怡雪反问。

“那你当初为什么要我来北方?”林渺吸了口气质问道。

“那是往昔!”

林渺不由得笑了，道：“不是我变了，是你变了，如果你认为刘玄是明君的话，我无话可说，但你不应该将你的意见强加于我，我并不这么看，所以，让你很失望!”

“既然如此，我无话可说!”怡雪说完，转身便向帐外行去。

“站住!”林渺脱口道。

“刘元帅要擒下我吗?”怡雪反问道。

“怡雪，我们就不可以静下心来好好谈谈吗?难道刘秀真的就这般不屑吗?”林渺大步走到怡雪的身旁，恳然道。

“我此次下山，除了天下百姓之事，不谈私事!”怡雪冷冷道。

林渺的脸色顿显沉郁，吸了口气驳斥道：“难道对无忧林的叛徒王翰你们也可以置身事外吗?何为天下百姓之事?真是笑话!无忧林口口声声为天下百姓，何以天魔门大行其道?何以邪宗祸乱江湖?何以至今天下武林尚是若一盘散沙?无忧林做了什么?在江湖战乱纷起之时，无忧林的人去了哪里?人说防患于未然，何以当初无忧林的人不出手，到祸及了百姓才以救世之主的身份出现?很伟大吗?很崇高吗?解救万民于水火，就凭你们无忧林几颗脑袋、几双手?就你们几个人能够让天下百姓幸福起来吗?”

“谁说只有我们几颗脑袋、几双手?谁说只有我们无忧林的几个人?难道天下的有志之士和千万百姓不是人吗?”怡雪反问。

“天下的有志之士会再追随无忧林吗?千万百姓会再随你们揭竿而起吗?现在的江湖已不再是昔日的江湖，那些散落的江湖游侠们也都在为自己的前途和功业打算，也都在为自己的幸福和退路谋划!你们现在在江湖中可以聚集起来的高手，还不如绿林军中的高手多，甚至比赤眉军中的角色都要少，凭他们能行吗？”林渺反问。

“我自然知道，但我为什么要去江湖号召？我为什么不可以去声援绿林军？”怡雪冷笑道。

林渺也笑了，不置可否地道：“你确实可以声援绿林军，但他们却并不一定会接受。别忘了，天魔门和邪宗无孔不入，你们的初始目的不应该是天下百姓，而应该是这祸乱江湖、害苦百姓的邪魔外道，即使刘玄得天下，这些邪魔外道不除，必像白蚁一般，大房总会有倾塌之日，难道你们去绿林军便可以清除魔门余孽、邪神门徒？”

怡雪哑然，尽管林渺语锋犀利，却不无理据，也让人难以反驳。

“无忧林尊为天下正道之首，为苍生谋福是义之所在，却不是治天下、平天下的组织，治天下、平天下要的不是武功，而是军队的武力，是制约天下的王法，是能给黎明百姓的礼仪道德！因此，天下之争，无忧林不要忘了自己所扮演的角色，更不要逾越了自己的角色，否则只怕会像当年无忧林叛徒王翰给天下所带来的创伤一样，发生无可挽回的悲剧！”

顿了顿，林渺长长地叹了一口气道：“我不想成为罪人，也希望这个天下不会出现那样的罪人！”

“元帅……”“不要放走刺客！”

帐外的护卫似乎有所觉，大队人马迅速赶了过来。

鲁青和赤练剑急步奔入帐中。

林渺一摆手，打住了鲁青诸人的动作。

“雪姑娘！”鲁青显然认出了怡雪，有些错愕。

“你们全给我退下！”林渺吩咐了一声。

赤练剑和鲁青诸人望了一眼，连狄家父子也都跟着退了出去。

大帐之中唯有林渺与怡雪相对，显得异常安静。

“我不希望你以太世俗的眼光看我，至少，我没有你想象的那么卑劣！”林渺叹了口气道。

“我也希望你能像你说的那样，今天换作是我师姐，她会杀了你，因为她不想有任何人破坏刘玄一统天下的大业，至少在这一刻，天下已有七分在刘玄手中，他坐拥天下的可能性远远超过你！”怡雪道。

“如果无忧林的传人都像她这么武断，那这个天下也便了无生趣！既然我选择了这一条路，就已经想过会有人欲杀我而后快，但你放心，便是王翰想杀我都无功而返，而这个世上拥有王翰这等修为者不会超过数人！”林渺自信地道。

怡雪也吸了口气道：“那你好自为之，如果有一天，你真的做出了什么对不起天下百姓的事，我同样会来杀你！”

“你觉得我会吗？”林渺反问。

“你说过，将来的事谁也无法预料，没有发生的事，是没有人知道会不会的！”怡雪吸了口气道。

林渺不由得笑了，突然改口道：“怡雪要不要到我的军营中去看看？”

怡雪沉吟了一下，摇了摇头，却道：“王郎的横野大将军刘奉不是一个简单人物，这次两军交战，你要小心了！”

“谢雪儿关心，我知道该怎么做。我曾研究过此人所有战斗的用兵，此人确可算是个将才，不过，我心中早有数，过几天可能要下雪了，北方的冬天总是特别冷，你也要注意了。”林渺坦然道。

怡雪没有回答，只是淡淡地道：“今日就此别过！”

“你要去哪儿？”林渺忍不住问了一句。

“天大地大，去该去的地方。”怡雪道。

林渺心中一阵莫名的伤感，怡雪的冷漠让他不无伤感，但却知道，他无权挽留怡雪，此刻的他并非孑然一身，而他能为怡雪留下一个什么位置呢？他没办法把全部的身心全都给怡雪，那便不配奢求换来怡雪的爱，是以林渺无语。

“我送你出营！”林渺吸了口气道。

“陛下，横野将军来信，请求运送战备粮草！”刘林吸了口气道。

“横野将军难道只想死守任城？”王郎一听，立刻反问道。

“横野将军正是此意，再过些日子便已是大雪封冻之时，刘秀大军此刻连战皆捷，必士气正旺，若与之硬拼只怕难以讨到好处。因此，横野将军想先避其锋锐，再游击其后防，刘秀之兵必退！”刘林解释道。

王郎的眉头微皱，吸了口气问道：“刘秀的大军真有如此凶猛吗？”

“臣仔细研究了刘秀的每一战，此人擅用奇兵，擅利用形势，兵行险招，却又无迹可循，极为诡变，对付他，只有稳打稳扎，步步为营，方能有胜算！”刘林道。

“是啊，当日刘秀这小子化名梁渺混入邯郸便是兵行险招，这小子确实诡变！”山西恶鬼恨恨地道。

“而这次大日法王之所以身受重伤，也是因为这小子太诡诈，横野将军据城稳守应该是一个好策略。”张参也道。

“他需要多少粮草？”王郎问道。

“两月的军粮！”刘林道。

“好，明天由义飞亲自押送！”王郎道，他也知道林渺绝不好惹，这个年轻人能在一年余的时间内飞速崛起，除了机遇之外，也确实包含了其自身的智慧、能力在其中，当日独闯邯郸便可见一斑。

“臣代小儿张义飞接旨！”张参忙挺身道。

“嗯，很好，另外让人告诉高湖与重连两人，让他们各抽出两千精锐，随时待命，以备急需时用！”王郎肃然道。

“臣稍候立刻去办！”刘林道。

“朕就不信斗不过一个黄毛小子！”王郎自语道，旋又问道：“大日法王的伤势如何？”

“法王所中之刀几乎透入心脏，只怕月内无法复原，尽管有太皇的圣药，也仍需数月时间调养。”

“林渺这小子好狠!”王郎不由得吸了口冷气，以大日法王的武功，却险死于林渺的刀下，可见此人的武功确实已经不再是昔日大闹邯郸时所能相比的。

“邪神居然在泰山之顶与武皇同归于尽，你们可有查出是什么人杀了玄剑和雷霆威?”王郎神情极为凝重地道。

“料来不会是刘秀的人，刘秀的人没去过泰山，听说与聚贤庄庄主赵飞飞有关!”刘林想了想道。

“天下间能同时杀死他们二人者不多，便是林渺只怕也没有这个本事，武皇已死，秦盟、邪神也亡于泰山，天下间哪里还有这般可怕的高手?”王郎质问。

殿中众臣皆无语，谁也不知道天下间哪还有这般可怕的高手，有些人并不知道玄剑和雷霆威的武功，却听说过，昔日与武皇战于长安侥幸存活下来的天下最可怕的杀手，却在一日间被人杀了两个，这怎能不让人心惊?

“陛下何不问一问太皇?也许太皇知道是何人也说不定!”张参提议道。

“哼，太皇正在闭关，此事如何能惊扰他?好了，此事朕自有主张，你们先退下吧。”王郎有些不悦地道。

“邯郸秘报!”阿四急速赶至林渺的帐中，沉声道。

“何事?”林渺讶异地问。

“邯郸来的飞鸽传书!”阿四亲手送上一只灰色的信鸽。

林渺接过信鸽，解下其足下的纸条细看，神情微变。

“传我口谕，让诸营将士小心防范，尤其要小心绝杀的刺杀!”林渺沉声吩咐道。

“杀手绝杀?!”赤练剑吃了一惊。

“不错，就是昔日杀手绝杀，你去告知邓禹诸将军，让他们小心提防!”

“属下这便去！”赤练剑自然知道杀手绝杀的厉害，当日杀手绝杀在林渺手中救走了玄剑和雷霆威，其武功之诡，确实让人无法不惊，更何况昔日苍穹十三邪的威名依然震慑江湖，无人敢忘。

“另外，主簿去通知卓茂带一千骑兵随时待命！”林渺又道。

朱右应声而去。

林渺却皱起了眉头，近些日子发生的事确实太多，而且连连征战，忽略了许多江湖之中的事，但这些事情却又都是不能够忽略的，如此看来，自己身边的机制尚不够健全，还有待改进。

尽管此去的枭城军，商有小刀六和姜万宝，文有欧阳振羽、朱右等人，武有林渺自己、邓禹、贾复、卓茂及数十员猛将，但是这些并未完全健全，有些尚有待完善，就比方说江湖中的动静，枭城军的反应就极慢，可是江湖之中许多事情都能左右整个战局。

正思忖间，卓茂全身披挂大步行入帐中：“主公传末将有何吩咐?”

“刘奉要与我们打一场持久战，而且王郎已让张义飞押运大批粮草赶往任城，我要你去截这批粮草，哪怕是点火将之烧了，也不能让其送到任城！”林渺肯定地道。

卓茂一怔，肃然道：“末将必不让主公失望！”

“另外，你必须利用好此次机会，诱刘奉出城！”林渺道，旋又摊开一张地图，道：“你可以在官庄口埋伏，最好让刘奉知道你在截粮草，这样，刘奉必会派人前往接应，此时你们便可……”

林渺一阵密语，卓茂神色数变，随即露出喜色，却又有些困惑地道：“可是……”

“其他的事情我会安排，你只需依计而行！”林渺肃然道。

“末将领命！”卓茂恭敬地道，对林渺的计划他从不敢抱怀疑的态度，尽管尚有些疑惑。

“此次只许成功不许失败，否则攻下任城只怕要到明春了。因此，若是有失，军法处置！”

“末将明白！”

“好，你立刻去准备！”林渺道。

樊崇极为郁闷，这一切并不出他的意料，刘玄并不是真的就不惧他樊崇。

当年韩信贵为楚王，还有英布诸王，皆因势大而为刘邦所忌，这才招致杀身之祸，而他樊崇前来洛阳臣服又能有什么结果？

刘玄之所以不敢杀他，是因天下未定，担心影响诸路反王军的情绪，一旦天下大定，他樊崇又岂能逃过刘寅当日的下场？

不过，樊崇也无怨，因为他并不是因为刘玄才来投奔洛阳，而是因为秦复，他不知道秦复此刻怎样了，却相信秦复有能力定下大局。

以此刻秦复的武功，应该不在寿通海之下。

当然，樊崇绝不会低估寿通海的力量，这个能与他齐名天下的超级高手的武功只怕还要胜他一筹，尽管秦复得到了秦盟的全部功力，但若想除掉此人绝非易事。

刘玄软禁了樊崇，但仍是小视了樊崇，如果樊崇想要离开洛阳的话，并不难，但是与他一同前来洛阳的赤眉军将士只怕会受到牵连，他也不能抛开这些同生共死的兄弟独自离开，因此，他必须等待一个机会。

机会并不是没有，而且已经快了，樊崇自然已经听说刘玄要迁都长安的消息，若是迁都，刘玄绝不可能顾及得了这么周全，那时，他便可与众赤眉军将领冲出洛阳。

邪神死了，武皇死了，便连秦盟也过世了，天下间又有几人能挡他？若说昔日绿林军中还有一个刘寅可与他一决高下，但今日绿林军中的高手若论单打独斗，只怕无人是他之敌，尽管刘玄也是极为超卓的高手。

洛阳城外的消息依然能很快传入樊崇的耳中，而对每一条消息他都不会放过。

在洛阳，听得最多的还是关于北方尚在持续的战况。

战争，仅限于刘秀与王郎之间。整个天下，就只有北方的争战是最激烈的，其余的各地虽有零星的一些争战，却根本就是强弩之末，而中原则已全在绿林军的统治之下。因此，关于河北的消息自然是最为抢眼的，且一切正在开始。

樊崇并不是很看得起王郎，但是他却被刘秀耍了几次，而且刘秀在河北所做的一切，他都有准确的情报，包括以少胜多败铜马退王校，更大破富平、获索，使得黄河帮几乎统一了济水以北、黄河以南的数百里方圆。另外更与马适求的义军合击，大败王郎的军队于内丘，这使得天下人无不为之瞩目。

而最让樊崇刮目相看的，却是刘秀在短短的十月间，使得枭城和信都成为北方的商贸枢纽，让枭城的百姓安居乐业，上下一心。

樊崇曾派人前往枭城购买过战马，而且特让部下观察了一下枭城内外的构造，但带回的消息却是让他极度吃惊。

本来一座小小的枭城，居然向外扩展了十数里，由村堡组成的外城形成了极坚固的工事，可见枭城确实具有强大的凝聚力和号召力，更能得到百姓的信赖。

对枭城整体的规划也应是出自高人之手，因此，使那些村堡可以军民两用。

枭城中的每一位百姓和战士都似有着一股积极向上激昂的精神，这也给赤眉军的探子留下了很深的印象。

这一切都逃不过樊崇的掌握，因此，刘秀虽然尚处于弱势之下，但樊崇绝不敢小视此子，甚至觉得刘秀才是北方最具潜力和威胁的人物。

樊崇征战天下多年，而在江湖之中也浪迹多年，看人是不会错的，在枭城和信都城中存在着极多的人才，而这些人才足以让刘秀成为北方之主。

刘秀曾向刘玄自动讨封，更表示臣服，却未到洛阳受封，自此之中，也可见刘秀的聪明。

昔日凭林渺之名便已经名动天下，而后又转为刘秀，成为汉室正统，再出现刘秀请封之事，樊崇不能不佩服刘秀的心计。

刘玄封赐刘秀，这便等于代表天下所有刘家的人承认了刘秀为汉室正统的地位，承认了刘秀有资格成为汉室子孙。

这并不只是单凭心计，更说明刘秀深具远见，知道成为汉室正统这个身份的重要性，所以才会委曲求全。

樊崇知道，刘秀并不是甘于人下的人，至少，不会甘于刘玄之下，因为刘玄与其有杀兄之仇，而刘秀深具远见的安排，便足以证明其极具野心。

眼下的天下四分，一为极西王莽的残余，二为河北数十路尚各自为政的义军，另一线则是东面的赤眉军和具备一统天下条件的绿林军。

极西的王莽残余不足为患，最多就只是割地自居，而东方的赤眉军势力虽强，但樊崇却选择降于刘玄，唯一只有北方乱成一片的众义军是一股潜力绝不可小视的力量，如果谁能一统河北，以其丰饶富足的土地和塞外源源不绝的物资，足有逐鹿中原的本钱。

樊崇这才会对北方的人物极其留意，而在北方所有人物，若不是刘秀如一匹黑马般奇迹般崛起，王郎倒也是个人物，但是刘秀却在短短十月之中一跃成为北方最有影响的人物，锋芒盖过了所有人，足以与经营了数十年的力量相抗衡。

当然，刘秀的特别，还在于对中原的经营，关于他的组织靠冶造兵器迅速崛起，将资源成倍地增长。

所有的这一切都像是奇迹，尽管刘秀与小刀六多少有点不择手段，有浑水摸鱼之嫌，但在这乱世之中，能够成功谁又会在乎手段？

世以成败论英雄，如果不计刘秀在河北立下的功业，单凭经商要手段，他与小刀六也足以傲视天下。

如此人才，不仅仅是樊崇为之侧目，天下各路反王军又有谁不惊羡？

刘秀与王郎大战，一开始刘秀处于下风，但近来，枭城军却未败一阵，王郎的大军节节败退。

这一切并不出樊崇意料之外，何况又有了邓禹这般人物为林渺出力，便是刘玄也有些眼红。

事实上刘玄确实有些眼红，邓禹居然去枭城助刘秀！他自然最清楚自己这位兄弟的才华和能力，但他却无法阻止这一切，因为他不能告诉邓禹他便是昔日的刘仲。

这让刘玄有些痛苦，但得到了权力，却无法不为之付出代价，他让人去各地寻找风痴和火怪。

刘玄只想在某些时候恢复自己的样子，失去了自我的感觉，会让人疯狂，而掌握了太多的权力，则会有更多的权力受害者。

有时候，刘玄甚至怕见刘嘉，因为刘嘉拥有着他昔日的面容，看到刘嘉，刘玄便会不由自主地想起昔日的洒脱，想起往昔的情结，这几乎让他想痛哭一场，所以刘玄在迁都的前夕，封刘嘉为汉中王离京而去。

无论如何，刘玄都把刘嘉当作最好的兄弟，因为他知道此人绝对忠诚，两人一起长大，更因为他而让刘嘉付出了太多，封其为汉中王，也是对刘嘉的一种补偿。

张义飞很傲，因为他是王郎的弟子，而王郎又是汉王。他身为骠骑大将军，又有一个好父亲，自然很傲。

兵书，张义飞读过不少，武功也绝对不错，但自小受尽宠爱，所以对待兵士并不将之记在心上，因其目中无人，常让手下的将士敢怒不敢言。

当然，张义飞并不太在乎这些，他是骠骑大将军，手中掌握生杀大权的感觉确实很美妙，至少他是这样认为的。

此次由他亲运粮草，可见王郎是多么看重他。

他所到之处，各城的城主都极尽心招待，各路守将则是对其礼敬有加，谁不知道张义飞的身份和其父亲在王郎身边的分量？

当然，张义飞的武功也是人尽皆知的，确有万夫莫挡之勇。

在王郎的众多弟子之中，张义飞最受宠也是因为其极具天赋。

“将军，如果我们再行的话，可能要二更才能到任城，不如我们先扎营，待天亮再赶路，这样也安全一些！”一些督军望了望快要西下的夕阳，吸了口气道。

“前面是什么地方？”张义飞淡淡地问道。

“官庄！”

“官庄？那好，便在官庄休息！吩咐人去通知横野大将军，让他派人前来接我们的粮草！”张义飞吩咐道。

“将军，官庄到任城不过二十余里，要劳烦刘将军，只怕不好吧？”那督军有些为难地道。

“这里是我说了算还是你说了算？”张义飞不悦地道。

“是！”那督军一脸悻悻然地道。

刘奉有点恼火，张义飞居然让他派人去官庄接应。

此地距官庄不过二十里地，即使是亲自送至任城也没什么大不了的，但张义飞却要他接，这摆明着是不把他看在眼里！摆出这种臭架子，刘奉自然恼火。

刘奉自不会真把张义飞放在眼里，他们虽同朝为将，但若张义飞不是沾着与王郎的关系，又算什么东西？

“骠骑将军是不是晚上寄于官庄？”刘奉淡淡地询问那报信的督军。

“晚上道路不好走，所以骠骑将军才想明日天亮再动身。”那督军道。

"区区二十里路，即使真的不好走，急赶一程又何妨？分明是在路上耽误了时间嘛！"

"尹将军！"刘奉叱了一声。

尹长生顿时噤口，他为任城的偏将，对刘奉确实敬服，不过他一向看不惯张义飞的为人。

当日尹长生居于邯郸王府的时候，便与张义飞打过交道，那时他只是王郎府中的一个客卿，后王郎起事，为其东征西讨，立下了赫赫战功。

王郎极欣赏此人，因其性子直爽，不附风雅，更拥有一身横练硬功与解甲拳，在江湖中颇有身份，战场之上更是有万夫莫敌之勇，这才升为偏将，助刘奉拦截刘秀的南进。

"你回去告诉骠骑将军，我会派人连夜赶去官庄接受粮草！"刘奉冷冷地道。

"连夜押送？"那督军讶异地问。

"有何不可？"尹长生反问。

"哦，没有……"

"好，长生，你便带五百战士随他前去官庄，负责护送粮草回任城。"刘奉道。

"末将明白！"尹长生应了声。

官庄并不是一座城，而只是一个诸如驿站般的小镇，但在镇外却有高墙，如同一座巨大的庄园，对于普通盗贼的入袭有着极强的防御能力。不过，这一切并不适合对付大队的攻城军。

不过，此地距任城仅二十余里，到邢台也只数十里，在邢台、任城、内丘三地之间。

有那呈三角形的三座城池相护，官庄倒也极平静，至少到目前为止，战火尚未燃到此地。

张义飞选择此地寄宿，也并非没有原因。

官庄的里正在张义飞驻于此地之后，便立刻下令关闭四面的庄门，不许有闲杂之人出入，这也是为了安全。

张义飞对里正如此谨慎很是满意，这也让他省心不少。

官庄里正是个很识趣的人，而对张义飞的事自然也曾说过，是以早已准备了好酒好菜为张义飞洗尘。

因此，里正的府院之中倒也极为热闹。

“报，庄外有一队自称是任城来的人马，特来迎护粮草！”一名护卫极速奔入庄中向张义飞恭敬地道。

张义飞一怔，眉头微皱道：“怎么如此快？”

“小人不知，是以来报将军，还请将军定夺！”

里正也微感愕然，尽管任城距此不过二十余里，但是探报一来一回没有两个时辰绝不行，而且那还要是半刻也不停。

夜里的道路极难走，如果任城兵将前来，绝不会有这么快，是以这确实让张义飞、里正感到意外。

“让下官出去看一看吧！”里正极乖巧地道。

“本将军和你同去！”张义飞吸了口气，抓起一旁的剑大步行了出去。

官庄之外亮起了大片的火把，一队人马在官庄之外密密地排开，为首者顶盔戴甲，极具气势。

张义飞站在庄门的楼上望了一眼，微吃了一惊，庄外的战马并不嘶鸣，显然是经过专门训练过的战旅，而至少有三四百人之众。

“来者何人？快报上名来！”里正在庄楼之上高喝。

“你没长眼睛吗？本将军前来接应粮草，快开门！”为首的战将一带马缰，来到庄门之外。

火光之中，城楼之上的张义飞和里正立时看清了战马之上的人。

“是尹将军！”里正立刻认出战马之上的人正是任城的副将尹长生。

"快开门!"里正哪敢得罪尹长生，忙下令。

"慢!"张义飞却出言相阻。

"将军?"里正有些疑惑。

"尹将军，你可有遇到我派去任城的探子?"张义飞的目光在尹长生的骑兵之中扫了一下，问道。

"我等是得探报说将军不日即到官庄，是以受元帅之命，提前动身由大路来此，并未见到将军所遣的探报，或许是在路途错过了。"尹长生道。

"你们怎会知道本将军会歇息于此?"张义飞又问道。

"末将乃是顺大路一直迎接，直到此地才知将军已驻于官庄，便前来叫门，难道这也有什么值得奇怪吗?"尹长生大惑问道。

张义飞眉头微皱，尹长生的话中确实没什么破绽，只是并没见到他派出的探子相随，他这才有些奇怪。

"将军，难道尹将军您还信不过吗?"里正也有些奇怪，他自然识得尹长生。

尹长生乃是战功赫赫的猛将，更是任城的副将。官庄与任城相隔那么近，自然与尹长生打的交道也比较多，里正与尹长生甚至还有一些交情，此刻张义飞不让尹长生进庄，他自然是不解。

张义飞冷冷地看了里正一眼，他自然也识的尹长生，只是在有些时候，他尚是一个谨慎的人，而且，他也想给尹长生一点下马威，不过此刻倒也不适合摆谱，因此只好挥挥手道："开门!"

庄门缓缓打开，尹长生带着三百余骑大摇大摆地快速进入官庄之中。

张义飞似乎在突然间感到有点不妥，正想不起来之时，尹长生手中大刀一挥，高喝道："杀啊!"

张义飞大惊，那三百骑兵已经如潮水一般直杀入官庄之中。

骑兵以极速冲入，而庄外的树林之中更窜出数百快骑，极速冲向官庄。

"关门!关门……"里正大声吼道，但此刻哪里关得了门?

门口的王郎军和官庄的庄丁已经被冲入的骑兵斩瓜切菜般杀得一个不剩。

王郎的护粮军尚没弄清怎么回事时，便已经被杀得七零八落。

“尹长生，你反了不成?”张义飞如云雀一般掠下城楼，落于马背，连杀数人赶上尹长生怒喝道。

“自然是反了，纳命来吧!”尹长生冷笑一声，大刀疾挥，一时风声如雷，映着火光，有若一道乍起的冷电。

“你不是尹长生!”张义飞大惊，他识的尹长生，而尹长生绝没有这般犀利的刀法。

“不是又怎样?”说话间，尹长生与张义飞已连换数招，战马错开。

尹长生并没有放过张义飞的意思，几匹战马迅速向张义飞围攻而至。

张义飞大惊，也大怒，这一刻他似乎也明白了这群人根本就不是任城的兵将，而极有可能是刘秀的人。

第八十七章　巧破任城

当日刘秀大闹邯郸，便是借易容之术偷龙转凤地将白玉兰送出了邯郸，因此，做出一张尹长生的面具自然不是什么难事，可是此刻张义飞后悔已经迟了。

数百骑兵如同旋风一般在庄中卷起一道高尘，并以极速攻入里正的庄院之中，由于在人数上的优势，且这些骑兵只对那些存于车中的粮草放火，点起了火便走，并不与这群押粮兵太过纠缠，是以很快又杀出里正的府院，而此时里正的府院已经陷入了一片火海之中。

张义飞武功虽然极高，却被“尹长生”等四名好手围杀，只被打得也只有招架之功而无还手之力。

里正却被冲入的骑兵给斩杀了。

张义飞见大势已去，只好含恨打马落荒而逃，唯身边几名亲卫追随而去。

“尹长生”并不追赶，而是迅速与自庄内冲出的骑兵会合，得知粮草已尽烧，便又如一阵风般远离官庄融入黑暗之中，唯留下官庄之中一片狼藉。

“报将军，官庄好像起火了！”一名牙将来到尹长生的马前急禀道。

“啊……”尹长生吃了一惊，喝道：“快速前进！”任城的战士迅速加快步伐。

尹长生的五百战士步骑交杂，是以行军的速度并不是太快，但是此刻官庄有险，自然是全速前进了。

赶到官庄，依然是满地狼藉，遍布血腥，还有不少人在呻吟、呼号，四处的百姓也被火势惊起，奔走救火，整个官庄乱成了一团。

“里正何在？你们将军何在？粮草何在？”尹长生抓过一名小卒大声喝问道。

那小卒本像无头苍蝇一般自火海中逃出，倒被这一喝给吓醒了，忙道：“报……报将军，里正被杀了，粮草被贼人给烧了，骠骑……骠骑将军不知去了哪儿……”

“什么？”尹长生大怒，又叱道：“快说，这究竟是怎么回事？”

“小人不知，小人本在里正府院里休息，谁知……谁知突然便冲进一队人马，见人就杀，见粮就烧，还把里正的房子全烧了，然后这些人又迅速退走了，小人出来时，外面的弟兄都跑得差不多了，也没看到骠骑将军。”那小卒一脸无辜地道。

“一群饭桶！”尹长生气得大骂一声。

“究竟是什么人干的？”尹长生身边的牙将问道。

“听说……听说是尹长生反了，带人杀了进……”

“胡说！”那牙将和尹长生的亲卫怒叱着打断了那小卒的话。

“如果不……不信，你们可以去问其他的兄弟。”那小卒有些怕，却并不是太心虚。

那牙将与尹长生对视一眼，一脸的愤慨。

“你去找他们来！”尹长生向那牙将吩咐了一声。

那牙将立刻明白尹长生的意思，领着数十名小卒策马而去。

尹长生却冷视着那小卒淡然道：“你看看，我是谁？”

那小卒慑于尹长生的气势，有些心怯地望了望尹长生，却摇了摇头。

“我就是尹长生！”尹长生冷漠地道。

“扑通……”那小卒一下子腿都软了，不自觉地跪了下来，不住磕头道：“将军饶命，将军饶命，小人上有老，下有小，还不想死，我只不过是一个微不足道的小人物，你杀了我会脏了你的手……”

“起来！”尹长生又喝了一声。

那小卒立刻条件反射地又站了起来，道：“将军，你不杀我，我愿给你做牛做马……！”

“你睁大眼睛看一下，我们将军是那个放火烧粮的人吗？”尹长生的护卫怒叱道。

“小人不知道，将军确实不是放火之人，只是他人都这么说，我就这么说，其实小人什么都不知道。”

“将军，看来那些押粮卒全跑光了。”那牙将只带了几个押粮之卒前来。

“你们睁大狗眼看看这位是谁！”那牙将向那几名小卒喝道。

那几人一看，立刻吓得扑通跪下，磕头如米地道：“尹将军，饶命啊，小人无意与你为敌，也不敢……”

“你们在胡说什么？”那牙将怒叱。

一名小卒似乎胆子稍大，一咬牙道：“将军，如果你不杀我们，我们愿意追随你，你让我们放火烧粮，我们就放火烧粮，让我们反我们也跟着反……”

“大胆！”那牙将大怒，拔刀便欲斩。

“慢，放了他们！”尹长生喝道。

“将军……”那牙将有些不解。

“谢将军不杀之恩，若将军不弃，我们愿跟随将军！”那几名小卒大喜。

尹长生没答，只是望了那牙将一眼，吸了口气道：“看来真是有人冒我之名烧了这些粮草！”

“那……那将军该怎么办？”那牙将脸色有些发青地问道。

“立刻返回任城向元帅禀明此事！”尹长生叹了口气，无可奈何地道。

“可是，如果有人在皇上面前……”

“皇上圣明，自当明白事情真相，何况还有元帅为我作证，你们为我作证，我尹长生顶天立地，岂会惧于这些小伎俩？”尹长生冷冷地道。

“是！”那牙将微松了口气。

“传我之令，立刻返回任城！”尹长生吩咐了一声。

那几名被唤来的小卒也都傻了，不知该何去何从。

任城战士迅速又退出官庄，但刚踏出庄门，便迎来一阵如蝗的箭雨。

首当其冲的战士立时惨死箭下，前方的队伍顿时乱了阵脚。

尹长生拨开乱箭，忙喝道：“快退回庄中！”

那群战士又都吓得掉头就向庄内跑去。

箭雨立刻在庄门口的地上钉满了一层，如长在荒山的乱蒿草。

尹长生也不得不退回庄中，迅速关上庄门，一时之间竟蒙住了，这一进一出却死伤了近百人。

“将军，外面有埋伏，我们该怎么办？”那牙将肩头也被射伤。

尹长生一语不发地登上哨台，举目远眺，只见庄外四面杂草地之中风惊兽走，显然确实有敌潜伏，只是在黑夜里，无法看清究竟是一些什么人，更不知道敌人有多少。

“让庄中所有人都加强戒备，小心敌人强攻！”尹长生吸了口气道。

“将军，依我看，敌人也不会太多，否则也不会趁我们出去时以暗箭偷袭，却不追杀，他们不敢紧随而入，定是人手不够！”一名副将分析道。

“不错，敌人应该是人手不够，但是敌暗我明，如果强自离去的话，只能成为箭靶！”尹长生叹了口气道。

“那我们该怎么办？等天明吗？”那副将也有些无可奈何地道。

“如果我估计未错的话，敌人只是想把我们困于庄中，而并不会拿我们怎样！”尹长生吸了口气道。

“只是想把我们困于庄中？”那牙将和副将不解地道。

“此人用计真毒，他们以我之名烧掉粮草，再将我们困于官庄之中，必定是另有图谋！”说到这里，尹长生大叫一声：“不好！”

“将军，怎么了？”尹长生身边的诸将大惊，急问道。

“任城危险！”尹长生脸色顿时煞白。

那副将和牙将尚愕然不解。

“将军何以如此说？城中有元帅坐镇，以元帅之慎重，便是刘秀亲自出手也不足为惧……”

“你们懂什么？他们困我于此，便是要借我之名诈开城门，若是城门一开，任城何以为凭？刘秀的易容之术天下一绝，要想易成我之容貌是何其容易……”

尹长生说到这里，其他人哪还会不明白？顿时脸色全都惨白。

“不行，我们得冲出去禀告元帅！”那副将急了。

“外面尚不知有多少伏兵，我们怎么冲？能闯过那些乱箭吗？”那牙将摸着肩头的伤口，无可奈何地道。

“不行也要试试，我们可以以木为盾，结队而出！”那副将提议道。

“没用的，枭城军的天机弩何其犀利，又岂是那些木盾所能相抗的？”尹长生似乎有些泄气地道。

“那我们总不能眼睁睁看着别人破了任城吧？”那副将急了。

“那也不能任由我们的兄弟送死呀！”那牙将立刻出言相驳道。

“你们不要吵了，还不下去想办法？看看可以从哪个方向冲出去！不能大队人马冲出，便让几人突围去报信！”尹长生叱道。

那两人立刻不敢再争，那副将的眼睛亮了一下，道：“末将愿意突围！”

尹长生拍了拍那副将的肩头，赞道：“是条汉子，我尹长生便给你掩护!”

“元帅与将军对我恩重如山，我尤达何惜自身?!”那副将凛然道。

那牙将似乎也受其气势所感，拍了拍尤达的肩头道:“你一定能行的!”

尤达苦笑了一下道:“末将这就去准备!”

“好，我在正门引他们注意，你便自偏门杀出，一路小心! 到任城要见机行事!”尹长生叮嘱道。

“末将明白!”尤达认真地点了点头。

官庄之门悠然打开，此次尹长生小心多了，每人手中都执有怪木厚盾，三人一小组，三组一小队，组合得极为紧密。

尹长生高驻马首，手执巨盾，一手执枪，百余人缓步推进。

“无形鼠辈，有胆就出来与我一战!”尹长生高喝。

“嗖……”尹长生的高喝换来的却是一簇箭雨，不过此次众人是有备而出，木盾也在此时发挥了极大的作用，队伍依然向前推进，未曾停滞。

“嗖……”庄子墙头的尹长生战士也以强弓还击，不过由于处于黑暗之中，加上距离尚远，带给对方的威胁并不是很大。

“不知死活!”一声冷哼自暗处响起，箭啸之声顿时狂响。

“啊……呀……哚……”

一阵惨叫自尹长生身后的队伍之中响起，劲风中，尹长生拨落几支怒箭，却震得手心发热，手中的巨木盾也被射穿。

“退!”尹长生呼了一声，他知道，这些敌人已经动用了天机弩。

天机弩乃是各路军队之中公认的最具杀伤力和攻击性的武器，而这种武器却是由刘秀与其兄弟萧六制造出来的，尽管这种兵器曾经卖给许多义军，但是王郎的军队拥有这种神弩不足千张。

这千张天机弩还是自别的义军手中花大价钱买过来的，自刘秀与萧六的手中根本就买不到这东西，因为一开始，刘秀便已决定这东西绝不卖给王郎，这才使王郎有钱也买不到大批的天机弩。

而这种天机弩在枭城军中却很普及，还专门有两支特训的精锐天机营，这两队人马皆配备天机弩这一系列最好的兵器。

尹长生知道对方动用了天机弩，自然不再作无谓的牺牲，掩护着战士急退回庄中关上大门，却惊出了一身冷汗，一百余人战亡，死伤近半。

回到庄中，也一个个面如土色。

“尤达如何?”尹长生却只在乎另一件事，是以急忙问道。

“尤达已经杀出了包围!”一名尹长生的护卫军身浴血，气喘吁吁地道。

“很好，你们送走他真是辛苦了!”尹长生松了口气，旋又自语道：“但愿他能够来得及。”

任城，城头一片灯火。

“尹将军押粮回来了，快开城门!”一名小将来到城门之下高呼。

城头守将放眼下望，果见城下一片火把的光亮之中，马车之上横七竖八地放着大大的麻袋。

这些押粮车足足排了里许长，而在粮队之旁守卫的是一些全副装备的战士。

黑暗之中，并不能看清这些人的面孔，但确实都是任城军的打扮。

“快开门，去告诉元帅，粮草已经运送回城!”尹长生也策马来到护城河前，冲着楼上高喝。

“果然是尹将军!”城头的守军将士也认出了尹长生。

守将望了城下粮队一眼，问了声：“骠骑将军没来吗?”

“别提那骠骑将军，他架子大，在官庄喝醉了，不能赶夜路，让我们明日开城相迎!”尹长生极为愤然道。

城头的守将不由得也感愤然，随即挥手道：“放吊桥，开城门!”

尹长生的脸上升起了一丝冷笑。

“把粮车推进去!”尹长生一挥手吩咐道。

押粮军立刻挥鞭赶着牛车、马车向渐落的吊桥之上行去，还有一些是由人推着车子徐徐而行的。

尹长生一夹马腹，战马疾速踏上吊桥，身后的数十骑也迅速跟入。

开门的城卒忙行礼，但再看时不由得大惊，却见这些入城之人全都是陌生面孔。

“你们……你们不是任……”

“我们不是!”尹长生刀锋一挥，那两名守门之卒首级飞出十步，血溅满地。

“反了！反了……”另几名守在城门口的小卒一见形势不妙，立刻大叫。

尹长生一声长啸，声如凤鸣龙吟，直上九重霄汉，手中长刀一挥，高喝：“杀……!”

“杀!”那随尹长生之后入城的数十骑兵战士立时若旋风般摘下长刀，左手执天机弩，右手挥刀，直冲入城中。

“快！快起吊桥，关城门……!”

“轰……”那些在马车、牛车上的麻袋全都崩落，车中迅速跃出大批全副武装的战士，立刻向任城之内杀去，哪里还让人有起吊桥的机会?

而远处的马蹄之声大作，天地似乎在迅速摇晃。

与此同时，北城之外金鼓声大作，喊杀之声震天，显然是有大军正在攻城。

“杀啊……杀……杀……”

尹长生一撕面具，高呼：“刘秀在此，降者不杀!”说话之间，人已如冲天火凤般升上了城楼，刀锋化为暗夜之中的一道闪电，那群正放箭的任城守军顿时化为数截。

刘秀的身形快若虚影，刀锋更如一道厉风般扫过城头，每一个垛口中的守兵都几乎是在没能反应过来之时，便已身首异处。

那城门口的守将哪见过这般威势？他自然明白刘秀的可怕，此刻刘秀的大军已攻入城中，他哪里还敢反抗？与城头的一干守卒皆骇然而降。

城外，大批骑兵也已如风般卷入任城之中，为首者正是卓茂，他的骑兵洗劫了官庄，烧了粮草后立刻抄小道赶来任城，同时也留下了数百人在官庄外伏击尹长生，阻止尹长生返回任城。

此刻的刘奉尚未睡，这些日子他都很晚才觉，而在每天睡前他必读一段《春秋》，这是习惯。

而这段时间，则是因为他遇上了他征战以来，最为强悍的对手刘秀！

刘奉从未小看刘秀，他也不会小看任何一位刘家的子孙，这是他的骄傲。

因为刘奉始终相信，刘家的子孙是最优秀的，是这个世上最具潜力的，这是他身为刘家一员最基本的骄傲，便像他和兄长刘林，都是这类人物，所以刘奉绝不会小看刘秀。

何况，刘秀还是武皇刘正极为欣赏的人，刘奉相信武皇便像是相信神一样，如果不是因为兄长刘林极力支持王郎，他实不想与刘秀为敌。

当然，刘秀近来和往昔的表现都让刘奉不敢小看。

刘奉仔细研究过刘秀的每一战，包括在昆阳城救绿林军，甚至对刘秀与江湖人士对决他也会很仔细地研究。是以，刘奉知道刘秀每一件在江湖之中广为流传的事。

正因为对刘秀的研究极为深入，这使他的心情也更为沉重，因为，他发现刘秀行事不依常规，没有任何固定的模式，作战诡变百出，对于江湖决斗也是一样，似乎并不计名誉，只求成功。

刘秀像是一个混混的作风，像一个无赖一样战斗，这便是刘奉对刘秀的评价。

一个能像无赖一般战斗的人，就不会墨守陈规，就不会以世俗人的方式去看待问题，面对这样一个对手，刘奉确实有些头痛，但他却必须面对。

而近两天，刘奉却没来由地有点心绪不宁，他总以为是自己确有些累了，在苦思不得破敌之计后，他只有选择苦守。

苦守是刘奉唯一的抉择，昔日他所有的作战方式都以主动攻击著称，可是这一次他却要改变原则，只因为这个对手是从未有过败绩的刘秀，更是惯于以少胜多的强手。

突然之间，刘奉似乎有所觉，他听到了一声极为高昂悠长的啸声，此啸声仿佛自心底升起，挥之不去。

“好深厚的功力！”刘奉吃了一惊，自语道，但说完顿时色变，他听到了遥遥传来的喊杀之声。

刘奉推开窗子，那喊杀声更为清晰，而在此时一名偏将浑身浴血地奔了进来。

“报……报元帅，大事不好，刘秀他……他攻入城中了……”

“啊……”刘奉的脑中嗡的一声响，几乎炸开了。

刘秀居然这么快就攻破了他这坚城，而他居然毫无所觉！

“元帅，咱们快走吧，前方的兄弟快挺不住了，他们很快就要杀到这儿来了！”那偏将焦灼地道。

“备马！”刘奉这才清醒过来，喝了一声，立刻回房摘下兵器甲胄。

刘奉的家将立刻牵来其坐骑，一些家将早已全副武装，准备随时作战。

冲出帅府，任城之中早已乱在一片，枭城军与任城军已杀成了一团。

北城因城内已大乱，因此在慌乱之下也被自北门狂攻的邓禹打破城门杀入。

枭城军自两座城门杀入，顿时任城军的抵抗在天机弩和铁骑之下完全溃散。

枭城的骑兵在任城大街小巷之中极速推行，所过之处，任城军在毫无斗志的情况下死的死，降的降，更有些人打开城门，自西门逃走。

刘奉看到这种局面，顿时气得快窒息过去，同时也明白大势已去。

"元帅，我们快走吧，留得青山在，不怕没柴烧！"一名偏将急忙催道。

刘奉长叹一声，只好掉头向西门逃去，一群亲卫相随拥护。

任城很快便已平定，在枭城军无坚不摧的攻势之下，任城战士根本就无斗志，而且到处都传闻刘奉逃走了，于是那些战士们只好无条件投降，以换得保命的机会。

刘秀攻到帅府之时，府内已空，只剩下几名老弱应声而降，这时他才得知刘奉自西门逃走。

刘秀立刻在帅府中坐镇，等待各路将士前来汇报城中的情况。

而这些很快便有了结果，城中的战士大多已经降服，余者非死即逃，刘奉与几名副将踪迹全无。

对于城中的百姓并无惊扰，因为百姓皆闭户不敢出。在这种战乱的年代，百姓也已经习惯了如何保全自身。

邓禹最先来报，城中初定，刘秀立命邓禹、冯异诸人拟写文书公告城中百姓，以安定民心，另外收编受伤的战士。

此次诈开城门之计，确使枭城军损失大减，一举而破任城这座坚城，但接下来的却是如何善后，以及下一步该如何攻克内丘的李育大军。

李育乃王郎最得力的一名大将，其部下之兵几占王郎总兵力的三分之一。

王郎便是凭李育北守而有邯郸之稳固，若不能破内丘李育大军，则攻打邯郸只可能首尾难以兼顾。

李育必会倾兵攻袭枭城，因此，为了解除后顾之忧，便必须先破李育的内丘大军。

而内丘则比任城不知坚固多少，且李育更是一个极度可怕的对手，昔日未随王郎起事之前便已是名震北方，因此林渺若想打败李育大军，确需要费一些神。

尤达知道自己来迟了，城头之上的大旗早已换成了枭城军的。至于城内如何，几可想象得到，因此，他唯有长叹一声，去搬兵解尹长生在官庄之围。

可是在这种情形之下，他甚至都不知道去哪儿搬救兵好。

邢台城的兵力自保倒是没问题，但要想出征则略显不够，那便只好去内丘找李育了。可是尤达又担心尹长生受不住攻击，而内丘的兵力根本就不可能立刻赶来，何况，野战是刘秀枭城军的特长，这之中的变数确实很难预料。

李育得知任城失守，心神大震，若任城都被攻下，那刘秀的大军便像是一把刀子一般插入了他们的腹地，从而对邯郸和内丘的联系和交通造成极大的冲击。

不过，李育心中稍安便是在于内丘的后援，太行的各大寨洞都会向他们提供支援。

太行十八寨七十二洞的人物本就大多与王郎有交情，在这种情况下，自然相助内丘，这使李育并不担心刘秀切断其与邯郸的联系。

但是刘秀如此突然地便大败刘奉，夺下任城，对王郎军中的将士心理会有极大的冲击，这是不可避免的。

刘秀的势力也会在北方膨胀得更快，更不可抑制。

其他的诸如青犊、大彤诸路义军，因与刘秀有交情，此刻却只是袖手旁观，并不施以援手，这让王郎也无可奈何。

当然，大彤、青犊诸路义军也是在极力扩张，招兵买马，也颇有跃跃欲试想成为北方龙头的野心，不过却是上江、大彤、铁胫、五幡、青犊的联合体。

事实上这几路义军若是联手，确实是北方一股绝不可小视的力量。

当然，在这几路义军之中并无真正能主导一方的大将。

王郎对任城的惨败大为震怒，失城和粮草被烧，全都是因为有人易容成尹长生，这使王郎对尹长生也极为恼火，甚至怀疑尹长生与刘秀本就是同伙。

刘奉回到邯郸，他也说不清尹长生的身份，因为他确实派尹长生去接应粮草，而张义飞又说是尹长生烧的粮草，他都无法为尹长生辩驳，而任城被破，也确是因为尹长生叫开了城门，尽管在黑暗之中难以分清真假，但不管结果怎么说，尹长生都脱不了干系。

王郎下令，若遇尹长生，必擒之以泄心头之恨。

任城之失，不仅损失了极多的粮草，更伤亡近万战士，而且还失去了北方的一面屏障。

刘奉失任城，却因其身份特殊，王郎也不好太过相责，且此刻正是用人之际，自不好再折损这样的大将。不过，对现在在邯郸的城防也略有些担忧。

刘秀巧破任城，不仅名动北方，便是中原诸地也为之讶异和震惊。

刘秀的崛起本就足以让天下人吃惊，先不过是宛城的一个小混混，后又在湖阳世家闹了一通，在宛城闹一通，再去邯郸闹一通后，就成了枭城之主。

这样一个年轻人能在小小的枭城以奇迹般地一跃而成为北方最具实力

的人物，又怎能不让天下人为之瞩目？

若说南方的刘玄，那是因为一开始便有势力强大的绿林军作支持，更得刘家之人的支持，但是刘秀却是孑然一身一步步积累出今日的力量，每一步都是他自己打拼出来的，这确实让人钦服。

许多人是花了数十年的积累才得以功成名就，但刘秀只用了两年的时间。

两年的时间，天下局势已发生了翻天覆地的变化。王莽的王朝若雪山崩溃一般，一发不可收拾，直到倾覆，这之间便仅在这一两年之间。

而刘秀也由宛城的一个小人物，一跃而成了北方的霸主，其威名并不只是因为枭城军的兵力，同时也是因为其武功和智慧。

相传刘秀胜了湖阳世家的主人白善麟，更在昔日杀手盟的超级杀手手中每每生还，还杀了鬼影子、剑无心等昔年让江湖人闻风丧胆的杀手，更与樊崇交过手，甚至重创了西域王母门的大日法王。

大日法王随西域王母门进入中原来，被认为是西域第一高手，却没想到也重创于刘秀的刀下，这便使得江湖之人把刘秀的武功传得极神，有人甚至说刘秀的武功乃是得到了武皇刘正的亲传，这才会使其武功超卓不凡。

如果他真是武皇刘正的弟子，自然不会有人再怀疑刘秀的武功，任何江湖人物都会相信，昔日武皇天下无敌，其弟子也必是世上难有敌手。

一个武功超绝、智慧超群、用兵若神的年轻人，许多人都会惊羡。

湖阳世家也在后悔，昔日为何要让白玉兰嫁给王贤应，为什么不是那个并不起眼，却很有个性的林渺，那样，也不会让白玉兰痛苦不堪，也不会与刘秀成为敌人。

当然，此刻湖阳世家与刘秀并不是仇人，这是因为白善麟和白善喜，至少，此刻双方是合作的关系。不过，要说白善麟没有悔意，那也是不现实的，毕竟，如果王郎与林渺的战争以林渺获胜的话，白玉兰注定也会成为悲剧。

白玉兰的牺牲，确实是让人心痛的！不过，白善麟终于找出了王翰。

王翰，这是湖阳世家找寻了数十年的人，因此，白善麟又可以返回湖阳世家了。

刘玄迁都长安，在百官的迎接之下于十一月十八日抵达长安。

长安百姓相迎十里，只为欢迎新君的到来，因为刘玄给他们带来了希望，带来了太平的契机。

战乱早已让世人厌倦了，也让天下的百姓深受其害，而绿林军在攻下宛城后在南阳施行了一系列减免苛税的利民政策，这才是百姓拥戴绿林军的原因之一。

而刘玄正式迁都长安，也便真正确立了其大汉天子的名分。

刘玄定都长安，立刻大封宗室和功臣，封李轶为舞阴王，田立为廪丘王，朱鲔为大司马，王凤为三辅王，王匡为护国大将军，申屠建诸人皆封侯，同时刘玄更大赦天下。

而在此时，洛阳传来消息称，樊崇诸赤眉军将领逃离了洛阳。

洛阳守将派去追赶的人皆为樊崇所杀，而且樊崇更返回濮阳赤眉军中，情况可能会有些不太妙。

刘玄也吃了一惊，樊崇果然逃了！

“万岁，我看樊崇必会起兵造反，我们不能不防啊！”王常上前禀道。

刘玄打量了王常一眼，他对这位爱将确实是打心底喜欢，不由得问道：“大将军认为该怎么办?”

“防患于未然，我们必须守住赤眉军西进之路，再逐渐分化他们！若想破赤眉，恐非一日两日之功，还得从长计议。”王常肃然道。

“好！朕就派舞阴王李轶、廪丘王田立、大司马朱鲔、白虎公陈侨率三十万大军，与河南太守武勃共同镇守洛阳，伺机破赤眉！”刘玄悠然道。

“臣等听令！”李轶、田立、朱鲔、陈侨大喜，立刻上前领命，他们怎不知道洛阳地富，油水丰厚，而且又远离京城，所有的一切都是他们说了算，想怎么做就怎么做，这怎么不让他们欢喜？

朝中诸将也似都有羡慕之意，但却没人敢与这几人争功，要知这几人乃是绿林军中昔日最早的开国功臣。

“大将军王常听封！”刘玄又呼了声。

“臣王常在！”

“朕封你为邓王，食邑八县，赐姓刘，于明日立刻起身前往宛城，行南阳太守之职，朕赏你金牌一面，可先斩后奏，拥赏罚大权！”刘玄悠然道。

“臣王常谢主隆恩！”王常大喜。

殿中众臣无不惊羡，有些人甚至议论起来了，要知道，李轶虽封舞阴王，但他与其他几人共事洛阳，并未赐国姓，可是王常却被赐八县之地，还被赐刘姓，封邓王后更有赏罚生杀大权，也便是说整个南阳都成了王常的，这是何等荣耀和恩宠？

王凤和王匡、陈牧诸人有些眼红，不过他们素知王常为人，更明白王常的能力，绿林军若没有王常，只怕早在湖阳之时就被迁灭了，王常可以说是他们的救命恩人，更是整个更始天下最不能缺的人。

“邓王此去南阳，一来震慑南方，二来协防赤眉军西进，更要造福南阳百姓，此任甚重，邓王莫要辜负了朕对你的期望！”刘玄突然间竟显得有些语重心长地道。

“万岁请放心，臣必竭尽所能！”王常恳然道。

“好，若无他事，便退朝吧！”刘玄打了个呵欠挥挥手道。

公元24年终（更始二年），赤眉军在樊崇的重整之下，分为两部西进中原。

一部由樊崇与逄安率领，攻击长社，南击宛城。

另一部由徐宣、谢禄、杨音指挥，攻陷阳翟，转兵梁地，击杀了河南太守武勃。

王常为樊崇大军所逼，死守宛城，洛阳无救援之兵，樊崇攻城数日不下，唯有作罢，进而谢禄、杨音两道并进，西向攻打长安。

而与此同时，各地王侯不理政事，掌权后不思造福百姓，却恣意胡作非为。

李轶、朱鲔在关东，王匡、张卯在三辅都作威作福，残暴虐民，朝中官员也只知欺压、掠夺百姓。

刘玄对此却听之任之，久寻风痴、火怪下落未果，使得刘玄性情大变，常醉得不省人事，少理政事。

樊崇起兵西进，连连大胜，百姓重入水火之中，各地昔日臣服更始政权的反王势力又各拥兵自居，使得天下再次四分五裂，陷入你争我夺的混乱局面。

天下百姓更是对刘玄的政权伤透了心，对绿林军更是大失所望。

次年正月，樊崇、逄安攻破武关，徐宣等人攻破陆浑关，会师于弘农，那些百姓在对绿林军更始政权彻底失望后，纷纷加入赤眉军，天下百姓反而更希望赤眉军能击败刘玄。

樊崇对军队重新加以编制，万人为一营，共分三十营，每营置三老，从事各一人，一时声势大壮。

同月，刘秀在柏人大败李育大军，并斩李育首级，王郎大将倪宏也相继战亡，尹长生降于枭城军。

上谷太守耿况、渔阳太守彭宠派遣部将吴汉、寇恂率兵前来助战。

刘秀与那两路大军会合，再集合信都大军直逼邯郸。

王郎大军望风披靡，根本就不敢与刘秀一战。

王郎的大部分兵力只好退居邯郸，以求与刘秀作最后一搏。

在这种王郎失势的情况之下，其他的义军更是不敢相助，皆惧万一刘秀拿他们开刀，那可就得不偿失了，而且在这种情况下，谁还敢真个主动去惹刘秀？刘秀不来打他们已经够好了。

依然与邯郸有所联系的便只有高湖与重连两支义军，但其势已不足为患，因为黄河帮的牵制已经使他们有些头痛，想分身也是乏术。

何况，此刻刘秀的势力并不惧这两支义军的联攻。

赤眉军便像是昔日大攻长安的绿林军一样，成了举世瞩目的力量。

数月之间，更始政权给天下百姓带来的并不是平安和安定，而是使得百姓处于更深的灾难之中。

绿林军起身于山贼草寇，而掌权之后，这些人的本性全露了出来，百姓自然成了受害者，天下百姓怨声载道。

天下百姓确实没想到绿林军给他们带来的却是更为深重的灾难，这便在连年征战给百姓带来的苦难上又雪上加霜，因此，赤眉军也受到了前所未有的欢迎。

昔日，赤眉军与绿林军并立于天下，百姓大多倾向于绿林，那是因为绿林军更多的是代表刘家的力量，但这一刻却截然不同。

在这种时刻，依然没有人会忘记刘家之人，没有忘记大汉江山，至少，刘玄的更始政权所代表的依然是大汉天下。

赤眉军连连大捷，军容极盛，但形式尚散，这便成了最大的问题。

樊崇的心中也没谱，但他得到了最好的消息却是秦复平定了天魔门的叛乱，尽管使天魔门内部元气大伤，但至少这场争夺是秦复赢了。

秦复来找樊崇是在平定天魔门内乱之后的两个月，因为他与寿通海交手，虽杀了寿通海，但自身也受了重伤，闭关休养了两月才追上就要西进长安的樊崇。

“少主，此刻是我们恢复大秦的最好时机，我们指日可破长安，然后我们便可改天下国号，少主登基!”樊崇见到秦复，心中略有激动地道。

秦复欣然笑了，道："长安城并不是这么好攻的，不要忘了，刘玄身边最可怕的战将尚未曾出手！王匡、张卯、申屠建、王凤、朱鲔、胡段、李松等一些人，无不是一代高手，更是沙场猛将，此战并不易打！"

樊崇热情稍冷，他知道秦复所说没错，而他之所以到了弘农便减缓行军之速，就是因为在华阴至长安这一段路上，他将遇上更始政权中最难缠的对手，这才必须步步为营，小心行事。

"臣也正是为此事烦恼，绿林军虽然此刻大失民心，但军中依然是战将如云，我也深知王匡、申屠建之辈的能耐，这些人一日在刘玄身边，我们便一日休想破长安城！"樊崇无可奈何地道。

秦复也点了点头，但旋又道："如今之计唯先分化更始政权的内部，利用长安城内部的兄弟让刘玄与这些人翻脸！"

"但是这事说易行难，我也曾想过，可是根本就无法接近这些人。"樊崇道。

"这个便由我安排，我可以从廖湛这人下手，此人昔日乃是我天魔门的圣使之一，但后来居然叛我天魔门，成为邪神门徒，我会有办法让他去就犯的！"秦复眸子里闪过一缕杀机。

"廖湛，此人我知道，其为刘玄最为宠信的臣子之一，如果少主能从此人身上着手，那真是太好了，不过，只怕……"

"不需顾虑这么多，最该想的还是赤眉军，赤眉军已经到了这般声势了，也应该有属于自己的政权，拥立自己的皇帝了！"秦复道。

"拥立自己的皇帝？少主是说我们立刻举复秦大旗？"樊崇吃了一惊，问道。

秦复不由得笑了，道："大秦早已不复存在，都过了两百多年了，人们早已对昔日的大秦没什么印象，要立国号，也不能是大秦！"

"不是大秦？那我们该立什么？"樊崇讶异地问。

"大汉！"秦复道。

“大汉？”樊崇惑然道。

“不错，若立大秦必难得民心，难服众反王军，唯有也立大汉，更打着汉室正统的名号与刘玄对着干，才能更多地争取民心，更大力度地压倒刘玄的气势，也减少了刘家后人的抵抗和斗志！”秦复肯定地道。

“若复用大汉，那我们大秦的大业岂不是无法……”

秦复打断樊崇的话道：“能得天下，何用分秦或汉？我大秦灭国两百余年，所有嬴姓子孙都隐姓埋名了两百多年，对于名分我们早就看透了！所以，我们只需要天下，至于其他的却并不是很重要。”

“少主此话有理，臣愚钝，不知该如何去做，还请少主指点迷津。”樊崇眼睛一亮，反问道。

“若是不立汉室子孙也便不叫复汉，那样皇帝便应该由你或徐宣等人来做……”

“这万万不行！这帝位自应是少主您的！”樊崇立刻打断秦复的话道。

秦复不由得笑了，道：“我知道你对我忠心耿耿，我并没说此位由谁来做，如果这个帝位立一个刘家正统的后人，自然没人可说了。”

“刘家正统？那少主呢？”樊崇讶异地问。

秦复又笑了笑道：“伯伯的易容之术冠绝天下，我已用过数种江湖身份行于江湖而无人能识，又何会在意再多用一种身份？”

樊崇眼睛一亮道：“少主果然妙计，属下立刻去召集众将商议，不知少主想用什么身份？”

“昔日城阳王刘章的后代，刘盆子！”秦复淡淡地道。

“城阳王刘章都已经被人快忘掉了，死了近百年……”

“这样才难被人查证！若是刘章尚未死，我又如何能自圆其说？”秦复反问。

樊崇一怔，立刻会意秦复的话意，露出了一个会心的微笑。

王郎的心情极坏，刘秀的大军已经快逼近邯郸，而在这种时候他认为可以成为最后武器的太皇王翰却遇上了麻烦。

为王翰护法的高手送来了四具尸体，其中有一具乃是王翰护法高手的，另外三具是入袭王翰闭关之处的外敌。

没有人认识这三人，但是那些护法高手在说起这三人之时，却有种极不自然的表情，他们告诉王郎这三个人的武功足以超越江湖中所谓的一流高手。

在收到尸体的第二天，护法高手们又抬来了五具尸体，但这次只有两具是入袭的外敌。

这些为王翰守护的乃是王翰这些年来亲训的死士，他们从来没有出现过江湖，一直以绝对的低调长伴于王翰左右。

王郎一直以为，这二十四死士加起来的力量绝对胜过昔日十三大杀手，却不想在两天之中竟折损了四人，而且尚不知对手是些什么人。

江湖之中有多少这样武功超卓且绝不怕死的人物呢？至少到目前还不知道。

这些入侵的外敌每次都不多，但这些人都是来与敌同归于尽的，他们不在乎被杀，但在对手的剑插入他们的心脏之时，他们也必定斩下对方的头颅。

是以，这些人的出现，使那被认为绝不怕死的二十四死士都变了脸色。

王郎极为恼火，但他根本就想不出这些人是什么来路，是以他只好派一百精兵增援王翰闭关之地，以求让这些不怕死的神秘人打消骚扰的念头。同时，他不得不派人去查这些人来自何处，又是怎样混到邯郸城来的。

让王郎意想不到的结果是，第三天的结果是，那一百名精兵死去了五十人，而二十死士又死去了三人，但这次那些神秘人物去了五个，五个全部死亡。

三天之间，二十四死士只剩下了十七个，而敌人也死去了十人，可是王郎尚不知道这些人来自何方，又是什么人，明天还会不会继续出现？

这些人不断地去骚扰王翰的闭关又究竟是为了什么？江湖之中又有什么样的组织拥有这些可怕的高手？

为了安全起见，王郎不得不再加强守卫，他绝不想让任何人惊扰太皇王翰，更下令大搜全城，必须找出这些人的同党。

王翰上次与刘秀交手，在刘秀与摄摩腾、归鸿迹三大高手的联手合击之下，伤得不轻，因此闭关养好伤后，又重新修习更厉害的武学，而与刘秀之战，王郎最大的依靠或许便是王翰那无敌于世的武功了。

天下间，武皇刘正一死，天魔门宗主秦盟也死了，谁还能与王翰独抗？便是今日无忧林之主只怕也无法胜过王翰，或许只有刘秀这样超卓的高手与摄摩腾这异域超级高手联手或可一战，但摄摩腾并不是天天陪在刘秀的身边，因此只要有机会杀了刘秀与刘秀身边的几名重要将领，枭城军将不攻自破。

此刻虽是二月，但北方的天气依然极寒，冰冻数尺，王郎大军皆改攻为死守，凭城而恃，倒使枭城军的天机弩难以发挥太大的作用。

王郎也派大量的人赶制仿造的天机弩，虽然无萧六所制的杀伤力强，但也能大大地提高作战质量。

在天寒地冻的情况下，王郎之军以冻城之法，使刘秀欲攻城也难，是以战争变得缓慢了许多。不过，这并不是说王郎的危机得到了解决，只不过是暂时缓和了一下。

刘秀的大军供给充足，步步为营，给王郎军造成的心理和精神上的压力绝对强大，如果没有奇迹和特别的情况，春来之时，大地解冻后出将成为刘秀大举狂攻的日子。

邯郸的前途实难预料。

更始三年（公元25年），赤眉军在樊崇和一干将领的坚持下，选择了西汉城阳王刘章的后代放羊娃刘盆子为赤眉军皇帝。

刘盆子拜徐宣为丞相，樊崇为御史大夫，逄安为左大司马，谢禄为右大司马，杨音以下皆为列卿、将军，并诏告天下，以示天威，从而与刘玄真正成了对立。

而此时，赤眉军从华阴进至郑州，长安已经在望，但赤眉军却并未选择立刻攻击长安，而是在远观长安形式。

不过，赤眉军立有新君，使得全军上下人心振奋，斗志更旺，其声势之强已让刘玄深感不安。

不仅刘玄不安，长安城中的文武百官也都感到极度的不安，赤眉军来得太快了，让他们有点措手不及。

刘玄下旨召李轶和朱鲔回京护驾，但是李轶和朱鲔却并不太受命，而各路降服的反王军此刻更是背信弃义割地自居，对长安城的危机根本就爱理不理，甚至是坐山观虎斗。

唯汉中王刘嘉在积极备战，准备回京救驾。

刘嘉知道刘玄的一切，不管自己是何身份，刘玄都是他自小敬佩的三哥；也不管此刻刘玄是不是当今皇帝，是不是改头换面的刘仲，更不管天下百姓如何看如今的刘玄，这个人都是他的亲人，所以刘嘉即使是死也要回兵京城。

刘嘉对刘玄的新政也很失望，刘玄改变了很多，他数次见驾都见刘玄醉醺醺的，不由感到痛心疾首。

刘嘉不知道何以他昔日敬佩的三哥怎会成为这样的人，昔日征战沙场，何等潇洒？何等机智聪慧！更是深明大义，对天下百姓更多关爱，即使昔日宛城卖谷之时，也是风流倜傥，仁爱出了名。

可是自刘寅死后，又改头换面为刘玄，整个人完全变了，变得沉郁，甚至有些优柔寡断。在刘嘉眼里，这位他昔日的三哥权力愈大，性情就愈消极，甚至是堕落。

眼看着大汉江山便要在赤眉军铁骑下得而复失，刘嘉的心情是何等的急烁！

不过，刘嘉在此时却想起了另一个人——刘秀！

刘秀，这位舂陵刘家的真正老三，这位昔日流落江湖的刘家子孙！

刘嘉相信刘秀，在刘秀尚只是以林渺身份出现在江湖之时，刘嘉便绝对信任林渺，更对林渺的才华和智慧极为敬佩。

在刘仲以刘秀身份征战于沙场之时，也只有林渺这个出道才一年多时间的年轻人能与其名气相抗衡，在昆阳之战中更显示出了其超卓的胆识与军事才能，武功更是因那一战名扬天下，便是在绿林军中也有着极高的声望。

更始政权之中的许多重要将领皆与之有着极深的交情，最重要的却是因为林渺是刘家人！

刘嘉想到了刘秀，这个此刻在河北红极一时的兄弟，若是有他前来助战，长安城之围便绝对有希望。

当然，刘嘉并不奢望，因为北方的战况也正吃紧，刘秀与王郎之战，还有与北方各路义军的征战，刘秀根本无法抽身，刘嘉也不会自私得让刘秀抽身，但刘嘉却在刘秀身上看到了希望。

于是，刘嘉在出征之前，他找来心腹亲信，将一封厚厚的亲笔书信送去河北。

这是刘嘉最后想做的事，因为他根本就不认为此次出征会有生还的希望！他已经做好了最坏的打算，所有的事宜都安排好了，甚至对手下最优秀的将领也已想好了退路，那便是推荐信。

当然，这些刘嘉并没有这么早就说出来，他也不会做影响军心的事。

四月，天气已渐暖，春花烂漫，刘秀的大军自三月开始横扫，只一个月时间，便已经扫平了邯郸城外所有的障碍，其威势之雄，便连高湖、重连都不敢再向邯郸增援了。

刘秀大军在吴汉、寇恂的相助之下，将邯郸城层层包围，更步步为营，已逼至城下。

王郎大慌，但已到了山穷水尽必战的境地，外援几乎完全被截断，甚至所有粮路都被封锁了

邯郸变成了一座孤城！

但让王郎意外的却是那些日子一直骚扰王翰闭关的神秘人物再也未曾出现过。

天气渐暖，战局也越来越紧张，但唯一可以让王郎感到欣然的，便是王翰终于可以出关了。

王翰出关，这绝对让王郎吃了颗定心丸，他并没有把握胜刘秀，但王翰却不同，只要有王翰撑着，一切都是有可为的。

想当年，武皇刘正七破皇城，以一人之力击杀十数万禁军而如入无人之境，如果王翰也能像昔日武皇一样，刘秀的枭城军又有何惧？

当然，天下间只怕不可能再有武皇刘正那样的人物出现，即使是刘正未死于泰山之上，也已无当年之勇，这便是一个最大的悲哀。

王郎当然也不敢奢望王翰拥有昔日武皇的雄威，但至少可以让枭城军难受，让枭城军中的高手痛苦。

王翰出关，邯郸文武百官皆前往相迎，确实将此老看成了邯郸的救星。

刘秀收到刘嘉的信已是四月中旬，当他看到信中所说的一切时，不由得傻了！这一切确实是太出乎他的意料之外了。

刘嘉并没有隐瞒所知道的一切，包括刘仲杀了真刘玄，而改头换面坐上了今日帝位，但也因此性情大变。同时更将更始政权此刻的形势分析了一遍，告知形势甚危。

刘嘉的来信确有些石破天惊之感，使刘秀对更始政权有了另一种截然不同的看法，更生出了一丝歉意。若不是他让人去挑起赤眉军与刘玄的矛盾，只怕刘玄也不会这么快落至此等地步。

同时，也有另一个来自赤眉军的消息，那便是赤眉军居然立一个放牛娃刘盆子为帝，而宣称此人乃是城阳王刘章的后代，这确实有点滑稽。

赤眉军也打着光复汉室、诛除昏君的名号去攻打长安，这确实有些让世人感到好笑。

不过，刘玄的更始政权依然让天下苍生处于苦难之中，这确实很伤百姓的心，赤眉军所打的旗号虽然好笑，但却有着极强的号召力。

至少赤眉军代表平民，寄托了许多人新的希望，在那些朴实的百姓思想中，仿佛也只有刘家子孙才能够成为当今天子，因此赤眉军这种振兴汉室的举动也并不被百姓所排斥。

如果在没有知道刘玄是自己二哥之前，刘秀最希望看到的就是这种两虎相争的局面，也只有天下再次变成乱局时，他才有可能借北方之力扫平天下，以光复汉室，并为长兄刘寅报仇，但是这一刻的情况却截然不同。

刘寅的仇，刘仲已经报了，真的刘玄已死，剩下的却成了自家亲兄弟在争夺江山，这种结局的确有些残酷。

刘秀知道，刘嘉写来此信，就已经下了必死的决心！而刘嘉绝对是为了舂陵刘家尽忠的，这让刘秀心头隐疼，从而更坚定了刘秀一定要夺下邯郸，甚至是平定天下的决心。

更始政权之所以乱成此局的一个主要原因，还是因为它是由四支义军所组成，下江兵、新市兵、平林军和舂陵军，这几路义军自身本就存在一些矛盾，而在刘玄大封功臣之时，也略有偏向，这便造成了各军之间的不睦与排斥。

赤眉军也正是在此时出手，在绿林军内部根基不稳，不能团结抗外的情况下，一举攻到长安城外。

如果绿林军足够团结，以其百万雄师，又何惧赤眉军？以绿林军中那些超卓的战将，赤眉军根本就不可能有机会。

但是绿林军却败在了自己人的手中，这确实是一种深重的悲哀。

刘秀知道自己与此绝对不同，不同在自己身边的每一位战士都是因自己而存在，枭城军是绝对团结的整体，而且都是忠心为自己卖命的，是以他有着极为强大的优势。

在枭城军中刘秀拥有至高无上的地位，这就比其他各路义军更易控制和治理，便是赤眉军，还有一个徐宣与樊崇去竞争，但在枭城军，甚至是包括信都军在内，刘秀才是真正的主人。

即使是任光也是全力支持刘秀，愿意称臣，忠于刘秀的命令。

当然，刘秀对任光的感激是绝对真挚的，如果没有这位义兄，便没有他今日所有的成就，这是肯定的。

任光无私地给了刘秀一个发展平台，那便是让刘秀成了枭城之主。

任光对刘秀的武功、才智绝对欣赏，作为世代大汉尽忠的任家，最希望的并不是扩张自己的野心，而是拥护一位大汉的明君。

尽管任光也不是一个甘于寂寞的人，但他受影响最深的是忠君的思想，因此，他知道这位义弟乃是汉室正统之后，便毫无保留地全力支持。他确信刘秀会是一位明君，只看其治理枭城及近日所攻下的城池便可知道，这位自小生活在市井之中，受尽贫苦的义弟乃是一位心百姓着想。

正因为刘秀一切都为百姓着想，这才在每攻下一座城池后，便立刻得到当地百姓的拥戴和支持，其仁名更是遍传天下，吸引了更多的奇人异士和江湖豪杰。

甚至出现了王郎的城池攻破后，百姓出城相迎的场面，这更坚定了任光对刘秀支持的决心。

刘秀知道这一点，所以他一开始就严于厉己，以身作则，作战之时更是身先士卒，对百姓一视同仁，定下官兵绝不许欺民的几大规则。

欺民者，罪最重可以就地斩首，这般的严规，使得枭城军人人守纪，不敢胡为。

百姓能安定过日子，自然便会对当权者尊敬，因此刘秀征兵买粮，都极为得心应手。

第八十八章　无敌高手

“报皇上，城外又是郑志讨战！”一名御卫有些愤慨地回禀道。

“不战，我看刘秀又能怎样！”王郎沉声吩咐了声。

“皇上，我们已经闭门半月，若是再不战的话，战士们将会失去信心和斗志，刘秀也会越来越猖狂。”刘奉有些焦灼地道。

“横野将军认为谁出战最好呢？郑志乃是刘秀手下的猛将，其武功，将军也见识过！”王郎吸了口气反问道。

“臣认为，郑志虽是位高手，但也并不是不可取胜，能胜郑志者在我城中并不少，只是枭城军的攻势犀利，我军难以在大局冲突之上与其相比，对方的天机弩才是最可怕的！”张参无可奈何地道。

“刘秀欺我邯郸无人，谁愿出战？”王郎想了想问道，目光更投向立于殿中的诸武将，但却没有人敢与王郎的目光相对。

王郎心中极为恼怒，这些平日里不可一世的部下，竟然在最关键的时候没人敢挺身而出。

“没人敢出战，难道要朕御驾亲征吗？”王郎冷哼了一声道。

“皇上，让臣出城与之一战吧！”刘奉咬咬牙，站出来道。

王郎的目光投向刘奉，多少有些赞许，点点头道：“朕为将军击鼓！”

“谢皇上！”刘奉顿感斗志狂升，心中大为感动，尽管他失了任城，但王郎依然器重他，是以他领了命，便立刻大步出营。

刘奉策马领着两千战士冲出了城门。

郑志在城门外骂了半天，终于见到有人出城迎战，不由得笑了，打马迎上。

“我还以为邯郸城中都是一些缩头乌龟，想不到居然还有人敢出来与我郑志一较高下，横野将军果然与众不同!”郑志不无讥讽地笑道。

“废话少说，放马过来吧！我刘奉还没把你郑志放在眼里!”刘奉不屑地道。

郑志眉头一掀，冷笑一声，拍马便如离弦之箭般直向刘奉。

刘奉的眸子立刻合成一条缝隙，犀利的目光竟将郑志的长枪所划过的轨迹捕捉得清清楚楚。

“叮……”刘奉出手一棒，横架住郑志的长枪，也便在此时，他座下的战马动了，与郑志的战马错身之时，腰际标射出一道雪亮的银虹，直削向郑志。

但郑志却在刹那间消失于马背之上，滑于马腹下。

刘奉改招之时，战马已经错开，但他大棒却落在了郑志的马股上。

“希聿聿……”刘奉只觉马身一震，郑志却自马腹的另一侧翻出，也一刀斩在刘奉的马股上。

刘奉的战马几乎仆倒，惨嘶一声竟冲向枭城军的阵势之中。

郑志的战马受伤，也向邯郸城中疾冲而去，郑志便索性一挥手中大刀高呼：“杀啊!”

枭城军见郑志发令，哪还犹豫？立刻向邯郸军掩杀而去。

邯郸的战士见郑志刀斩刘奉的马股，皆吃了一惊，郑志喊出“杀啊”二字也立刻先声夺人，这使得邯郸战士以为刘奉败了，本来面对枭城军便没有多少斗志，此刻更是胆寒。

刘奉大叫不好，这一回合，他与郑志本是平手，但是郑志这般一呼，立刻在气势上压倒了他。而正当刘奉暗叫不好之时，邯郸城头之上的金鼓声大作，王郎在城头挥舞着大槌，四野俱震。

邯郸战士本来斗志大灭，但看王郎亲自擂鼓，无不精神大振，振臂齐呼："杀啊……"

郑志一声冷笑，手中大刀狂挥，如斩瓜切菜般杀入王郎军中。

郑志乃是刘秀身边极为受宠的猛将，昔日独领铜马三万大军攻袭信都，其武功自然不凡，在沙场之上，若非数中刘秀计谋，刘秀想收服这样一员虎将绝不易。

郑志杀入敌群，如虎入羊群。

刘奉则掉头狂追郑志，他必须截住郑志，在王郎面前他不能太丢面子！

郑志回头望了一眼快马追来的刘奉，不由得笑了，他知道刘奉是个人物，乃是王郎身边有数的猛将之一，但这次他却要了刘奉一道。当然，他并不怕刘奉，而在他回头望向刘奉之时，忽觉一丝阴冷的感觉自心底升起。

郑志不由得骇然，他知道有一双眼睛在看他，于是他将目光投向邯郸的城头，立时狂震，因为他看到了一双眼睛，一双充满了冷意又似乎包容天地万物、浩翰无比的眼睛，不禁脱口呼出："王翰——"

郑志喊出"王翰"的名字之时，虚空之中多了一支箭。

箭，出自王翰，而目标则是郑志。

郑志想躲，但他发现自己的速度竟是那般凝滞，抑或是那支箭太快，快得超越了视觉的极限，而能逾过思感和灵魂的幻动。

郑志狂号一声出刀，他知道自己无法快过这一箭，但他却可以挡，毕竟，他也是曾震慑一方的人物。

"轰……"郑志只觉整个身子似乎在刹那间炸开了，刀与箭相触，那箭上的力道如十万道山洪狂泄而下。

刀，碎成铁皮炸射而开，郑志的整条手臂陷入一片麻木之中，然后便看到刘奉到了身边。

刘奉的眼中竟没有杀机，反而尽是怜悯和惋惜，那高举而起的大棒定于空中并未向郑志的头顶碎落。

郑志愕然扭头，他知道自己没有力量挡刘奉这一击，因为他的身体被那一箭震得麻木了，可是刘奉不击下来，这使郑志惑然。

“你为什么不下手？”郑志惑然问道。

刘奉竟叹了口气，脸上微有愕然，眼神极怪地盯着郑志的前胸。

郑志更惑，目光不由得随刘奉望去，顿时神色狂变，不由得狂号一声，翻身栽落马下，他竟发现胸前有一个直穿后背的大血洞！

郑志在看到那大血洞之时，仿佛感觉到了无与伦比的剧痛，脑子最后的意识便是王翰那支箭洞穿了自己，于是——他死了！

刘奉心中发毛，他不由得抬头望了城头一眼，并未见到王翰的影子，可是却对王翰那诡异无比的一箭拥有着无比的惧意。

他不敢想象那一箭有多强的力量和多快的速度，居然碎裂了郑志的刀，且洞穿了郑志的胸膛！一支拇指般的箭，却留下一个拳头大的洞，甚至让郑志没有痛的感觉，这像是一种魔法。

刘奉深吸了口气，一挥大棒，大吼一声：“杀啊……”

枭城军见主将郑志丧命，不由得心神大乱，在邯郸战士的反扑之下立刻溃退。

“杀啊……”邯郸城门也大开，王郎大军如洪水般涌出，向枭城军掩杀而至。

……

枭城军被杀退五里，贾复立刻引兵接应，以天机弩之威，将邯郸军击退，使败退的战士逃过追杀。

王郎的大军只好又迅速返回邯郸城中，关闭城门。此次击杀郑志，虽只是小胜一场，却也足以让王郎大军人心振奋。不过，在枭城军的天机弩之下，王郎军也损失了千余战士，却斩杀枭城军数千。

这是王郎与刘秀开战以来，后期之中难得出现的胜利。

王郎也极喜，而这次的功臣刘奉自然也风光了一回。

只是刘奉并不是太高兴，因为他知道这一战并不全是他的功劳，最大的功劳应该是王翰，是以，他并不是真的高兴。

当然，刘奉也松了一口气，至少，这次他没有丢脸。

郑志战死，枭城军诸将为之大震，全军皆哀。

刘秀让人抢回了郑志的尸体，以最高礼节送回枭城安葬，更对郑志的家人妥善安排。

郑志的死状却让枭城军每一位将领都为之毛骨悚然，劲箭碎刀、贯胸，却能将其前胸洞穿偌大血洞，且直通后背，如此手段确实是惊世骇俗。

“是谁拥有这么深厚的功力?”邓禹的脸色也极为难看，惑然问道。

“王翰!”刘秀吸了口气，充满杀机地道。

“王翰……?”邓禹依然惑然，他似乎从未听说过这个人的名字。

“此人乃是无忧林的叛徒，无忧林掌门的师伯!”刘秀又补充了一句。

邓禹顿时傻了，他自然知道无忧林的厉害，传说无忧林的武功便是当年武皇也忌避三分，称之为天下三大奇学之一。无忧林之主从未步足江湖，但无忧林的传人皆是江湖之中的绝顶高手，可是这个王翰居然会是无忧林掌门人的师伯，这是何等惊人!

邓禹无语，如果有这样一个超级高手为王郎助阵，那此次破邯郸之期又将是何日？谁又会是王翰之敌呢?

“我一定要剥下这老东西的臭皮!”李度嘴唇都咬出了血，充满杀机地道。

“征战沙场，难免有这一天，王翰这老东西的武功已达无人之境，若是能再找回摄摩腾大师，或许可以杀了他，否则……”

“卓茂，你这不是长人家志气，灭自己威风吗?”铁头极为不满地斥道。

“好了，不要吵了!”刘秀冷冷道。

刘秀瞪了铁头一眼道：“卓将军说的没错，王翰的武功只怕比邪神之辈还要可怕，不在武皇之下，我与其交过手，若非摄摩腾大师相助，只怕我早在内丘死去多时，如果只凭我们的力量，想要硬破邯郸，只怕要因王翰而付出绝对惨重的代价，因此我们绝不能强攻!”

“一切听凭主公吩咐!”铁头对刘秀的话倒是不敢有丝毫的反驳。

“可是人海茫茫，我们又到哪里去找摄摩腾大师呢?”冯异叹了口气道。

众将不由得大为泄气，谁都曾听说过昔日武皇七武城皇的神话，如果说王翰几可与武皇刘正相媲美，那么谁人可敌？而武皇在泰山之顶已仙去，难不成枭城军到了邯郸城下又要无功而返？到时天下英雄又会怎么看呢？

“不！这个世上还有人能对付王翰!”刘秀吸了口气肯定地道。

“啊……”众将顿时大喜。

“冯异听令!”刘秀沉声道。

“属下在!”冯异忙应声而出。

“我修书一封，你立刻给我送到白善麟老爷子手中，他或许不在湖阳世家，你让姜万宝迅速告诉你他的下落，另传书姜万宝找寻摄摩腾大师，望其前来河北助我!”刘秀说话间立刻有人送来笔墨纸砚。

刘秀也不再多说，提笔就写。

众将愕住了，他们不知刘秀要找白善麟干什么，难道说，白善麟能够对付得了王翰？而且众人皆知白善麟与王郎乃是亲家，这一南一北的结合，被天下人都看好。

不过，没人敢问，因为刘秀如此做必有其道理，至少到目前为止，刘秀所做的一切尚不曾出现过太无聊的情况。

“报……”一名侍卫慌里慌张地冲入帅帐之中呼道。

刘秀一惊，抬头有些不悦地望了那侍卫一眼，肃问道：“何事如此惊慌？”

“主公，萧爷遇刺受了重伤！”

“什么？”刘秀大吃一惊，手中笔失手落地，殿中诸将也为之大惊。

“这是信都来的加急书信，信使正在外面等候。”那侍卫又道，同时递上一封书信。

“快传！”刘秀接过书信，忙拆开细读一遍，神情稍缓和了一些。

“主公，萧兄弟如何？”邓禹和冯异忙关切地问道。

“生命无大碍，不过要休养几个月。”刘秀稍微松了口气。

众将也松了口气，不由得问道：“是什么人居然能够闯过归前辈等高手的护卫，而伤了萧兄弟？”

“杀手盟最可怕的杀手绝杀！”刘秀沉声道。

“绝杀?!”众人又惊，愤然道：“这王郎好狠的手段！”

“小人叩见主公！”一名风尘仆仆的信使大步行入帐中，手中却提着一个小包。

“绝杀的人头何在？”刘秀突然问道。

“在这里，萧爷命小人亲手交给主公！”那信使双手捧上手中的小包。

众将讶然，他们似没想到杀手绝杀居然死了。

“很好，你完成了任务，回去告诉萧六，让他好好养伤，我会带着王郎的人头去见他的！”刘秀让鲁青接过小包，叮嘱道。

“小人明白，这就回去向萧爷禀报！”那信使有点受宠若惊地道。

“萧兄弟居然杀了绝杀?!”邓禹不由感到极为欣慰。

“是归前辈杀的，天下间如果还有人能杀绝杀，也许便只有归前辈！”刘秀悠然吁了一口气道。

其实，刘秀早就知道王郎派出绝杀来暗杀他身边的重要人物，是以他很早便让部将小心防备，但却没想到绝杀要杀的居然是小刀六，可见王郎也不笨。

事实上，如果小刀六死了，对刘秀的打击比死去了其他的任何人都大，所以绝杀选择了小刀六，但是绝杀没想到为小刀六护卫的除了一群经过特殊训练的飙风骑战士和苏氏兄弟之外，还有一个昔日杀手盟十三邪的老大归鸿迹。是以，虽然绝杀重伤了小刀六，却也死于归鸿迹和苏氏兄弟的手下。

归鸿迹能成为昔日十三邪老大也并非幸至，他对绝杀的武功极熟悉，如果公平决斗，两人的武功或在伯仲之间，但这次却是苏氏兄弟与归鸿迹联手，因此绝杀死了。

“把绝杀的首级挂出大营，要让王郎看看！”刘秀吩咐了一声。

“主公找我们有何吩咐？”邓禹与吴汉双双而至，见刘秀正在帅案旁查阅地图，不由问道。

刘秀抬头望了两人一眼，招了招手道：“你们过来看看。”

邓禹和吴汉微感惊讶，同时凑到帅案之前，顺着刘秀手指所指的方向看去，两人不由得相对望了一眼，失声问道：“主公要去打尤来？”

刘秀不由得笑了笑，问道：“如何？”

“可是邯郸尚未攻下，若是抽兵南攻尤来，只怕会……”吴汉有些担忧地道。

刘秀不由得笑了笑道：“这才叫出奇制胜，尤来绝对想不到我会在此时弃邯郸不顾而去攻打他！”

邓禹眼中闪过一丝光彩，点头道：“尤来绝对料想不到！因此，如果我们速度够快的话，在他们没有作好准备之前，便可将之击溃，而我们根本就不需动用太多的兵力！”

刘秀不由得笑了，反向吴汉问道："大哥以为如何呢？"

"我们攻打尤来，至少也要一万兵力才能大获全胜，但如果速战速决的话，要么有倍于尤来的兵力，要么能让这一万人成为奇兵。但是，这一万人可不是个小数目，怎可能不引人注意呢？因此，我认为很难！"吴汉肃然道。

"大哥所言极是，尤来大军为三万兵力，若想大举进攻，且速战速决，我们至少需五万之众！而我军总兵力在十余万，又需留守各地，到邯郸也便只有七万，我最多也只能分出两万兵力！是以，攻打尤来必须智取！"刘秀吸了口气道。

"如果我们调拨幽州、冀州十郡的兵力，便可达二十万……"

"如果那样的话，便会让其他各路义军知道我有吞并他们之心，必会结而共敌，要是我已攻下邯郸倒无所谓，但此刻却不能！"刘秀道。

"那我们又如何打尤来呢？"邓禹也有些困惑，问道。

刘秀笑了笑道："我们为何不先破魏郡，夺邺城之地！这样尤来必无所疑，我们就来个明修栈道，暗度陈仓，先破邺城，再转兵隆虑！"

"先破邺城再转兵隆虑？"吴汉微感惊讶。

"可是邺城又岂是轻易可破？又隔了清漳水！"邓禹忧心地道。

"这个你放心！"刘秀向外面的侍卫道："传熊业！"

吴汉和邓禹不知此人是谁，但很快便听到脚步之声自帐外传来。

"属下熊业叩见主公！"一名中年汉子恭敬地向刘秀行跪拜之礼。

"免礼，对于邺城的情况查探得怎么样了？"刘秀微笑问道。

"报主公，邺城此刻防守甚严，对我们也有所戒备，但城中守军仅八千人。"熊业淡淡地道。

"八千兵力？"吴汉眉头不由得皱了起来。

"我倒忘了介绍，他昔日乃是邺城的都尉，后为奸人所逼才离开邺城的。"刘秀笑着介绍道。

邓禹神色一动，隐隐把握到了刘秀的话意。

熊业向邓禹和吴汉抱拳施了一礼。

“熊先生，如果我给你一万兵力，你能在几天之中拿下鄡城？”刘秀突然问道。

“最多两天！”熊业肯定地道。

“熊将军这么有把握？”吴汉惑然问道。

“因为在鄡城之中尚有我的许多旧部，只要我传出消息，他们便可立刻与我内外联合，破鄡城自不难。”

“如果我给你两万战士呢？”刘秀又问道。

熊业一怔，吸了口气道：“一天！”

“很好，我就给你两万战士，但我却要你两天才夺下鄡城，不能早一天，也不能迟一天！”刘秀笑了笑道。

鄡城不由得讶异，弄不懂刘秀此举是何意，难道早一点夺下鄡城还不好吗？

“另外，我再让吴汉将军助你，我这里有个锦囊，到了鄡城之下，你便拆开它，再按锦囊所述行事！”刘秀自怀中掏出两个锦囊，抛向熊业和吴汉。

熊业不由望了吴汉一眼，不知刘秀葫芦里卖的是什么药，但既是刘秀所说，他自然不敢多问，不过却对刘秀给他重兵的这份信任很是感激。

“属下定遵主公之命！”熊业道。

“另外，记住不可以让外人知道吴汉将军是与你同时出征的，否则军法处置！”刘秀又叮嘱道。

熊业更惑，却知刘秀深谋远虑，这样安排自有道理。

“刘秀小儿，尔敢出来与老夫一战否？”王翰的声音几乎是传遍了整个枭城军营的每一个角落，而且只让营中的战士头眼发昏，无法自持。

刘秀的眉头微皱，他知道，这一天总会要来的。

王翰终会来向他挑战！刘秀最担心的便是这种情况的发生，但是他却不能不应战。

“主公，你不能出战！”卓茂亲自见过当日刘秀与王翰交手，他知道王翰的武功确实太过可怕，不由得提醒道。

“你认为我不是他的对手？”刘秀吸了口气，反问道。

“不是，属下只是认为主公乃千金之躯，何用亲身犯险？我们就再等几日也不急呀！”卓茂神色微变，解释道。

刘秀不由得笑了起来道：“你很会说话，不过，如果我不出手，王翰绝不罢手。何况，我与他之间总得见一个高下，昔日害我大汉江山，若是让外人代我惩治于他，我大汉颜面何在？”

“可是……”卓茂急了。

“王翰的武功确实是世间难有敌手，但并不是没有破绽，我已经仔细地研究过他的武功，这半年多来，一直都在等与其再决高下的一天！你与邓禹将军诸人给我观阵。”刘秀缓缓地卸下身上的甲胄。

“主公！”戚成功大步行入帐中。

“戚将军何事？”刘秀问道。

“昔日主公赠刀于我，我凭此刀手刃仇人，更斩杀十数名江湖恶贼，今知主公要出战王翰，故特将此刀还于主公，望主公凭此刀斩此恶贼，复我大汉江山！”戚成功说完一捋战袍，跪倒在地，双手捧起龙腾刀恳然道。

刘秀望了戚成功一眼，心中略生感动，一时间更是豪气干云，朗笑道：“好！此刀我收下，就让它痛饮王翰之血，复我大汉江山！”

戚成功大喜。

刘秀一握刀鞘，龙腾刀立刻发出龙吟般的轻啸。

卓茂和戚成功不由得愕然。

刘秀却笑了起来，感叹道：“龙腾也感到了大战将临，它也在叫！”

邓禹诸人知刘秀要独自出战王翰，不由得皆大惊，数名大将欲阻刘秀，但却被刘秀回绝，更被刘秀以军令为由，禁止诸将劝阻。

邓禹知道没办法劝阻刘秀，尽管他们都知道昔日刘秀从不做没把握的事，虽然总是险中求胜，但那之中总有可以赌的成分，可是这一次，众将心中却没有一点底。

郑志的武功众将心中也清楚，在这些人当中，并没有几人敢说自己一定能独胜郑志，但是郑志却只是死在王翰的箭下，那王翰的功力确实是骇人听闻。

此刻刘秀身为一军之主帅，若是有什么闪失，那又如何向那数十万军民交代？

邓禹不知何时刘秀变得这般坚决和固执，不过，他也知道，如果刘秀不出战，便没有人能有与王翰一战之力。

尽管邓禹对自己的武功极为自负，却明白与刘秀之间尚有差距。

刘秀一身轻装，刀负于背上，剑挂于腰间。

四月的天，阳光正暖，花草繁茂，倒也显得春意昂然，生机勃勃，只是在整个虚空之中仿佛弥漫着一层浓烈的死气。

森然的杀气仿佛渗于每一缕春风之中，再传于每个人的内心，春天里却有种从未有过的寒意。

王翰没有再长啸和呼叫，因为他感觉到了刘秀的战意，一往无前、坚定不移的战意。

战意便像是地形的潮水，自枭城军军营之中涌出，一波接一波地冲击着王翰的心灵，然后化为杀气，接天入地，漫于每一寸虚空，愈演愈烈。

王翰知道刘秀不再逃避，抑或一开始刘秀便不曾逃避过，只是在积累战意杀机。

王翰一人立于荒丘之上，此地距枭城军营三里，却可以看到枭城军营所在。是以，刘秀一出营门，他们的目光便在虚空之中纠缠在一起。

四方乌云以极速向这片荒丘之顶涌来，受这片虚空异样气流的牵引，如漫过海堤的潮水般，让天空中的阳光悠然暗去。

枭城军的连营在刘秀缓步步出之时，便立刻后撤，无丝毫零乱。

王翰目光中不无赞许之意，只看枭城军撤营的秩序便知道枭城军的成功并非侥幸，至少代表刘秀或其部下能治军的人才甚众，但是他却难以想象，这个年轻人是怎样拥有这么强的号召力的。

在一年多前，他或许根本就没将这个年轻人当个人物，但是此刻刘秀却成了他的对手。

昔日天下能成为他对手的人，至少也是年近古稀，仅只武皇刘正之辈，但是此刻眼前这年轻人至少小他一甲子，这不能不让他感到长江后浪推前浪，如果此子不除，假以时日，只怕又将是另一个武皇刘正了，那时对他的威胁或许会更大。

于是王翰更坚定了除掉刘秀之心，事实上，若是不能除掉刘秀，那么他这么多年来的经营便会付之东流。

昔日他助王莽登基，那是因为王莽是他的内侄，但是王莽当权之后却不想受他摆布，这才使他决心栽培自己的儿子王郎，谁想到时机成熟时，却又杀出一个刘秀。

王翰这一生只在武皇刘正手中败过一次，因此，这些年来一直都处心积虑地要除掉刘正，而当年因刘正知其出卖大汉江山，誓要追杀他，这才使王翰这么多年来一直处于归隐状态。

至少，在武皇刘正没死之前，王翰并不敢轻易露面，而王翰并不知道这么多年来，武皇刘正的武功不仅没长进，反而所剩不到昔年七成。当然，王翰并不知道这些，他只知武皇刘正乃是当之无愧的武林第一人。

云合、天暗！刘秀、王翰相隔十丈。

王翰所有的遐思全都收敛，他觉得刘秀的战意无孔不入钻入他的心间，他知道，在此时，自己不该分神，也不能分神，或许，他应该将刘秀看得更高一些。

刘秀没有表情，但眉宇间却有种说不出的自信和傲意。

“你一个人来?”王翰有点讶异地打量了刘秀一眼，这还是他第一次这般仔细地打量一个年轻人。

“你认为我该几个人一起来?”刘秀淡然笑了笑，反问道。

“至少，归鸿迹应该来，摄摩腾也不来吗?”王翰试探着问道。

“你上次没有被打怕吗?他们来了，那你不是立刻就要跑，那我找谁试刀?”刘秀依然是不愠不火地道。

王翰不怒反笑，他觉得刘秀实在够狂，不过，他发现这个半年未见的后生小辈，今日的气势变了许多。

当日内丘之战时，刘秀是以无常尊者的形象出现，气势极为诡异，但今日之刘秀，仅从容一站，便散发出了逼人的皇气，仿佛是无法高攀、君临天下的圣君，那种睥睨众生的神态生出无形的压力，如潮水般冲击着王翰的心灵。

一个能把气势转化为深具攻击力的人，王翰已经很久都未曾遇到过。

半年时间里，刘秀变了，更沉稳，更深邃，那双眸子之中仿佛是无限深远的天空，包容着整个天与地，及众生万物。

“你作恶了数十年，为无忧林、为刘家、为天下苍生，我也要与你一战！这是上天安排的一切，你我都逃不了!”

“哈哈哈……”王翰大笑，半晌才道：“如果这话是武皇刘正所说还差不多，就凭你仍不够资格!”

刘秀也笑了，从容地道：“你老了！真的老了，就连思想也这般顽固，今日是你挑战我，而不是我挑战你!”

王翰神色一变，顿时哑然，事实也确是如此，是他单枪匹马出城叫阵的，这才让刘秀出战。

“其实，武道何用分年龄？那只是一种境界，只是一种心的体会和禅悟，得道仅在一夕之间，明悟也仅一刹那，有人修行百年尚无法悟破一结，有人弱冠则已通明。是以，你依然守旧，依然未曾堪透这一结，想想你近百年的修行，恐怕只是临渊羡鱼落入小成了。”刘秀淡淡地道。

王翰心神大震，刘秀此番话如重杵般击在其心上，恍惚间，仿佛立于他身前的并不是刘秀，而是昔日那君临天下的武皇刘正！

“我感到你的心中有乱相，修心数十载却无法将心永远保持在明镜无华的状态下，这证明，你心中尚有拂之不去的杂念，更没能真的抵达武学的至境！这将会成为你最为致命的地方！”刘秀侃侃而谈，旋又笑道：“王翰呀王翰！”

“哗……霹……”数道闪电若巨剑一般自天空中劈落，没入刘秀与王翰附近的土地，使沉暗的世界多了几分诡异。

山丘之上的战气愈来愈浓，在刘秀说话的同时，王翰的身上似乎燃起了一层诡异的火焰，散出森森死气。

刘秀依然平静，迎风而立，坦然、飘逸，若安于山丘之顶的一棵古木，一块方石，那般自然，仿佛整个人、整个灵魂都嵌入了天地之中，合为一体。

王翰的神色极度凝重，他不再当今日的刘秀是半年前的刘秀，而是当成了继一代天骄刘正之后的又一个绝对可怕的对手！而刘秀身上的气势和气质更与刘正当年极为神似，不过却也多了一丝诡异。恍惚间，他似乎明白了什么，不由得问道：“你练成了《广成帝诀》？”

刘秀不由得笑了，很坦然地道：“这一切都得感激你，如果没有你，我根本就无法悟透最后一招！”

“最后一招？”王翰愕然。

“在道家中叫遁去之一，一生二，二生四，四生八，八生万物，最后一招即是遁去之一！”

“遁去之一？”

“天因遁去其一，而有春夏交替，日升日落，人因遁去之一方有六道轮回，悟通此一者则可齐天而生，与万物相融，借天地生机而遁于天道，此乃最后一招！”

“哈哈哈……”王翰不由得大笑，睥睨地道：“说得真好听，只可惜这一切只是止于空谈而已，你根本就没能找到这最后一招的所在！”

刘秀神色不变，也笑了，道：“不错，我是没有找到这最后一招的所在，但我却可以战胜你！”

“哼！黄口孺子，不知天高地厚！”王翰不屑地道。

“那我便让你尝尝道与魔交融的最高境界！”刘秀说话间一挺胸。

“哗……”一道闪电以无与伦比的速度击落刘秀的头顶，刘秀顿时化为一道光影向四面八方无休止地扩散、辐射。

王翰心中大震，刘秀竟是伤人先伤己，以己身接天雷。

“轮回第五道——”在那无休止辐射的光华之中传出一阵龙吟虎啸般的声音，将天空中咆哮的霹雳声尽数压下。而在光华之中，更有另一道浓重的光影如翻腾的巨龙一般划向王翰——

邓禹和枭城诸将都手中捏了把冷汗，枭城军撤至十里之外，但却留下邓禹诸高手和五百敢死队在观阵。

他们害怕刘秀会出事，如果没有刘秀，枭城军也便不再成枭城军了。是以，如果万一不妙，他们就会一拥而上抢下刘秀，但是此刻他们却在暗暗咋舌。

那接天插地、无休止辐射的光华在数十里之外便可看到，而这一切都是刘秀的杰作，他们几乎不敢相信自己的眼睛。

那凛烈无比的杀气和战意割面生痛，使战马哀嘶不已，那些敢死战士一个个摇摇欲倒，仿佛在忍受着无法承受的冲击，若处于惊涛骇浪中的小舟般无所依凭。

“邓将军，我看战士们受不住了，不如让他们退后两里吧?”卓茂望了望那些战士道。

邓禹心中也暗骇，点点头传令道：“你们都退后两里，见令行事!”

那些战士大喜，赶忙打马后撤。

“快看!”鲁青骇然指向地面。

众人目光投去，不由得骇然，只见地上繁茂的花草如火灼一般，迅速干枯，更如被蝗群蚕食般以刘秀为中心，向四面不断伸展，片刻间化为荒土，而且都快到了邓禹诸人的身前。

“我们必须退!”狄猛沙哑着声音肯定地道。

“怎么会这样?”戚成功骇然。

“我不知道，只听说过在婆罗门中有一种邪功，可以借吸纳身边万物的生机为己用，再将生机转化为功力杀死对手。因此，此邪功一旦使出，必使周围所有生命俱干枯而亡!”狄猛吸了口气道。

“我也听说过此种邪功，只是从未听说有人练成过!”邓禹眉头紧锁。

“不，我听说只有婆罗门之主鸠摩罗王练成此功，是以，连西域王母的大日法王都不敢有违婆罗门之命!”狄猛道。

“后撤吧。”邓禹不再说什么，但他的目光却落在刘秀与王翰之战上。

在山丘之中，无法看清人影，但在一白一黑的两团光影中，却似有亿万恶兽狂舞，方圆两里之内的树木花草摧枯拉朽般化为飞灰。

强大无比的气劲在电火之中纠结成野性的风暴，向四面逸散而出。

风暴所过之处，化为一片废墟，天地之间显得更为诡异而幽深，千万道电火射向刘秀的光影之中，在那光影中结成硕大无朋的光球，如奇异的卵般在虚空中冲撞，疾若流星划过。

光怪陆离得使人以为置身于魔境梦魇之中，无法醒转。

与此同时，邯郸城上的王郎居然也开始不安起来了，他从未对父亲失去过信心，因为，他知道论智慧论武功，天下间仅武皇刘正可以与之相媲，但刘正已死于泰山，是以他觉得天下间已无人可再成为其父的对手。可是，今日他知道自己错了。

刘秀的出现，一开始便打破了王郎的计划，即如当日大闹邯郸之时，也差点破坏了他与湖阳世家联姻的计划。

那个时候，王郎就知道，如果刘秀不能归为己用，那必将成为心腹大患，今日果然应验。

只不过，便是王郎也未曾预料到刘秀成为威胁到他王氏家族最可怕的人仅用了一年多时间，如果当初知道这个结果，他甚至愿意以白玉兰为代价换得刘秀这样的人才。

当然，在如今天下，能够驾驭刘秀之人绝不多，王郎也有自知之明，他不够格！

没人能看出王翰与刘秀谁胜谁负，也没有人真能断定结果，一切都在茫然之中。

王郎虽目力惊人，但在邯郸城上与之相隔近十里，他也无法看清在那团光影之中，谁才是真正的王者。

邯郸城头的战士几乎睁不开眼睛，自十里之外卷来的风暴之中夹着无数的微尘，割面生痛，更强劲得让他们几乎立足不稳。

天空暗得吓人，像倒扣而下的锅底，雨欲下未下，却堆积了万里厚的密云，如同悬于虚空上的巨大蜂窝，随时都可能坠落，砸碎大地上的每一点生机……

“皇上，我们何不趁机去偷袭枭城军的大营呢?”刘林突然提醒道。

王郎一怔，不由得将目光远远地投向枭城军大营的方向，但茫茫一片，在原野之上到处都是电火狂射而落，仿若森罗绝域。

“丞相没见到现在的天气吗？你以为大军能够穿过去吗?”王郎反问道。

刘林眉头一皱道："我们可以绕过此地，自后方偷袭！"

"丞相所说甚是，只不过那样可能会多花一些时间。"张参也赞同道。

"既然二位爱卿如此说，不知哪位爱卿愿意担此重任呀？"王郎询问道。

"微臣愿往！"张义飞突地站了出来，沉声道。

"哦？"王郎心喜，道："好，飞儿愿往再好不过了！我给你五千人马，让横野将军接应你！"

"皇上……"张参顿时色变道。

"哦，大司马有什么意见吗？"王郎反问。

"飞儿年轻气盛，我看并不适合担当此任！"张参瞪了张义飞一眼道。

"爹，孩儿已经不小了！"张义飞固执地道。

"是啊，飞儿乃是朕的爱将，我觉得年轻气盛才好。"王郎道。

"可是……！"

"你不必多说了，飞儿，你立刻点兵从南门绕道而出，回来朕必有重赏！"王郎打断张参的话道。

"谢皇上！"

"报……！"

王郎正全神贯注地盯着那场决战之时，突有探马快报而来。

"禀皇上，邺城被破，枭城军已夺下魏郡！"那探子一脸风尘，显然是一路狂赶而至，连气都喘不过来。

"啊……"王郎不由得吃了一惊。

"怎会这么快？枭城军根本就没有什么动静！"张参道。

"刘秀这小子真够阴的！"刘林恨恨地道。

"枭城军多少人破城？"王郎又问。

"约万人左右，是熊业领兵，趁邺城大乱之时攻入邺城，城中官兵尽降!”那探子又道。

王郎长吸了口气稍微平复了心神，随即目光又投向远处的土丘，自语道：“刘秀，就看今日你能不能逃过此劫了，若今日你败了，鄗城迟早总会是我的，河北也还会是我的!”但是很快他又为之色变。

因为土丘之上的战况又一次发生变化!

“皇上，华阴告急，赤眉军的攻势猛烈，只怕华阴城守不了多久了。”胡段神色黯然地禀告道。

刘玄这几日的心情也极为烦乱，不过，今日也是很难得地出席早朝。

“众位爱卿认为如何才好？赤眉已欺到我们眼前了!”刘玄漠然问道。

“臣以为，我们该集结大军与其决一死战！我朝战将如云，以坚对坚，不信赤眉军能有多大作为!”邓晔出列肃然道。

“哦，诸位卿家认为邓爱卿所言如何呢?”刘玄又问道。

“皇上，臣以为赤眉军此刻锐气正盛，而且拥兵数十万，以长安城的兵力尚不足以全胜，而大司马和舞阴王在洛阳尚有三十万大军，与其苦守长安，倒不如流动作战，给赤眉留一座空城，而后再断赤眉东归之路方能将其尽数歼灭!”张卯出列道。

“张侯所说极是，赤眉军多为东海之人，远离家乡必定思亲，若是给其空城，再断其东归之路，必会使之军心大恐，正如昔日项羽的垓下之围，四面楚歌，那样赤眉将不攻自溃!”廖湛也附和道。

“这样怎行？长安乃是大汉之都，我们怎么能够弃都城而走？那样如何向长安城数十万百姓交代？又如何向天下百姓交代?”于匡极力反对道。

“于将军所说有理，朕好不容易迁都长安，若因赤眉之乱而再去洛阳，岂不让天下人耻笑？何况这座城价值亿万，岂能拱手让人？此事万万行不通!”刘玄也义正词严地道。

“皇上!”张卯还想说什么，但刘玄立刻让其打住，道：“此事休提!”

“成大事何拘小节?”申屠建也出言道。

“这岂是小节?朕还没糊涂到不识大体的地步，我叫你们思索退兵之策，你们倒想让我迁都，这不是滑天下之大稽吗?”刘玄极为恼火地道。

众臣皆不再说话，或是不知该说些什么，刘玄发这么大的脾气，实让他们不知如何是好，但若是说错了什么话，而得罪了张卯和申屠建，这可是谁也不想发生的事，只因这几人的权势极大。

“如果众爱卿想不出办法，朕便命邓爱卿领兵五万相助华阴，定要守住华阴，于爱卿拟加急文书，让舞阴王和大司马出兵袭扰赤眉后防!”

“臣遵旨!”于匡和邓晔立刻领命。

“好吧，退朝!”刘玄挥挥手道。

“皇上，汉中王已领兵十万回救长安，此刻大军已至!”内侍赶上刘玄忙道。

刘玄眉头一舒，立刻停下脚步，向身边的宦官挥了挥手，让其避开。

那内侍吃了一惊，不知刘玄这是什么意思。

“来得好，五弟你果然是我最忠实的兄弟!”顿了顿，刘玄立刻道:“你立刻拿我的口谕出京，去见汉中王，让其行军必须谨慎，并移师茂陵先按兵不动!”

那内侍惑然，却不敢多加询问。

“汉中王归返的消息不可外传，让其去茂陵更是密旨，如果稍有泄漏，朕必灭你九族!”刘玄又补充道。

那内侍吓得扑通一声跪下，脸色苍白地道:“皇上明鉴，臣对皇上忠心耿耿不敢有丝毫懈怠，更不会将消息外泄……”

“但愿!若事成，回京朕重重有赏，你立刻备马出京吧。”刘玄掏出一块金牌道。

“轮回第八道——”

天地仿佛在刹那间产生了无限的共鸣，漫天暗云若惊涛骇浪般翻涌起来，那自天空射下的电火结为光柱重落荒丘白影之中。

白影中卵形的巨球顿时化为里长的巨刀，整个刀身竟透出五彩的异芒。

异芒若亿万柄刀锋向四面八方狂射……

王郎的眸子里闪过骇然之色，邯郸城头的旌旗在刹那间同时折断，如被刀切斧劈，在旌旗飘落之际化为蝴蝶般的碎片，仿佛被一只无形的手托着向十里外的两大绝世高手交战处飘去。

所有人都傻了，这虚空之中究竟存在着什么？这究竟是不是一个真实的梦？

五彩的巨刀裂开密云，天开、地裂、风破，霎时整个虚空竟出现一片血红。

“啊……冰雹，冰……”

邯郸城头的士卒突然惨叫起来，天空中竟落下碗大的冰雹，冰雹如一颗颗炮弹般砸落城头。

城头的邯郸战士立刻盔歪甲斜，哭爹喊娘起来，有的甚至当场砸死于城头，或晕死过去。

王郎与众将也皆大惊，马儿哀嘶惊跳，旗杆轰然被击折。

“退下城头！”王郎不由得呼道，他立于城楼之上，那厚瓦被砸得碎片横飞，几欲洞穿，不过却可以抵挡一时。

其实不用王郎说，那些士兵也迅速寻找角落和隐蔽之处，跑不及者或死或伤，几匹战马也倒地而毙。

城垛口的厚城砖有的竟被巨大冰雹砸裂开来，声势之惊人让人无法想象。

那无数巨大的冰雹一颗颗、一片片、一幕幕漫山遍野地砸下，使得天空如同崩溃的大山泄落九天，蔚为奇观。

巨大冰雹砸地成坑，溅起尘土飞扬，天地顿时陷入一片混沌。

邯郸城中的百姓在天空大变之时便已躲入屋中，但是这巨大的冰雹依然能洞穿许多屋面，使得城中一片恐慌。

不仅仅邯郸城中是此情况，枭城军营也好不了多少，只因其退得极远，又在山沟之中的大帐之内，可以迅速躲避，冰雹有拳头大小，那些帐篷勉强可以应付，但破损也极厉害。

这种奇怪的天象只使每个人都如置身噩梦之中。

天空之中弥漫着无法形容的寒意，仿佛又回到了寒冬腊月。

王翰无法想象刘秀招武的凌厉和狂野，更让他骇然的是自刘秀身上感到一股透自心底的寒意。

周围的空气变得凝滞，地上更结上了一层极厚的冰。

巨大的冰雹在两人气场之中立刻化成水气，但水气落下又成了坚冰，而这寒意却是来自刘秀的身上。

地面上结下坚冰，使得王翰与地面的生机气场顿时隔开，那源源不绝补充给王翰的生机一断，王翰顿感压力狂增，而来自刘秀刀锋上无坚不摧的罡气以无孔不入的形式破入他的气场。

六道轮回，可是刘秀竟然打出了第八道！

第八道轮回是什么？第八道轮回在哪里？

没有人知道，事实上，王翰并没有感到刘秀的刀在何处，甚至不知道刘秀在哪里，在他的眼中，只有一片虚空。

一片虚无缥缈，却又充盈着无限张力和吸力的虚空。

在虚空之中存在着一个仿佛由无数柄刀锋组成的黑洞。

所有的生机和物质都似无法摆脱这充满无限死气的黑洞的吸引，包括王翰自己。

王翰记起了昔日与武皇刘正的一战，记起了那斩天破地的一剑和那可以让世人永远无法挣脱的意境。

王翰知道一切都是虚的，但却无法找到哪里才是这虚幻境界的出口，哪里才是可以冲破一切的受力点，他知道如果不立刻找出来，自己将在刘秀的轮回第八道中被绞成粉碎，这绝对不是虚谈！

天地寂然，虚空寂然，王翰只觉得自己成了浩翰宇宙中一颗孤寂的星辰，在身边只有无尽的黑暗，只有无法形容的死寂，但宿命却又安排着他围绕一个足以将他毁灭的中心旋转，更不断地向这个死亡的中心滑去。

在浩翰的虚空中无所凭借，无法诉说，却能清晰地感受死亡威胁的折磨，思想和灵魂也显得无比的空洞。

邓禹也都傻了，他们在冰雹之中没有丝毫退缩，只是以功力护住战马和自己，冰雹则自身边悠然滑落，但他们的心神却被远处山丘之上的战况震撼得无法回收。

这是什么武功？这是什么刀法？这又是什么样的境界？

如梦，似幻！无法明白决战者的心情，却能够感受到毁灭天地的肃杀。

邓禹此刻仿佛明白了，为什么刘秀坚决要出战王翰。

是的，刘秀很少做没有把握的事，更不会是一个不识大体、不顾大局的人。如果连此刻的刘秀都无法战胜王翰的话，那么枭城军只怕永远都没有机会破邯郸！永远都不会战胜王翰了！

高手与高手的决斗，在于一种心态，如果有一次不敢应战，那么今生都休想自那种阴影之中走出，会成为心中的一个死结。

刘秀很明白这一点，所以，即使他的武功较之王翰逊色一筹，也绝不会退缩，至少可以以战斗来提升自己的勇气和激发自己的战意。

不过，此刻的刘秀却是让人吃惊的奇迹，至少让邓禹吃惊。

所有枭城军的将领都在吃惊，他们都只知道自己的主公武功超卓，但却从不知究竟超卓到什么样的程度。

江湖之中一直传言刘秀昔日杀鬼影子、剑无心，更大战杀手之王雷霆威，但如果看过今日刘秀武功的人必会知道，昔日所有的一切都是微不足道。

王翰因为绝杀的头颅而激起了杀机，这才前来挑战刘秀，但是他也太低估了这个年轻人。

究竟是什么改变了刘秀？

邓禹知道一年前的刘秀并不会比他厉害，但是一年之后的刘秀却是他永远都无法企及的，就像昔日的武林皇帝。

这之中会是一个偶然吗？抑或是一个奇迹？

半年前，卓茂见过刘秀出手，那时刘秀确实卓绝不凡，但是与今日相比，却有着天壤之别。

半年的时间，刘秀变得让人难以置信，仿佛生命便是在蜕变中跳跃，他才明白刘秀何以如此自信敢出战。

鲁青和铁头是陪伴刘秀时间最长的人，他们在最初见到刘秀之时，刘秀只不过是江湖中的一流高手，尽管表现得比他们更具天分，但却并不会比他们厉害多少。

他们知道刘秀的变化是从什么时候开始的，那便是那次自死亡沼泽之中回来后。

刘秀自死亡沼泽之中回来，于是整个人仿佛脱胎换骨一般变化。

鲁青和铁头知道，刘秀定是找到了那块万载玄冰，而且有更让人无法想象的际遇，这才使得其武学有着一日千里的进步。

王翰确实没想到刘秀会如此可怕，更没有想到的却是若没有他上一次的出手，刘秀绝不可能有今日的成就。

正因为上次内丘之战，使刘秀乍然明白玄境的奥妙，更重要的却是他身兼道魔两派的最高武学《广成帝诀》和《霸王诀》，而他更吸尽了玄境之中蚩尤的魔气。

这种沉积了数千载的魔气一直在刘秀的体内潜藏而未能好好利用，但是在内丘之战时，王翰的出手使他的生命抵达到了一个无法承受的地步，此时，那股潜于体内的魔气却窜了出来，使刘秀在那一刹那顿悟玄境之秘。

在生死的边缘才能超脱生死，去理解一种在活着的时候绝无法理解的事物。

自那之后，刘秀苦思月余，竟利用玄境的魔气结合浩然帝炁，使《广成帝诀》的武功与《霸王诀》的武学融合，而另创一种新的武学和境界。

经过这半年多来的琢磨和熟悉，刘秀已经有足够的信心与王翰一战。

事实也确实是这样，刘秀这几年来奇遇不断，因其服食了烈罡芙蓉果，又吞下了火怪辛苦练得的七窍通天丹，功力足有百年之多，更加之吸纳了玄门的绝寒之气与玄境之中的魔气，这使得刘秀的功力足以达到震古烁今的地步，而且体内更充盈着奇异的气体，充盈着奇异的生机，体质也完全得以改造。

当然，这之中的许多因素尚归功于刘秀的聪颖和悟性，在江湖中的每一战都能够让他吸取教训，从而达到进步的目的。

武学是没有止境的，刘秀很清楚这一天，因此，他从未懈怠过。

征战天下，便必须要有征战天下的本钱和能力。

王翰绝不会认命！他存在于江湖数十年，生命力、斗志和武功及经验早已不是一般的概念可以概括的。

至少，王翰绝不认输，在没有活路可寻的情况下他唯有一种选择，那便是——赌！

赌，拿命去赌，最强之处也便是最弱之处，是以王翰凝聚了所有的功力暴吼一声——万念无间！

“万念无间……万念无间……万念无间……”声音如同在群峰中回荡，又似自九霄悠然而下，或自九幽轰然滚出。

邓禹与诸将只见王翰那团黑色气团在一刹那间暴涨数十倍，然后拉长……

一道电光的映照之下，王翰的身形却自黑色气团中穿出，化为一柄巨剑，直迎那劈天开地的巨刀刀锋。

“轰……”一声巨响，夹着无与伦比的气劲迅速以两人为中心，向四面八方炸开，地面若被无数小行星冲击，泥土沙石喷起数丈之高，于是两道纠缠在空中的光影被升上空中的泥土完全包裹。

王翰只觉得那虚空中的黑洞里有着无限张狂的撕扯力，更聚满了无数的电场光柱，光怪陆离的颜色却是无数锋利无比的刀气，他已经不可回避的直冲了进去，并让自己的力量在其中无限地扩张。

“轰……”虚空不再是虚空，天地也不再死寂，在突然间王翰感到从未有过的轻松，他看到了空寂之外的东西——天与地，云与冰雹，那升上天空的泥土，及那纠结于虚空中张牙舞爪若无数怪蛇的电火……

他破出了刘秀的那一招绝杀之招——轮回第八道。

他破了轮回第八道，那么刘秀呢？那个年轻人是否会有更可怕的武功呢？王翰居然生出了从未有过的惧意。

轮回之外依然是现实的世界，生与死的边缘，王翰知道自己受了伤，而且绝不轻，只是他不知道刘秀在哪里。

王翰没有看到刘秀，但他却看到了另一个人！一个他绝不想看到的人，只是这世上的许多事并不是由人所想的。

第八十九章　大破邯郸

邓禹大惊，枭城诸将也大惊，王翰破了刘秀惊天动地的一刀，并将那五彩光团化为碎片，而此刻刘秀和王翰全吞没于那升上虚空的泥土之中，但是，他们却发现一人竟乘一只大鸟自南方的天空快速飞来。

邓禹从未见过此人，但却看清了那是一只巨大的仙鹤，鹤上乘坐着一位老人。

仙鹤以无与伦比的速度俯冲入泥土漫天的战场之中。

是敌是友，没有人知道，邓禹却叫了声："不好！我们快去救主公!"

与此同时，邯郸城上诸人也看清了这里的一切，王郎知道，王翰破了刘秀的杀招，更看清了那只飞入战团的大鸟，却不明白是怎么回事，但也意识到可能不好，是以他也大喝一声："出城接应太皇!"

天空依然灰暗，电火未散，仙鹤在电光中穿行，以极为优雅的姿态悠然落在那尘土漫漫的丘顶，与王翰相对。

王翰的神情有些微苦涩，在尘土的冲击之下悠然落地，但目光却落在仙鹤的背上。

"嘎……"仙鹤一声长吟，天地与之相合，在奔雷的声音中历久不息。

鹤背之上的老者鹤发童颜，神情肃穆，傲然间却有一丝倦怠或是一丝慨然。

"七十年没见了，师兄依然健朗!"鹤背上的老者目光悠然投向王翰，悠然叹了口气道。

“是啊，七十载没见，你还记得我是你的师兄!”王翰也有点感慨地道。

“无论多少年，我都不会忘怀，因为我一直都在等待这一天!”老者深深地吸了口气道。

“你终于还是等到了。”王翰不无揶揄地道。

“是的，我等到了，本以为过了七十年，我可以不用外人帮便可完成师父的遗愿，却没想到终还是要别人代我出手。”老者叹了口气道。

“因为我是师兄，永远都是！师父当年不是已经说过，我才是无忧林的第一奇才吗?”王翰不由得意地笑了起来。

“是啊，不过你此刻伤得不轻，却已经不是我的对手!”那白须老人淡淡地道。

“你想乘人之危?”王翰怒叱道。

白须老人目光却投向了那片蓬松的泥土，向仙鹤道：“鹤儿，去把他救起来吧。”

“嘎嘎……”仙鹤高若野马，大步向那土堆行去，而白须老者却若轻风一般落至王翰两丈之外。白须老者叹道：“你已经在外停留了七十载，难道还未满足吗？你看这战火燎燃的天下，你心安吗？无忧林的武功是用来济世救民的，师兄，你走得太远了!”

“如果你还当我是师兄，就不要管我的事!”王翰道。

“我当你是师兄，但却更不能违背师父的意愿！我已经六十年不曾返回无忧林了，很想回去!”白须老者无可奈何地道。

“师父说了什么?”

“他老人家让我无论如何也要把你带回无忧林，若是无法带你回去，那我也就终身休想返回师门。因此，我必须带你回去!”白须老者肃然道。

“如果我不回去呢?”

“那师弟只好得罪了!”白须老者吸了口气道。

王翰的目光透出一股冷厉的杀气，瞪瞪地盯着白须老者。

“师兄被浩然帝炁所伤，更同时为战神魔气所侵，半月之内若枉动真气，只怕内外交煎，一身武功俱废，是以我劝师兄最好不要出手。”白须老者淡然道。

王翰心中一阵无奈，他自己的伤比谁都清楚。他胜了刘秀，尽管可以杀了刘秀，但是却也无法不被刘秀所伤，这种战局确是两败俱伤之局，若不是突然有了这样一个敌人，此刻他必会趁机斩杀刘秀，只是现在他没有机会。

……

刘秀的整个身子全都被埋入了土中，那仙鹤极有灵性地将之扒出地面，用巨翅拂去刘秀身上的泥土，如同一个伟大的母亲照顾孩子一样，向昏迷的刘秀口中滴下涎水。

震荡之下，刘秀悠然醒转，骇然发现这只巨鹤，想动，却浑身酸涨，力道无法使出，而身上竟有十数道伤口，不过在泥土的掩埋之下居然不再流血。

见刘秀醒来，仙鹤振羽嘶鸣了一下，似是极度欣然。

“你醒了？你先好好躺一下，你的朋友已过来了！”白须老者的目光向快马赶来的邓禹望了一眼，极为慈和地道。

刘秀看到了王翰，又看到了那白须老者，不由吃惊地问道：“你是谁?”

“你送信给他的那人!”白须老者淡淡地笑了笑道。

“白家老祖宗?!”刘秀大喜，脱口道。

“咳咳……”刘秀一喜，血气上涌，立刻咳出几口鲜血。

白须老者眼中满是慈和之色，颔首点点头道：“不错！你伤势很重，不宜激动。”

“主公……”邓禹诸人跃身离开马背，如射出的箭矢般超越奔驰的健马飘落荒丘之上，急奔向刘秀。

仙鹤又鸣叫了一声，扑扇了两下翅膀，悠然又走到白家老祖宗的身边。

“主公……！”邓禹和卓茂忙扶起刘秀，却见刘秀并未死去，心中微感放心。

“你没事吧？”铁头急切地问道。

“还死不了！”刘秀苦笑着道。

“我去杀了那老王八！”铁头大铁桨一收，如下山猛虎般跃上虚空，双手抡桨以雷霆万钧之势狂砸而下。

地上泥土若被飓风激起，卷起沙暴扑向王翰。

王翰神色微变，这光头年轻人的劲道之猛烈确实让人吃惊，若是在平时，他对此根本就不屑一顾，但此刻他却是身受重伤，已无法抗拒铁头这一击。

“叮……”一声脆响，铁头只觉身子一震，如腾云驾雾般倒跌五丈，这才翻身落地，双腿却陷入了泥土中半尺之深。

铁头骇然，那股力道来自何方他都没能看清，竟被击得暴退五丈！

铁头不由大怒，铁桨一横，再次疾步向王翰攻去，强大的杀气和战意激得蓬松的泥土飞溅，以铁头为中心，如一条腾舞的恶龙。

“铁将军！”邓禹呵斥了一声。

铁头一怔，硬生生刹住脚步，有些忿然地问道：“邓将军难道不要我杀这恶贼？”

“二弟，你回来！”鲁青也吩咐了一声，他却将目光投向了白家老祖宗，声音有些发冷地问道：“你是什么人？”

“鲁青，不得无礼，他乃湖阳世家老祖宗白太爷。”刘秀不由得有些虚弱地叱了一声。

“啊！湖阳世家与邯郸王家乃一丘之貉，我们何用客气！”铁头更惊。

“老夫并无恶意，王翰便交由老夫带回无忧林处置吧。邯郸的大军很快就要到了，你们还是先回营为他疗伤，否则可能会使其伤情恶化！”白老太爷不愠不火地道。

“我为什么要相信你？今日不除此贼，他日必成祸患！”铁头固执地道。

“铁头！”刘秀呼了声。

“主公，他们可是一家人，若是纵虎归山，后患无穷呀！”铁头急道。

“你们还是先考虑自己吧，王郎的大军已经在五里之外了，若再不走就来不及了！”一个极为柔和而又充满磁性的声音悠悠飘来。

众人闻声，如沐春风，灵台霎时一片清明。

“怡雪！”刘秀不由得自语道，他对这声音太熟悉了，一听就知道发自何人。

众人循声望去，只见一道人影信步穿过尘雾，清爽自然如九天玄女下凡。

没人看清其罩于面纱之中的面目，但却没有人会怀疑这是一个国色天香的美人。

“弟子怡雪拜见师叔祖！”那摇曳的身影来到白老太爷的身前，深施一礼道。

白老太爷欣然一笑道：“看来六十年未回无忧林，尚没被忘记。”

“师爷她老人家常提起师叔祖，一直乞盼师叔祖能重返无忧林。”怡雪也欣然道。

“妙林收了几个好徒儿，师叔祖这便可以回无忧林终老了。”白老太爷说着爽朗一笑，目光却投向王翰道：“师兄，有我陪你，在无忧林中也不会寂寞，我们该走了。”

王翰神色一变，与白老太爷目光相视良久，才长叹了一口气，道：“走吧。”他知道今日自己已无路可选，要么便唯有死于此处，即使是王郎的大军赶到也改变不了这个结果，没有人可以将他从这个师弟手中救走。

王翰与白老太爷七十年未见，但他却知道，这个师弟的武功绝不在他之下，即使是没有受伤，也没有稳胜的把握。因此，王郎若是赶到，只是多增杀戮，或许回无忧林才是最好的归宿。

白老太爷也吁了口气，一抬手，自指尖竟射出数道五彩的气柱，击在王翰的身上。

王翰脸上闪过一丝痛苦之色，但却撑着未倒。

“你废了他的武功?”邓禹吃了一惊，讶异地向白老太爷问道。

白老太爷平静地点点头道：“在无忧林中是不需要用武功的。”

“不好！有大队人马赶来，我们赶快走!”卓茂伏地细听，不由大惊道。

“伙计，我们也该走了。”白老太爷一抚仙鹤的背，抓起王翰便飘在上了鹤背。

仙鹤一声长鸣，振翅悠然滑向天空，背负二人却无半丝负重之感。

“弟子恭送师叔祖!”怡雪向空中一拜。

“雪姑娘，我们走吧。”铁头与怡雪并不陌生，是以并不见外道。

怡雪望了刘秀一眼，吸了口气问道：“你没事吧?”

刘秀不由勉强笑了笑，略有些虚弱地道：“我没事!”随即又转向卓茂道：“按原计划行事!”

卓茂点了点头，道：“主公放心，属下明白!”说话间自怀中掏出一个号角，对着天空吹了起来。

“呜……呜……”

卓茂的号角声响起，立刻便听远处也连续响起了一阵号角之声，相互应和。

“好了，我们可以走了!”卓茂说着抱起刘秀，纵身跃上马背，一抖缰绳便向枭城军大营奔去。

众人有的尚不明白怎么回事，但皆跟在卓茂之后策马向营中奔去。

王郎在邯郸城头远远观望，天空依然阴暗，但冰雹早停，只有零碎的几道闪电划破虚空，而在他注视着那土丘之时，却发现一只大鸟又升空而起。

大鸟越飞越近，王郎终看清了是只仙鹤，而鹤背之上更隐约有人影，他不由得更是讶然。

城头的战士更是惊愕。

“神仙……”有人呼叫了起来，但王郎却骇然发现自己的父亲也正在鹤背之上，神情委顿。

“父皇——”王郎不由得高呼，但仙鹤很快隐入一片云层之中，消失在视线之外。

“快追，我父皇在上面！”王郎大急呼道。

“皇上，追……追什么？”一名近卫莫名其妙，不由问道。

“追那只鹤！饭桶！”王郎愤怒地喝道。

那近卫骇然跪下：“皇上，奴才该死！奴才该死！”

“还不快去追?!”王郎叱道。

那近卫忙起身，向一旁的其他近卫道：“还愣着干什么？快去追刚才那只仙鹤！”

那些人不由得全为之愕然，抬头望了望天空，哪有仙鹤的影子？但既是王郎下的命令，谁敢不从？只好像模像样地备马向仙鹤飞去的方向追去。

王郎的心跳竟有些快，一种极为不祥的预感在心中蔓延，而此刻，那号角之声自四面突地响起。

“皇上，大事不好，枭城军截断了我军返城的路线，大司马中了他们的埋伏！”一名在楼台上观望的战士慌里慌张地来报。

“什么？”王郎心神大震，立刻登上城楼最高处，果见自四野涌出大批骑兵，向张参大军的背后围击，迅速切断张参返回邯郸城的归路。

“皇上，你看……我们该怎么办？若是他们两面夹攻，只怕大司马有危险！”刘奉担心地道。

“皇上，我们快派兵去解救大司马吧？”一旁的城头守将也急了。

王郎的目光远眺，枭城军的两路人马合起来三千左右，但因骑兵占大多数，冲击力和破坏力极强，同时更给张参与邯郸战士一种心理压力。

张参所领之军也不过五千，若在两头夹击之下，形式确实甚危，只是王郎不知刘秀是何时在这边埋下的两路伏兵，可能是因为天色太暗，而山丘之战更吸引了所有的目光，这才使得刘秀身边的将领暗自遣兵，调向两翼。

王郎额际不由渗出了冷汗，刘秀的可怕之处确实出乎他的意料，居然在这种情况下还能安排伏兵。

“刘秀！”王郎一手抓裂身前的大石垛，狠狠地叫出两个字。

张参在听到号角之声时，便已觉奇怪，等他听到身后蹄声大作时，回头一看，却见两道高扬的尘埃从他后方迅速自两个方向合拢，并向他们围攻而至。

张参意识到不妙之时，已经不及回头，因为他必须要救回王翰，至少他尚不知王翰已为人带走。

“杀……”枭城军大营方向也是金鼓声和蹄声大作，大队的枭城军在贾复的带领下向张参急迎而至。

左右两翼为姚期和叔寿等猛将，枭城大军呈四面向张参包围。

王郎军见此阵势，立刻内部自乱了起来。

张参知道大事不妙，再也没心思救王翰，掉头便向邯郸方向倒杀而回。

断张参后路的乃是段建、左隆等昔日与冯异一起同来投奔刘秀的众城豪强，更都是与聚英庄傅俊交好的英雄豪杰。

王郎军掉头返城，但迎着他们的却是天机弩的强势攻杀，双方还未短兵相交，便已让王郎的战士倒下三分之一。

“杀啊……”王郎军一受阻，身后贾复的大军也跟着杀至。

张参的五千兵马便像是鸟啄下挣扎的青虫，立刻被冲得七零八落。

“张参，投降吧，你今日是没有出路了!”贾复扬声高呼，领着数将迅速向张参靠近。

张参此刻也是失去了斗志，只想杀出重围，逃返邯郸，但是枭城军兵多将广，想冲出重围谈何容易?

天机弩的力道强猛至极，不过在混战的情况之下并不敢动用，怕伤及自己人，因此这使张参也多了一份机会。

张参的武功确实超卓，在王郎三大功臣中，仅刘林可与之相比，便是王郎也不过较之稍胜一筹。

张参所过之处，枭城军也人仰马翻，若不是段建和左隆两人赶至双战张参，勉强挡了一会儿，只怕在贾复赶来之前便已冲出了包围。

贾复赶来之时，段建被打下马背，但只是受轻伤。

贾复赶至，便与左隆双战张参，却仍无法稳住张参。

段建又爬上马再战，姚期也赶了过来，四人共战张参，这才使张参几无还手之力。

姚期与贾复武功最强，张参虽猛，但在这四大高手的围攻之下，也无法占到丝毫优势，看着自己的战士迅速减少，或死或降，张参的心神也大乱。

“轰……轰……轰……”三声炮响，邯郸城门大开，刘奉领着一支轻骑迅速杀出城外，直扑张参的战场。

王郎绝不想看到张参战死，不只是因为张参乃其义弟，更因张参若死，邯郸便再无可支撑的大将，那与邯郸城破又有什么区别?

此刻，王郎知道刘秀不死也一定身受重伤，若是有张参与刘林在邯郸城中，尚有一战的机会，因此他必须救回张参!

刘奉骑兵一出，便听得城外又是一阵号角之声，随即又有一队人马自一侧杀出，如潮水般涌向刘奉的大军。

“寇恂在此，何人敢敌?!”一声有若焦雷般的呼喝自这侧冲而出的大军中传出。

“耿弇在此，尔等纳命来——”又是一声巨喝，在乱军之中迅速冲出一名银盔银甲的粉面后生，杀气直逼刘奉而至。

刘奉本想去救张参，却没料到半道上又杀出这一支人马，而且这员小将更是以快得不可思议的速度直接截住他。

刘奉自听说过耿弇之名，更知道耿弇乃是耿况最宠爱的儿子，不仅是因其英俊不凡，更是因其在燕、幽两州战无敌手，更曾在十五岁之时单骑追杀匈奴呼邪单于大将门提都巴两百里。因此，耿弇虽年纪轻轻，却早已名振域外和燕幽两地。

而王郎派去燕幽招降的高手也是被耿弇和寇恂两人击杀，因此刘奉绝不敢轻视。

“刘奉，投降吧，小爷便饶你不死，何用给王郎这种无能之辈卖命？”耿弇朗声道。

“废话少说，刘奉还没到要你这黄毛小子教训的地步，就让我见识一下你耿家枪法有何厉害吧！”刘奉不屑地道。

“你会后悔的！”耿弇傲然一笑，挟马疾冲而出。

“驾！”刘奉也一带马，冲杀而过。

耿弇一声长啸，身子却自马鞍射出，如弩矢一般，带着枪以无坚不摧之势一直撞向刘奉，枪锋更幻成了无数点洒落的花雨。

刘奉微感惊讶，却发现无论自己如何改变方向，都无法避开这一击，因此他不再选择闪避，大棒狂扫而出。

“轰……”刘奉身形狂震，却发现耿弇的枪依然没有改变方向朝他无孔不入地攻来。

“哧……”刘奉倒滑入马腹，双腿夹马腹的马蹬，险险避过一枪，却被挑开了一片战甲，心中不由得暗叫“好险”！

耿弇不见了，在刘奉翻上马背的那一刹，他竟没发现耿弇身在何处，只有耿弇那奔驰而过的白马，以矫健的姿态冲过。

“希……”刘奉身下战马一声惊嘶，刘奉只感压力大增，整个天空仿佛化成了一块铅板压下，他骇然抬头，却发现一杆银枪自天空中俯冲而下，枪身更挟带雷霆万钧之力，封住了刘奉的每一寸方位。

耿弇一击落空竟足点马首腾上了虚空，是以刘奉翻上马背之时，自然无法看到耿弇的所在。

“呀……”刘奉大吼一声，也一蹬马身，挺身向空中迎去。

“轰……”枪棒相交，刘奉竟连连挡了八十一枪才重重坠落。

“希……”刘奉身子跌落战马之上，战马一声惨嘶，忍不住那沉重的冲击力，跪倒在地。

刘奉的身子也因马身跪倒，歪了一下，而这一歪，刘奉立刻知道不妙，是以极速向一旁狂掠。

“呀……”刘奉的身形不谓不快，但仍未能完全避开耿弇趁虚而入的一枪，在肩头拖下了尺许长的血槽。

刘奉知道再战必死，在身形一着地之时，立刻跃身扑倒一名枭城骑兵，策马落荒而逃。

耿弇身形飘落，正是战马奔至之时，是以轻巧地落于马背，长啸一声道：“刘奉，看你往哪里逃！”迅速张弓搭箭。

刘奉听得弦响，掉头欲挡，但因一条手臂无法使力，并未能击中劲箭，座下马匹中箭倒下，他的身形也随之仆倒在地。

这一摔跌得七荤八素，待他欲爬起之时，脖子上已经架了数柄利刃。

耿弇大笑着冲上，呼喝道：“绑了！”

刘奉眼睛一闭，暗叹一声，自己一世英名，却败在一个娃娃手中。

邯郸军见刘奉被擒，哪敢再战！纷纷慌忙掉头便向邯郸城中逃跑。

与此同时，王郎在城头看了更是大惊，他已经折损了李育，现在若是刘奉和张参也失了，那他身边还有什么人可用？而王翰也不知被什么人抓去，下落不明。

最急的还是刘林，眼看着弟弟被擒，却无能为力，他知道即使是自己下去也于事无补，寇恂乃是燕幽两州的名将，更是耿况部下第一勇将，其武功之强据传已不在耿况之下。

刘林也没有把握胜过寇恂，而在刘秀的军中还有许多勇将尚未出现，也不知刘秀在城外埋下了多少伏兵，这使得邯郸城头的人只能眼睁睁望着城外那无法挽回的战事继续发展。

王郎再看那群战士竟向城下奔来，显然是想回城，但寇恂却尾随追杀而至，他不由得大惊，呼道："关城头——起吊桥！"

"皇上，这些战士要归城……"刘林提醒道。

"不行，否则对方必会跟着杀进城，快，快放箭——"王郎狠声道。

"嗖……"城头立刻箭如雨下，那些欲返回邯郸城的邯郸战士立刻被射倒一大片。

枭城军也死伤近百，于是这些人又骇然而退。

"降者不杀！"寇恂大刀一举，高喝了一声。

这群邯郸战士见城上竟下令射杀他们，不由得人人大怒，哪还会为王郎卖命，立刻抛下兵器。

一时之间，尽数抛下兵器投降。

"弓弩手！"寇恂一挥手，立刻在城外排下一队盾牌，天机弩射手们迅速蹲下，一时城上城下箭疾如雨。

天机弩的射程远远超出普通弓箭，尽管是由下向上射，也不会大失优势。

眼看邯郸城门悠然闭上，蓦地，城中喊杀声顿起，吊桥轰然垂落。

"杀呀……"寇恂一看机不可失，大刀一挥，立刻领头向邯郸城中杀去。

"杀呀……杀……"姚期、贾复也领兵随后狂冲而至。

王郎扭头，几乎气晕过去，城中杀出的那一队人马并非别人，竟是他的亲家白善麟与一干家将。

白善麟竟打开城门，杀出了城外，而斩断吊桥的人却是一直都是王贤应亲信的祥林。

祥林终于出手了，白善麟也出手了，这些人本都是王郎最信得过的人，更不曾亏待过这些人，却没想到最后置他于万劫不复之境的竟是这些人！

“给我杀了他！”王郎都快气疯了，已经顾不了身份，立刻扑向祥林，他绝对不会放过这人！

祥林此刻也正在城头之上，他斩断吊桥，迅速击杀身边的几名守卒，见王郎向他飞射而来，哪敢应战？尽管这两年他苦练武功，也得了王贤应和王府中许多高手的指点，但仅只是一个普通高手，若与王郎对敌，只怕三招不到便会丧命。

事实上，祥林并没有在城头苦战的念头，也很清楚，如果自己斩断吊桥不离开的话，那么便唯有战死一途，他可没有刘秀那么好的武功。

“皇上，再见了！”祥林一扯那悬住吊桥的绳索，纵身跃下城楼。

王郎飞扑上城头，却只见那拉吊桥的滑轮飞速转动，然后猛地绷紧，他伸头一看，祥林已经离地不到一丈，却因吊桥的绳子就这样挂住了。

吊绳本来设计得恰到好处，刚好能及地，而若是绳子到地的话，祥林必落到地上摔死，但绳子却被祥林斩去两丈，这才使得他离地一丈多时悬挂于虚空，正是这个缓冲救了祥林一命。

祥林乃是宛城的老混混，一生之中有无数次逃命，他哪会去做真正的傻事？因此，一开始他便算好了逃走的方式。

“再见！”祥林的脚在城墙上一撑，借绳子一荡之力，一个漂亮的翻身落上吊桥。

“射死他！”王郎大吼，随即抢来一张大弓，但再看之时，祥林已经冲入了城门洞内，与枭城军一起杀入了城中。

以祥林之刁滑，自然知道王郎是誓欲杀他，若他暴露在王郎的视线中，必难逃其弩箭的射杀，因此倒不如与大军一起钻入城内，这样王郎就无法在人群中找到他了。

在邯郸，祥林只怕王郎和刘林两人，其他人他倒不会在意。

“好狡猾的小子！”刘林看着祥林钻入城门洞，不由得赞道。

王郎气得都要砸弓了。

“皇上，我们快走吧，再不走只怕来不及了！”刘林劝道。

“你们给我守住！守住！”王郎对城内的守军高喝，而此时却有枭城军已杀上了城头。

一时之间，城内城外喊杀声震天，枭城军在众多高手控制城门之下，如潮水般涌入。

另外一批则借勾索、云梯自城头爬上。

城头之上已经没有多少邯郸守军，因张参战死，刘奉被擒，城中之人哪还有斗志？此刻城门大开，有些人便已经开始逃命，或者在城门口苦战，反而城头防守不是那么紧。

枭城大军如洪水般涌来，大举发起进攻，而城中的守军早已阵脚大乱。

今天所发生的一切都有点离奇，先是天空中降下巨大的冰雹，砸死砸伤不少人，这使得城中官兵锐气大减。

而在那山丘之上，刘秀与王翰的大战引得天象大变，那无可比拟的诡异场面更是让人心神俱飞，这些人亲眼见到刘秀的神威，而对枭城军便多了一份惧意。

张参战死，刘奉被擒，张义飞领兵出城生死未卜，在一开战之时，邯郸城中便减少了一万余兵力。再加上王郎下令对返城的战士施以乱箭，这更寒了邯郸战士们的心，削弱了他们的斗志，此时城门一开，立刻在枭城军锋锐的攻势之下溃散。

王郎不敢战，他知道枭城军冲入城中即意味着什么。

正面与枭城军硬撼，邯郸军尚逊一筹，在兵器的装备之上，枭城军有着极大的优势，而在气势之上，枭城军更是锐不可当。

王郎心悬父亲的安危，现在没有了这样一个高手为自己撑台，而十三杀手中的绝杀也惨死，十三杀手已成了过去。

唯一让王郎感到安慰的却是他尚有王翰亲训的死士，死去了七人，还有十七人，这些人保他离开邯郸应该不成问题。

王郎绝没想到事实的发展竟会到如此地步，当日他在邯郸拼命追杀刘秀，今日刘秀却领大军大破邯郸，这应了刘秀当日说的话："我一定会回来的！"

邯郸城中喊杀之声不绝，百姓闭门不出，大街小巷，四处都是厮杀的人群，也不断有邯郸军投降，而且是降兵越来越多。

贾复与寇恂让士兵到处呼喊"王郎已死，降者不杀……王郎已死……降者不杀……"的口号，城中各处都飘荡着这种声音，这使得城中的守军都弄不清真假，因为王郎确实不知去了哪儿，而且混乱之中，谁也没注意王郎的行动。在这种情况之下，谁还敢负隅顽抗？那岂不是死路一条？因此，邯郸城的战士纷纷投降。

战局很快便渐渐转向皇宫和王郎昔日的府第。

寇恂和姚期诸将早已封锁了各路口，一入城便抢占了最有利的位置。

段建、左隆、叔寿、贾复诸人则清理城中各处残余。

此时铁头和卓茂也领大军赶来。

只怕王郎根本没有料到他这一逃，加速了城中的战士投降的过程，使得枭城军更快地控制了城中的各个出路口，正如昔日王郎封锁城门追寻刘秀一样，只是这一次却没那么幸运，因为枭城的数万大军足以控制住大局，而王郎最糟的是想先带着皇宫中的东西逃走，但等他想出来时，皇宫已经被全面包围了，这一切快得让他还没有做好准备。

但是——无论如何，他必须杀出去！是以，在这种时候，他的十七名死士便发挥了作用。

王郎身边的十七死士，在枭城军中无人能挡，若以一对一，这些人无一是寇恂的对手，但是这些人却有十七个，便是天机弩对其威胁也不是很大。

一时之间，枭城军只被杀得人仰马翻，竟硬生生被对方杀出了一条血路。

寇恂诸人也大大吃了一惊，这些死士确实极为可怕，便是他也拿这些人没办法，但却绝不想放过王郎，因此他在后面狂追不舍。

王郎心中涌起了一丝无奈，但成王败寇，这是至理，能怪谁呢？此刻，他只想冲出去，在邯郸之外，尚有王家的一些产业，只要他能找回父亲，就还有可能东山再起。

王翰是他的唯一希望，如果知道王翰已被带回无忧林，王郎必会留在邯郸死战到底，但是正因这份希望使他放弃了斗志，也使邯郸的力量溃败得更快。

“寇将军，把他交给我！”一骑白马飞驰而至，却是白善麟与一干尾随而至的家将。

“白善麟，你这老匹夫！胳膊肘往外拐，我必不会放过你！”王郎一见白善麟，分外眼红，不由得破口大骂道。

“怪只怪你是王翰的儿子，怪只怪你是邪宗的宗主，所以，我们注定不能共存！”白善麟语气平静地道。

“你……你究竟是什么人?!”王郎神色大变，大声问道。

“我乃无忧林外支，任何与无忧林有关的直系和旁系，都绝不可为祸江湖，只能以正义存在！你身为无忧林传人的儿子，却是邪恶组织邪宗的主人，因此便注定成为无忧林的叛逆，唯有死路一条！”白善麟长长地吸了口气道。

“你杀我，你女儿将不会有幸福的！”王郎冷笑道。

白善麟涩然一笑，向身后的人喝道：“死士听令，立刻给我杀了那十七人！”

“是，主人！”白善麟身边的一群人木然答道，随即便如苍鹰一般扑向那十七名似不知疲倦的王家死士。

“我只想告诉你，白家任何一个人都随时准备为正义而死。”白善麟淡然道。

"啊……"

白家死士竟全是与敌同归于尽的打法，只一刹那间，便结束了与王郎死士的战斗，他们选择的方式却是挨别人一刀，然后破对方一刀，于是，生与死就在一招之间。

所有人都呆了，在长街之上，十七对死士相互凝视，他们没倒，是因为刀都在对方的身体之中，相互凝视如枯死的木雕。

王郎顿时记起了前些日子惊扰王翰闭关的一群人，这一刻，他完全明白了。

寇恂这身经百战的悍将也为之呆住了，这些惨烈的杀法，确实让他心底透出寒气。

这就是湖阳世家的死士，真正的死士，只为主人一个命令，便毫不犹豫地去死，这是一种疯狂！

王郎也傻了，他本引以为凭的十七位高手，却在顷刻之间便与人同归于尽了，这使他一时心中尽是空白。

"给我杀！"寇恂回过神来吼道。

王郎却仍在想白善麟的那句话："湖阳世家的每一个人都随时准备为正义而死……"

邓禹唤来军医仔细为刘秀检查伤势，经过马背之上的颠簸，刘秀又吐了几口鲜血。

若非鹤涎乃奇世之珍，只怕刘秀此刻早已不省人事了。

王翰的武功之强，比刘秀想象的更可怕，或是这半年多来，王翰也确实下了一番功夫完善自己的修为。

刘秀败了，在最后一招败在王翰万念无间之上。

万念无间，究竟是什么武功？刘秀不知道，便是熟知无间剑道的怡雪都不知道，但却可以肯定这是源于无间剑道。

怡雪自然听说过，王翰乃是无忧林近百年来资质最佳的奇才，因此在江湖之中混迹数十载，尚无法让无忧林找到其踪迹，这样一个奇才创出一式高于无间剑道的武功并不奇怪。

刘秀并不会气馁，至少，他重创了王翰！在两次交锋之中，他虽然落入下风，但他的进步却是谁也无法否认的，而且其进步之快甚至让人感到不可思议。

天下间能胜王翰的人除了昔日的武林皇帝刘正之外，便没有人可以做到，而刘秀如此年轻便可以与王翰决战，这足以将他传为江湖之中无人可比的佳话。

刘秀的伤确实极重，但被鹤涎保住了元气，因此并无生命危险。

邓禹此刻担心的不只是刘秀的伤势，更多的却是邯郸之战。

这一战至关重要，若枭城军无法攻陷邯郸，那王郎必死守，如拖上数月，只会严重影响逐鹿中原的大计。

邓禹自然明白刘秀逐鹿中原的决心，否则刘秀也不会这么急着让吴汉平定尤来的大军。

刘秀此举是看出了赤眉军很有可能会使刘玄的天下覆灭，如果枭城军不能在赤眉军攻下长安之前统一河北，只怕到时候战局难料，也便很难问鼎中原，是以刘秀才必须加快统一北方的步伐。

任何拖延都可能陷入被动之中，邓禹也绝对明白眼下的形式，若是他连这个形式也无法明白，那便不配让刘秀如此看重。

尽管邓禹知道刘秀出身市井，在混混之中长大，但是他对刘秀那超卓的远见不得不佩服，从当日姜万宝与王常打赌半年内破宛城，定南阳，到后来刘秀断言绿林军十个月直捣长安，这一切都没有丝毫的差池，可见刘秀确实深具敏锐的洞察力和超常的远见卓识。

邓禹在刘玄手下并不得志，因为刘玄并不是一个善听别人意见的人，当然，他并不知此刻坐拥天下者并非昔日的刘玄，而他却胸怀大志欲助明君！纵看天下，惟他与刘秀相交甚厚，更知其智慧和心胸，这才在赌输之后诚心前来相助刘秀，因此他对今日的邯郸之战寄予了极大的厚望。

怡雪也立在刘秀的身边，但却没有多说什么，或是根本就没有必要说什么。

刘秀疲惫得只想好好睡一觉，脸色有点苍白，身上十余处伤口已包扎好，但内腑受伤极重。

直到有人提回张参的首级，送来五花大绑的刘奉时，刘秀依然没有太清醒地说一句话。

……

张参被杀，刘奉受伤被擒，这无疑给了邓禹一颗定心丸，至少可以保证，邯郸城不再是那般可怕了。

而从这结果可以看出，刘秀那些看似多余的布置却是真正的料敌先机，或是对邯郸之战早已胸有成竹。

邓禹不得不服刘秀用兵之奇，怡雪也为之讶异，她并未见过刘秀用兵，昔日只是听说刘秀用兵如神，因此才能够很快地在北方壮大起来，而她对兵法并不懂，但看刘秀今日在与王翰大战之时仍能够掌握全军的大局，可见其确实是名不虚传，而她心中也略涌起了一丝愧意。

“你们还不给刘大将军松绑!”邓禹望了那几名押回刘奉的战士叱道。

那几名战士忙解开刘奉身上的牛筋。

“让刘大将军受委屈了!”邓禹极为客气地上前拱手道。

“哼!”刘奉不屑地扭过头去。

“叫军医来给刘大将军伤口上药。”邓禹又吩咐了一声。

“别假惺惺的，要杀要剐悉听尊便!”刘奉冷冷地道。

“我为什么要杀将军？将军乃忠义之士，战争只不过是各为其主，并无谁对谁错和仇恨，现在邯郸城破，令主王郎已死，将军与我们之间便已无恩怨，何不坐下来静心一谈呢?”邓禹很平静地笑了笑道。

“胡说！邯郸城岂会破?”刘奉怒叱道。

“事实胜于雄辩，不若我们先于此饮酒下棋，待中军来报如何?”邓禹依然很坦然自信地道。

刘奉不由一愣，见邓禹说得如此自信坦然，他竟不敢应承。

“怎么？刘大将军也对邯郸没信心了？”邓禹笑着反问道。

“我为什么没信心？”刘奉不服气地反问。

“那很好！”邓禹向一边的护卫道：“设酒，摆棋！”旋又扭头向刘奉道：“请将军先包扎一下伤口。”

刘奉一愣，他不得不对邓禹另眼相看，只看这年轻人的气度，就足以让人为之折服。

刘奉望着不语的邓禹故意以言语刺激道：“怎么不见刘秀？”

邓禹只是浅笑道：“主公已领军杀入邯郸，自然不在营地，这里的一切便由我主事。”

“我看是他此刻性命垂危吧？”刘奉试探道。

“呵呵……”邓禹不由笑了，道：“我家主公虽然年轻，却经历了无数次生与死的考验，战胜过无数高手，不就是区区一战吗？略受小伤，但又岂能妨碍他上阵杀敌？”

刘奉神色一变，邓禹的话使他的心神微乱，如果是刘秀亲自出手，那么邯郸城之破绝不是没有可能。

当然，如果说刘秀一点伤也未受，那实难让人置信，受些小伤也正是情理之中的事。

“报——”一名中军大步行入。

“说！”邓禹平静地道。

刘奉顿时心神大为紧张，也不知道这中军所报会是什么消息。

“在西南方向五里处出现一批敌兵，正快速向我营靠近，人数约五千左右。”那中军急促地禀道。

刘奉顿时想起了张义飞那支欲偷袭的战旅，却没料到竟在这种时候才到。

邓禹神色不变，只是淡然向帐中诸将道：“李度将军领一千人马在营外一里处伏击，吴乔喜和尤新二位将军各领五百人马自两翼冲击，鲁青将军便领一千人马绕到敌方后方，截住其归路!”

“末将领命!”李度诸将皆应声而去。

刘奉神色数变，他不知道张义飞是如何布置的，但看邓禹如此轻松微笑间用兵，倒有点为张义飞担心起来，他很清楚枭城军天机弩的杀伤力，若是伏击，那破坏力是难以想象的。

“刘将军该你着棋了，不过你的这一条龙快被截断了。”邓禹道。

刘奉不由得回过神来，他无法不佩服邓禹的镇定，如此年纪却比一个征战了数十载沙场的老将还要沉稳，由此可见此人的修养确实有过人之处。

刘奉绝非没有听说过邓禹之名，邓禹成名之早应是十五岁，那时邓禹尚在长安求学，乃是京城王孙公子所谈论的对象，被许多士大夫谓之为奇才，更难得的是其文武全才，在京城年轻一辈中，并没有几个对手，可谓是年轻一辈的佼佼者。

而邓禹在枭城军中的地位也日渐尊贵，更是刘秀身边的军师，在河北诸战之中运筹帷幄，极有大将之风，可以排在刘秀众将之首，自是不简单。

张卯的神色有些凝重，半晌才道：“这样恐怕会引起大混乱!”

“如果我们不作出此决定，只怕根本就无力阻止赤眉军攻破长安之危，那时，我们一起全都完了。”廖湛苦恼地道。

“我认为廖侯爷说的没错，如果我们劫持皇上离开长安，只要能以此法打败赤眉军，皇上定会理解我们一片苦心的，天下百姓也会理解我们。”胡殷附和道。

“如果皇上知道了这事，只怕你我几人都不免人头落地!”申屠建有点担心地道。

“此事只有我们几人和安国公知道，安国公也是全力支持我们，如若事败，我们还可以去安国公那里，以安国公的十万大军，我们也不惧长安。”胡殷道。

张卯眉头皱了起来，道：“这事尚有些不妥，皇上除长安兵力之外，还有汉中王与舞阴王、郑王几处兵力，若是他们联手，我们只怕也没有机会。”

“怕什么，现在各王自据，根本就没有闲情管我们，又有樊崇之乱，只要我们行事小心些，必能成功！”廖湛道。

“我们可以再劝劝皇上，让其放弃长安……”

“皇上在长安享乐惯了，又岂会听我们的劝告？你没见皇上在早朝之上一意孤行的态度吗？”胡殷打断申屠建的话道。

“是啊，我可不想我们辛辛苦苦打下的江山因一个人而毁于一旦！”廖湛忿然道。

“既然如此，为了江山社稷，我们也只好冒一回险了！”张卯无可奈何地道。

“申侯呢？”胡殷与廖湛的目光不由得都投向了申屠建。

申屠建不由得苦笑道：“我们乃是同生共死的兄弟，既然你们不反对，那我只好跟你们一干了！”

“这才是好兄弟！”廖湛不由得拍了拍申屠建的肩，赞道。

“朕就猜到他们会有此心！哼，申屠建呀申屠建，你们也未免也太轻视朕了！”刘玄神色微有些狰狞地道。

“柳公公！”

“奴才在！”

“你立刻传朕密旨，让杜吴火速带禁军包围这几个反贼的府邸，一定要把张卯、申屠建、胡殷、廖湛这一干反贼抓住，若是谁敢拒捕，杀无赦！”刘玄肃然道。

“张公公！”

“奴才在！”

“你也传朕圣旨于李松兄弟二人，让其封锁长安所有城门，禁止任何人出入，没有朕的手谕，任何人都不得开门！”刘玄又道。

“奴才明白！”

“哼，想造反？就别怪朕不念旧情！”刘玄深吸了口气道。

“报——”中军再次入帐，却是浑身浴血。

邓禹也微惊，但声音依然很平静地问道：“如何？”

那中军的气息有些急促，但神色间却极为沉稳，刘奉一看便仿佛已知结果。

“回军师，敌军已被击溃，降一千九百四十人，杀敌两千，剩下的向邯郸方向溃逃，鲁青将军正在追杀！”那中军很清楚地报出数目，没有丝毫零乱。

“嗯，很好，我会给你们每人记功一次。我方伤亡情况如何？”邓禹又问道。

“我方有一百七十六人战死，两百余人受伤，但已无碍。”那中军道。

邓禹神色一变，责问道：“怎会伤亡如此严重？”

“因敌将实在太过厉害，这些兄弟都是在围堵之时身亡。”

“对方是何人为将？”邓禹问道。

“张参之子张义飞！”

“难怪，好！你先下去吧。”邓禹有些恍然。

“报——”又一名中军极速奔入帐中，见到邓禹便立刻呼道：“军师，大喜！”

邓禹讶异，顿也喜形于色地问道：“何事大喜？”

“邯郸城破，城中守军尽降，王郎被擒，刘林战死……！”

“哗……”刘奉立身而起，却带翻了桌几，神色极为狰狞。

那中军吓了一跳，不由怯怯地望了邓禹一眼。

邓禹心中也暗叹了口气，刘林战死，这是个意外，但心中却大松了一口气，至少邯郸已破。

“将军节哀，战场之上各为其主，生死总是难免。”邓禹安慰道。

刘奉惨然一笑道：“罢了，罢了，你们也杀了我吧，不用对我如此假惺惺的！”

“我们需要的乃是将军这种人才，如今王郎兵败，我劝将军良禽择木而栖，又何用如此？”邓禹道。

“你们杀了我兄长，今后我们之间便有不共戴天之仇，我刘奉若是降你，岂不是不忠不孝不义之辈？”

“将军何用如此固执？”邓禹还想劝。

“邓军师好意刘奉心领，枭城军中拥有如军师这般人物，我刘奉败得心服，但绝不是不识大义大体之人，请军师代我转告刘秀，希望我家江山能光复昌盛到永远！”刘奉说完一声悲啸，在邓禹尚未来得及阻止之时，已一拳击碎了自己的天灵盖。

“将军！”邓禹大惊，一把扶住刘奉倒下的躯体。

刘奉的表情没有痛苦，却以虚弱得只有邓禹才能听到的声音道：“我刘奉……一生……无愧……无愧……天地——”

邓禹一时怔住了，刘奉就死在他的怀中，他的心有着莫名的痛楚，就是因为刘奉最后一句话。

刘奉死了，但最后一句话却有着无法抹杀的分量——他一生无愧于天地！

在忠、孝、义面前，刘奉选择以死来维护自己忠、孝、义的气节，这给邓禹心灵的震撼之强是无法衡量的，也正因为这一句话，使得邓禹成为东汉开国功臣之首，一生皆是刘秀帝业中最亲信最得力的功臣。

帐中的其他枭城军将领也为之震撼不已，中军们却傻眼了。

“将刘将军的尸首厚葬于邯郸城外，传令不许伤害刘将军的家人！”邓禹悠然放下刘奉的尸体，叹了口气，不无惋惜地吩咐道。

枭城军以极快的速度清理了邯郸城中的一切，并出榜安民，对于百姓在此城之中的损失也给予部分补偿。

这些举措立刻赢得了邯郸城的民心，而众败军降卒则交由赶回的冯异亲自处理。

刘秀是在邯郸城破之后的第五天才进城的，因其伤势太过严重，不得不在城外休养五天，而让冯异和寇恂、邓禹三人将邯郸城中一切安置妥当后，他入城也更安全。

刘秀入城之时，已经可以骑马，因其体质奇特，功力也恢复了四五成，伤势虽未痊愈，却也不会有太大的问题。

这几日枭城军在邯郸城中的表现极佳，这使得邯郸百姓对这个新入邯郸的主人极为欢迎。

事实上，刘秀在北方的口碑本就极好。北方十几路大小义军之中，只有枭城军的纪律最为严明，而且各种律法使得辖区之内百姓皆能安居乐业，盗贼尽去，军民互敬。

而枭城和巨鹿、信都三地之间的繁荣更是有目共睹，许多各地百姓在逃难之时首先想到的便是枭城。

在水深火热中的百姓，又有谁不希望拥有一个真心为百姓着想的明君？又有谁不希望这连年的战乱早日停止，享受太平安宁呢？因此，刘秀的崛起使得北方百姓皆渴望成其子民。

枭城军在邯郸城中的表现也使邯郸百姓疑虑尽消，是以百姓主动夹道欢迎，许多人更是欲一睹刘秀之风采。

由于各种关于刘秀的传闻，使得人们对这个似乎无所不能、勇敢无敌的年轻霸主心仪向往。

有些人甚至开始关心刘秀是否娶妻生子，或是可能会娶几位妻子……

刘秀身边众多高手杂在亲卫之间以确保其绝对安全。

当然，这都是因为刘秀依然有重伤在身，若是平时，根本就没必要在人群之中夹着高手相护。

邓禹诸将亲自将刘秀迎入城中。

邯郸可谓是北方的重城，昔日赵都的遗风尚在，城高墙厚，护城河引清漳水，使得水深河宽，确实是一座坚城。因此，刘秀最先想要的便是得到邯郸。

若有邯郸，再得邺城，便可借之为跳板进军中原。当然，南端的青犊诸路义军尚是阻碍。

进驻邯郸，刘秀立刻收到吴汉的捷报，尤来军大败，吴汉斩杀尤来，使尤来军大部分尽数降服。

刘秀大喜，在重新整合编排诸路降军之后，此刻的兵力竟达三十万之众，而且这些天，每日都有人愿意入伍，各路豪强纷纷投效，使得枭城军迅速膨胀起来。

而此刻刘秀再不迟疑，立刻派寇恂、耿弇领兵五万直击高湖、重连，同黄河帮两面夹击，他要以雷霆万钧之势一举将高湖与重连击溃。

对于迟昭平一直在为他而战，刘秀心中确实多了许多愧疚和感激。因此，他要尽快击溃高湖、重连，使得黄河帮与枭城军顺利整合，那时他就可以让迟昭平留在自己身边，也正式迎娶这位风云一时的江湖女强人。

迟昭平确对刘秀情深义重，这一点所有枭城军的将领都清楚，也都敬佩，也只有这样的女人才配得上刘秀，才能成就其帝业。

……

入主邯郸，刘秀做的第一件事就是拜会姬漠然。他知道此人是迟昭平的义父，更是一代奇人，因此，他第一件事便是拜会姬漠然，并让其代自己正式提亲。

然后，才是处理关于王郎的事，而在这之中，刘秀想到了白玉兰。

没有人为难白玉兰和王贤应，而王郎的其他家人则全都下狱了。

想到白玉兰，刘秀黯然欲泣，小晴则自枭城赶来，早已哭成了泪人。

刘秀害怕见到白玉兰！他不知自己该如何面对这位昔日情义深重的爱人。

白善麟确实够狠心，这一点刘秀也不能不承认。

刘秀没有白善麟那般狠，但是不管怎样，他仍是要见白玉兰一次，不管会发生怎样的结果，也不管相互间会有怎样的情绪，他总不能回避现实。

生活是很现实的，现实却又是残酷的，如果说这是天命，那便是上天跟他开了一个伤感的玩笑。

小晴似乎明白刘秀的感受，她可以哭，但刘秀却不能，他是个男人，更是一方霸主，是睥睨天下的一代宗师，许多的情绪他只能放在心中。

“主公!”侍卫极恭敬地向刘秀行礼，在他们的眼中，刘秀不仅是主帅，更是神话。

王郎的皇宫极奢侈，廊桥亭榭，九曲回环，在侍卫们带领下绕了好远的路才到白玉兰和王贤应所居住的地方。

这里，冯异已下令不准任何人擅自骚扰，而且屋中所需，必须供应最好的。

“你们在外面等着。”刘秀挥手阻住铁头、赤练剑和一干贴身相护的高手，淡淡地道。

“主公……”众人微感愕然，略有忧心地道。

“不必说了，我知道该怎么做。”刘秀的语气极为平静，他已经学会了如何掩饰自己的情绪。

“可是王贤应……”

刘秀打断驼子的话，在小院门口顿了一下，这才悠然踏入小院之中。

小院的桃花开得正艳，如天边的彩霞，春意昂然不可遏制。

小院中是一座极雅致幽静的阁楼。

刘秀的到来，让守在阁楼外的两名俏婢无所适从，她们乃是王贤应的婢仆，却似乎知道眼前这个年轻人就是大破邯郸、无敌于北方的霸主刘秀。

第九十章　一统河北

这自刘秀身上自然而生的气势也可看出。

昔日刘秀身上并不具备这种气势，这是在经历百战之后磨砺而出的锐气，那种气度则是由于自信而显示的威严。当然，这与刘秀所练的《广成帝诀》也脱不了关系。

《广成帝诀》自内部改造了刘秀的气质，使其天生所具的皇者之气充分发挥，而让人不敢仰视。

“小婢见过……”那两小婢一时之间都不知该如何称呼刘秀才好。

“免礼。”刘秀温和地吸了口气道。

“他们还好吗?”刘秀望了阁楼内那有点深幽的景象一眼，吸了口气问道。

“夫人和主公都好，只是……”

刘秀见两俏婢欲言又止，不由打断其话又问道：“那些将军对他们还好吗?”

“很好，他们一开始就不打骂我们，我们想要什么，他们都送来，也没打扰过我们。”俏婢又道。

“那就好。”刘秀吸了口气，随即移步向内阁行去。

“大人请留步，我们去通报一声。”说话间一名小婢忙匆匆行了进去。

刘秀不由得止步，心中又涌起了昔日白玉兰那幽伤而冷静俏丽的面容，往事仿佛就发生在昨日，一切都那么清晰明朗。

“造化弄人。”刘秀自语地叹了口气道。

“大人，夫人说不想见你。”那俏婢出来，神情有点无奈地道。

刘秀苦苦一笑，却并没有止步，依然向阁内行去。

那两俏婢一怔，却又不敢相阻。

“你来了……”迎上刘秀的是王贤应，王贤应没有半丝敌意，尽管神情异常颓丧，却很平静，平静得让刘秀有点意外。

刘秀望了望这个昔日不可一世的世家子弟，心中竟有种莫名的怜悯，是以他点了点头。

“她在里面，情绪很不好，也许你可以让她开心一些。”王贤应的声音依然那般平静，却透着一股无法掩饰的涩然和悲哀。

刘秀的心也一阵揪痛，他完全可以体会出王贤应的痛苦，那种痛苦的根源就是他爱上了一个根本就不爱他的女人，而且爱得那么深！

而更让王贤应痛苦的却是他知道白玉兰心中所爱的人是谁，但他却无法让白玉兰抹去心中的影子。

刘秀心中也一阵痛，因为他从王贤应的口中听出了，白玉兰对他的爱依然是那般深，这才使得王贤应痛苦、悲哀、颓丧。

爱一个人的伟大，使刘秀并不觉得王贤应讨厌，至少，王贤应执著！认真！对感情的执著便连刘秀也自叹不如，如果不是自己的出现，白玉兰一定很幸福，王贤应也一定会快乐，但是就因自己的出现，才会产生这般让人痛心的悲剧。

刘秀没跟王贤应多说，只是悠然推开内厢的门。

他看见了白玉兰，依然是一袭白裙，显得更纤瘦。

没有看到面孔，只有一个亭亭玉立的背影，给刘秀一种熟悉而又陌生的感觉，却多了几分酸楚和无奈。

“玉兰！”刘秀唤了一声。

白玉兰没有动静，对着一扇开着的窗看院中的桃花。

“玉兰！”刘秀又叫了一声。

白玉兰这才似收回心神，却依然未曾转身，仅是淡漠地问道："你为什么要来?"

刘秀怔住了，他为什么要来？或许连他自己也不知道。

"我来看你。"刘秀怔立了半晌，才吸了口气道。

"看我?"白玉兰不屑地笑了笑，笑声依然很优雅，却并不转身望刘秀一眼。

"是的，看你。"刘秀重复道。

"我已不是昔日的我，并不需要任何人的同情!"白玉兰悠然吁了一口气，很平静地道。

"我并没有同情你，只是来看你。"刘秀道。

"这有区别吗?"白玉兰反问。

"有!"刘秀很沉重地道，顿了顿，吸口气又道："因为我从来都没有把你当成外人，如果我同情你就最先要同情我自己!"

白玉兰的身躯微微颤动了一下，但并没有回过身来，吸了口气道："可你已经是外人了！你是胜利者，成王败寇，我不过是你的阶下之囚而已!"

"这并不重要，重要的是我依然是我，你依然是你……!"

"你说这些都没有用，春天的桃花，秋天只会成为果实，它终究会凋谢，没有人能够留住时间，也没有人能够让自己的心态停滞在某一点!"

白玉兰幽幽地叹了口气，接道："人，活在现实中，不能让梦主宰了灵魂，梦可以用，但那终究只是梦，所要面对的仍是现实!"

"可是……"

"你不要说了，往事再美，只是往事，便像去年的桃花。"说话间白玉兰把窗子推得更开一点，伸手指着院中的桃花道："看，这些桃花依然很红火、很美，但它只属于今年，你可以在每一朵中找到去年桃花的影子，却不到去年的感觉，更不会有去年残存于今日的花朵!"

刘秀的目光不由得也投向那片桃花，心中却更多了几分酸涩，也更多了几许无奈，恍惚间，他与白玉兰之间已经相隔太远！

稍顿了一下，白玉兰又道："若花开花谢为一个轮回，那么我们已经历了一个轮回，所面对的，都是新的生活；若是每一个轮回都承载着一个轮回的记忆，那没有人知道他在下一次轮回后会不会被记忆的包袱压垮。因此，人要学会遗忘，学会放弃，就像桃花，留恋上一个春天是不智的，在这一个轮回中，谢了就是谢了，不要留下遗憾和伤感，所以你不该来。"

刘秀无语，他真不知该如何去禅述内心的感受，却不能说白玉兰所言没有道理，或许，他真的不该来。

"王贤应是个好人。"半晌，刘秀突然改口道。

"是的，他是个好人。"白玉兰也道。

"他对你好吗？"刘秀又问。

"很好！"白玉兰随口应道。

"好！那我可以让你们自由来去，我希望你们能找一个安静的地方快快乐乐地活下去！"刘秀语气中透出一股从未有过的酸楚。

"谢谢，我会记住你的话，如果天下还有安静的地方！"白玉兰不无自嘲地道。

"我走了，你多保重！"刘秀吸了口气，转身大步行向门外，在门口却顿住了，忍不住回头望了一眼，依然只是看到白玉兰的背影，白玉兰并未向他看一眼，抑或是根本就不想见他。

刘秀不由得心中长叹，转身来到厅中，王贤应的神情木然。

"你们可以自由来去，我希望你能带她去一个安静的地方好好生活。"刘秀吸了口气，向王贤应道。

"我有一件事求你！"王贤应道。

"什么事？你说吧。"刘秀道。

"很多人都是无辜的，我希望你放了那些无辜的人，如果你愿意，我愿以我的生命换取王家那些无辜的生命！"王贤应坚决地道。

刘秀的目光扫了王贤应一眼，王贤应并不回避地与之对视。

“我答应你，我可以放了那些无辜者，但你必须也答应我一个条件！”刘秀道。

“什么条件？”王贤应反问。

“我要你好好照顾玉兰，不要让她再受半点委屈！”刘秀肯定地道。

王贤应一怔，随即惨然一笑道：“即使你不说，我也会做到，不管她心中爱的是谁，她都是我的妻子，我最爱的人！如果一切可以重新来过，我仍不后悔爱上一个不爱我的她！”

刘秀心中一阵感动，他还能说什么？这不知是白玉兰的有幸还是不幸。

“你是个好人，至少，你配拥有她！明天我会把你的家人送出城外，然后让你与他们会合。你需要什么尽管说，我能做到、能给的，尽量为你准备。”刘秀吸了口气，恳然道。

“你也是个好人，不过，你不应是一个感情用事的人，我什么也不需要！”王贤应望了刘秀一眼，叹了口气不无感叹地道。

“我会记住你的忠告！”刘秀吸了口气道。

“我也希望百姓有好日子过，你或许能给他们希望！”王贤应由衷地道。

刘秀不由再打量了王贤应一眼，王贤应依然有些怆然，却很平静，颓然的表情中却有一双明澈的眼睛，甚或挟带着一丝悲天悯人的情怀。

刘秀没再说什么，转身便行出了阁楼。

长安城中四处都是禁军，马蹄之声很快惊碎了宁静的晨曦，四面城门皆被封锁，百姓也跟着紧张了起来。

但很快便有人传出消息，户宁侯申屠建及廖府、张府全被包围，户宁侯更被禁军抓住，全家老小皆被带走。

于是有人说是他们要造反，皇上派禁军平乱。

廖府上下家丁和妇孺也全部被抓，张卯、胡殷的侯府亦被抄。

一时之间满城风雨，刘玄一次抄掉四位侯爷的家，也确实让长安城的百姓大感意外。

四大侯府上下数百人，全都下狱，而四位侯爷却只有申屠建遭擒，廖湛、张卯和胡殷却下落不明。

刘玄立刻下令全城搜捕三人，一时之间，长安城中战云密布。

“你去见了玉兰？”怡雪突然问道。

刘秀觉得有些意外，怡雪居然关心起他的这些事来。

“是的！”

“那她怎么样？”怡雪问道。

“她说桃花一谢一开即是一个轮回，如果每一个轮回都留着一个轮回的记忆，那在下一个轮回之时，可能会被记忆的包袱压垮。”刘秀郁郁地道。

怡雪的神色间露出讶异，刘秀转述的话确让她吃惊。

“那你怎么做？”怡雪又问。

“你认为我该怎么做？”刘秀反问。

“我不知道。”怡雪摇了摇头道。

“我也不知道，如果真的可以淡忘，为什么桃花今年仍开着去年的模样？”刘秀叹了口气，望着手中的书简自语道。

怡雪不由浅浅地笑了，道：“没有人真的能够明白其中的道理，如果真的可以淡忘，那桃花应该开成什么模样呢？”

刘秀不由得也笑了，可是心中依然有着一丝郁闷。

“你为什么又回来找我？”刘秀突然把话题转了过来，反问道。

怡雪不由笑了笑道：“我的任务是找寻明君，为天下百姓谋求平安！”

“那与我何干？”刘秀反问道。

“我去见过刘盆子！”怡雪突然道。

“你见过刘盆子？”刘秀顿时也大感兴趣。

“是的，就在上个月!”怡雪道。

“他是一个怎样的人?”刘秀问道。

“一个极有野心，却又仿佛充满仇恨的人!”怡雪道。

“一个很有野心，又仿佛充满仇恨?”刘秀讶异。

“那是一种感觉!”怡雪道。

“他不是一个放牛娃吗?”刘秀反问。

“如果他是放牛娃的话，那么他就不配做赤眉军的皇帝，樊祟和徐宣也不会那么傻的让一个放牛娃做他们的皇帝!”怡雪道。

“那他是个怎样的人?”刘秀惑然问道。

“一个高手，一个绝对的高手，但在他身上充斥着一股异样的戾气，我想他一定是个修习魔功的高手!”怡雪肯定地道。

刘秀不由皱起了眉头，惑然不解道：“天下之间还有哪个魔道中人能让樊祟和徐宣这样的高手称臣呢?”

“他很年轻!”

“邪神已经死于泰山之巅，连天魔门的宗主秦盟也已死亡，天下间除了仙逝的武皇和王翰之外，还有谁拥有这么强的力量呢?”刘秀不由百思不得其解。

“你不就是其中一个吗?”怡雪笑道。

“可那人不是我!”刘秀道。

“但他可能会成为你最强的对手!”怡雪又补充道。

“所以你就来提醒我?”刘秀反问。

“不，我是来监督你!”怡雪神秘地笑了笑道。

“监督我?”刘秀也不由感到好笑。

“监督你是不是对百姓施以仁政，是不是贪图享乐不思进取!”怡雪有些认真地道。

“啊，反正我又不是你理想中的明君，为什么要这样监督我?”刘秀故作不解地问道。

“如果你还那么小气地在乎我讲过的那些话，算是我找错了人！”怡雪顿时俏脸一红。

“找错了人，那该怎么办？”刘秀心情顿时大好，一副有恃无恐地追问道。

“那我就只好另寻他人了！”怡雪愣了一下道，见刘秀依然不怀好意地笑着，仿佛明白刘秀故意在逗她，不由又好气又好笑。

“为什么突然又觉得我是你想要找的人选呢？”刘秀笑了笑反问，他也不再开玩笑。

“你不是很小气吧？”怡雪又问道。

“我没有计较那些，只是我想知道是什么改变了你的想法。你应该知道，眼前我虽破邯郸，但依然举步维艰，在北方尚有近十路自据的义军，而中原更有绿林和赤眉，此刻要我谈对天下百姓做点什么似乎为时过早。”刘秀突一正色道。

“真的想知道吗？”怡雪想了想问道。

刘秀点了点头。

“因为你代表刘家，这是其一；你辖区的百姓皆能安居乐业，战士纪律严明，律法清楚，这是其二；北方土地富饶，屯兵积粮为福地，又有黄河之险，足以占得半璧江山，这是其三；其四则是刘玄虽得天下，却依然是民不聊生，贪图享乐，纵容部下欺压百姓，实属昏庸无能之辈；其五却是因赤眉军刘盆子可能是天魔门之人，而赤眉军无明确军纪，治军无方，更不懂得治政理朝，只知转战天下，与流寇无异，因此若其得天下，也必不会治天下！所以，我才会选中你！”怡雪吸了口气道。

刘秀不由得苦笑一下，道：“看来你对天下的形式掌握得真够清楚的。”

怡雪不由笑了，道：“别忘了我也身负使命！”

“那倒也是，你的使命很伟大，只不过我却没有那么伟大的借口。说说你会干些什么，我也给你安排一些差事。”刘秀望了怡雪一眼，笑了笑道。

“我的任务何用你安排？想来则来，想去则去！”怡雪不无傲意地道。

“那好吧，随你，不过你最好能给我找点更有用的情报，而不是要你分析什么天下的局势，这些东西我都知道，我只想知道我尚不清楚的东西。”刘秀神情一肃，正色道。

怡雪不由笑了，望了刘秀一眼，道：“这个不是问题。”

“有你这番承诺，我就放心了，我知道无忧林在天下各地都有支持者，有你相助，说不定还真能让我过一把‘伟大’的瘾！”刘秀欣然道。

怡雪与刘秀对视一眼，两人同时笑了。

刘秀斩杀王郎，并将其厚葬，也算是一种尊重，对当地的百姓或算是一份安慰，毕竟，王郎也在当地百姓心中有些分量。

至于刘秀释放王郎的亲人，此等义举却为百姓所称道。

当地百姓对刘秀的仁慈之举大为心服，而在城中定律法，立衙门，设兵制，更对此战之中立有大功的众将加以封赏。

“报——长安有钦差到！”一名中军急忙奔了进来，急促地道。

刘秀和殿中众臣愕然，都没有想到刘玄的圣旨这么快便来了。

“快随我去迎钦差！”刘秀起身领着众将大步迎出大殿，却见一群禁军护着一名宦官自远处策马而至，正是刘玄身边的柳公公。

“刘秀不知柳公公驾临，未曾远迎！”刘秀抢上几步，客气地道。

钦差柳公公见刘秀迎来，也忙下马，尖声笑道：“武阳侯何必这么客气，奴才此来只不过是为皇上传一道圣旨而已！”

“哦?”

“武阳侯刘秀接旨！”柳公公自袖中掏出圣旨念了一声。

刘秀与身后的众将慌忙跪下。

“武阳侯可以站着接旨！”柳公公道。

“谢主隆恩！”刘秀便站起身来。

“奉天承运，皇帝诏曰，今武阳侯平定王郎之乱，威振北方，扬我大汉国威，功高盖世，故封为萧王，并领属下将领南归！”

刘秀一怔，柳公公却道：“萧王，接旨吧！”说着便把圣旨递出。

刘秀却并不伸手。

“萧王，皇上可是对你恩宠有加，现赤眉动乱，你为我大汉支柱，一切就要看你的了，接旨吧！”

“对不起，请公公回禀圣上，这旨我不能接，眼下河北各路义军雄踞一地，若是不平河北之乱，势必使祸事再起，河北百姓将会再受战乱之苦，待臣平定河北之乱后，马上回京向皇上请罪！”刘秀突然坚决地道。

柳公公一时也怔住了，半晌才盯着刘秀道：“你应知拒接圣旨是欺君之罪！”

刘秀并不为所动，吸了口气道：“我想皇上圣明，必能体谅微臣的此番苦心。请公公回禀皇上，我需平定了河北之后才能南归！”

“违抗圣旨者当斩！”一名禁军头领锵地拔剑而出。

“锵……”在众禁军拔剑而出之时，刘秀身边的将领也立刻挺身而起，一时双方刀剑相向。

刘秀忙伸手制止身后的诸将，目光悠然投向那禁军头领。

那禁军头领被刘秀的目光所视，仿佛是裸露在秋风中，禁不住打了个寒战，不敢与刘秀对视。

柳公公的神色也微变，他却老奸巨滑地打了个哈哈道：“既然萧王已决定，那我就只好如实回禀皇上了！”

“有劳公公了！”刘秀坦然道。

柳公公哪还不知道，这里是刘秀的地盘，更有枭城勇将无数，一个不好，只会激得刘秀立刻翻脸，说不定还会当场斩杀了他们，因此他并不敢太过紧逼。

“公公远道而来，先用饭歇息吧。”刘秀淡淡地道。

“萧王请了！”柳公公也笑了笑。

寇恂与耿弇合大军五万，加上黄河帮的数万大军，两方夹击，立刻切开了高湖与重连军的联合，更以摧枯拉朽之势连破数城。

高湖与重连军的将士也纷纷投降。

因知王郎兵败而死，许多高湖将领早已失去了斗志，且这数月来，被迟昭平和马适求的兵力骚扰得有些筋疲力竭了，自然无法再抗拒寇恂这股新锐之军的狂攻。

仅用十天的时间，高湖与重连便已俯首称臣。

寇恂整理降军，立刻为刘秀送上捷报，而此刻刘秀已调回吴汉，遣其回北方调发幽、冀十郡的兵力北扫大枪；贾复与朱右调守枭城；冯异前往上江、大彤、铁胫，游说诸路义军归降未果。

刘秀便命卓茂、寇恂、姚期诸将出征，以定河内。

而此刻邓禹则与冯异、耿弇整合黄河帮与枭城军，并重要编排高湖与重连的降军，顿时实力大增，兵力达数十万之众。

……

“主公，如今我们兵多将广，中原大乱，我们应该趁机入主中原才是！”冯异恳然道。

刘秀望了邓禹一眼，道：“军师意下如何呢？”

“冯将军所言极是，中原各地分化，若能把握时机，必可获利！”邓禹也道。

刘秀笑了笑道：“其实我心中早有主见，此刻若入主中原，因南有洛阳朱鲔、李轶大军，东郡又有赤眉，我们都不宜强攻，而若自平原进军，必与张步等以硬碰硬，这并不是一件好事。以我们的兵力，称雄一方足够，却不宜与强敌相耗，因此只能先吃软肋！”

“先吃软肋？”邓禹与冯异不解。

“赤眉此去必破长安，若让其破长安，在西北稳住阵势，只怕便难以抗衡，因此我们要让其得长安而无法稳住长安！”刘秀充满信心地道。

“属下不解！”邓禹道。

“不能稳住有几大原因，其一便是遇到强势攻击；其二便是粮尽矢绝。只要有这两个原因中的其中之一，赤眉军势必难以在长安久呆，也就只能做流寇之争了。”刘秀悠然道。

“河东!”邓禹与冯异不由同声道。

刘秀不由得笑了，点头道：“不错，河东乃是长安的粮仓，如若我们得了河东，就是樊崇得了长安也枉然!”

“主公高见！河东无强将，守兵也并不多，若我们向河东下手，只要足够快，当可赶在赤眉军破长安之前夺下，到时我们坐拥河东、河北两大粮仓，必能一举定中原!”邓禹赞道。

“不错，此战确要足够快，否则洛阳的王匡领兵回救，必不好对付。若是我们能一举夺下河东，赤眉军就必难有所成，再趁赤眉转攻西部之时，我们便可入主中原，平东海，待赤眉回头定已不及!”刘秀不无向往地道。

冯异和邓禹也听得眼睛大放光彩，刘秀的分析确实是高论，仿佛他们已经看到了他日的胜利。

“那主公要派谁去攻打河东呢?”邓禹问道。

“你!”刘秀肯定地道。

“谢主公!”邓禹大喜。

“我给你挑选精兵两万，可自行选编裨将以下的部将，其他人你可以在军中任意挑选，明日登台拜将!”刘秀悠然道。

邓禹更是大喜，忙谢刘秀。

翌日，刘秀拜邓禹为前将军，持节入关。

邓禹以韩歆为军师，李文、李春、程虑为祭酒，冯音为积弩将军，樊崇（与赤眉军首领樊崇同名）为骁骑将军，宗韵为车骑将军，邓寻为建威将军，耿訢为赤眉将军，左于为车师将军——向山西进军!

河北大半已在刘秀枭城军的控制之下，尽管尚有小股流窜的实力，但是却并无大碍，几路义军的主力已完全被消灭，剩下零星的战局根本就无伤大雅，但刘秀恼火的却是王校军趁他破邯郸之时，突然发难，进攻枭城。

王校军似乎并不想屈居刘秀之下，更知刘秀对河北诸路义军会逐个吞并，如果不降服的话，就必会遭到攻击，甚或步上王郎和尤来的后尘，是以抢先发难了。

枭城兵力并不太多，仅万余众，却有朱右、贾复这等大将，而且更是刘秀经营了多时的营地，王校军一出动便已被枭城军知道了消息。

朱右安排在王校军中的探子在这时便发挥了极为重要的作用。

王校军大举来犯，一开始就受到了朱右的猛烈反击，而连败数阵，这使得冯逸飞大为恼怒，但是枭城军随后又迅速作出反击，信都的援兵也很快赶到。

冯逸飞无奈之下，只好与大枪联手，这样却又遭到吴汉所领的十郡之兵的攻击。

贾复则领兵横杀至临平，其威势让王校军吓破了胆。

王校军大将安其、王德先后战死于贾复之手，铁庆丰也大败一场，临平被枭城所破。

冯逸飞只好败退真定。

贾复领军紧追不舍，刘秀也领兵北上，助之扫平北方。

眼下就只有大枪与王校军两支义军尚在北方活跃，有吴汉的十郡之兵，确实够了，但刘秀却必须速战速决，皆因此刻兵分数路，若在北方留下隐患，则不好筹划大局。因此，他急于扫平北方之后，就可全力自更始军手中夺下河内，再平青犊之乱，更好地为邓禹平定河东作后援。

吴汉的大军与大枪连交数战，在训练之上，大枪这些义军自然不能与各郡中的精锐相提并论，尽管大枪军中也有数员猛将，却无法与枭城军相比，连民心之类的都倾向于枭城军。

在连败了数阵之后，大枪军的弊端就显出来了，其部下的战士很多都偷偷地降于枭城军，便是一些将领也失去了与枭城军为敌的信心，因此不战而降者甚众，对此大枪也没有办法。

十郡之兵乃大枪军数倍，如此压倒性的优势，几乎打得大枪抬不起头来。

吴汉部下的大将杜茂、游灿、崔健等无一不是沙场之上的猛将。

邓禹大军在当日就攻破箕关，进入河东，一路之上百姓、豪杰闻风归附，使得邓禹军迅速扩大，并快速包围安邑。

枭城军来势极猛，河东诸县皆惊，迅速结集数万大军以解安邑之围。

邓禹以巧计在安邑以南伏袭了这批援军，使其大败而归，更斩杀更始大将军樊参。

一时之间，朝野皆惊，邓禹更是名声大噪。

与此同时，刘玄知此消息极为震怒，刘秀拒接圣旨，却又派人攻打他的河东，分明是趁火打劫，更有反意。

不过，对此刘玄也无可奈何，刘秀是他的弟弟，而眼下更是惹上赤眉之祸，分身乏力，只好下旨让王匡北上河东平邓禹之乱。

寇恂南下以十万大军横扫而过，与姚期两路作战，一破河内，一破青犊诸义军。

大彤义军因与刘秀素有交情，在火凤娘子的苦劝之下，举军尽投寇恂，以助其平定其他四路义军。

枭城军装备极为精良，义军莫敢与之相撼，仅半月即平五路义军，更转助姚期大破河内。

……

刘秀知河内已定，南方义军也平，心中大喜，与冯异诸人商议，知河内形势极险，虽得却不易守。

洛阳有更始大司马朱鲔、舞阴王李轶，同时并州地区亦驻有更始大军，因此对河内形成了南北合围之势，而以河内的形式，唯有固守一途。

与冯异诸人商讨不下，刘秀立刻修书邓禹，征其意见。

邓禹闻河内已得，自是大喜，见刘秀之信便知其意，立回书道："昔高祖任萧何于关中，无复西顾之忧，所以得专精山东，终成大业。今河内带河为固，户籍殷实，北通上党，南临洛阳，寇恂文武兼备，有牧人御众之才，非此子莫可当也。"

刘秀看信后极喜，立刻遣人拜寇恂为河内太守，行大将军之职，更修书说："河内殷富，吾将固是而起，昔高祖留萧何镇关中，吾今委公以河内，坚守转运，给足军粮，率厉士马，防遏它兵，勿令北渡而已。"

寇恂接令大喜，命姚期领军北归，自己则留守河内，下令所属各县论武习射，砍伐竹条，造箭百余万支，养马二千匹，收租四百万斛，以供军资。

贾复大战于真定，击溃王校军，却身负重伤，在刘秀赶到之时几已不省人事。

刘秀心中大痛，令太医全力救治，他则返回枭城，在姬漠然的主事之下，迎娶迟昭平，纳小晴为妾室。

一时之间，数郡皆欢，恰吴汉大军扫平大枪，河北已全部平定。

刘秀任冯异为孟津将军，与寇恂一起统率魏郡、河内二郡驻军，共同抗御朱鲔、李轶的更始军。

"报大司马——"

朱鲔近来心绪颇为不宁，冯异在短时间内北攻天井关，并攻取上党郡两城，这使朱鲔极为恼火，因为舞阴李轶居然未在必要的时候出手，才让冯异得以逞强。

"何事如此慌张？"朱鲔有些恼地问道。

中军气喘吁吁地道："冯异南下攻取河南城皋以东的十三县，我军十余万人全部归降——”

“什么?”朱鲔一时呆住了，他没想到一切竟是这般快，王匡大军刚被调走，冯异便攻到河南来了，而且还如此快地连连攻下十三县，他都不知道李轶是干什么去了。

“舞阴王呢?”朱鲔极为忿然地问道。

“舞阴王没有动静……”那中军怯怯地道。

“李轶啊李轶，你是在干什么?”朱鲔拍案而起道。

“太守大人已经领军去讨伐那些投降的乱贼了。”那中军又道。

朱鲔眉头一掀，深深地吁了口气，随即又坐了下去，淡淡地问道：“太守带了多少人马?”

“太守领兵一万五!”那中军道。

朱鲔的脸色微缓道：“让其小心，防止冯异渡河而来!”

“有舞阴王在，应该不会有什么问题吧?”那中军试探着道。

“哼!”朱鲔没有多说什么。

“主公，孟津大将军有奏表送上!”侍卫入殿禀道。

“传!”刘秀心中极喜，冯异连连送回速报，确实让他心情大好。

一会儿过后，侍卫领着冯异部下的一名偏将走来。

“末将邳彤叩见主公!”那偏将叩首施礼道。

“邳将军不必多礼，孟津将军有何事上奏?”刘秀淡问道。

“将军大破洛阳太守武勃于士乡，并命末将送回武勃首级及密函一封。”邳彤肃然道。

“哦。”刘秀顿时大喜，欢笑道：“快快呈上!”

邳彤解下身上的一个小包，打开却是一个特制的小木盒，并双手将之递给那侍卫。

那侍卫忙打开木盒，果见一颗人头放于其中，这才端上帅案。

“果然是武勃的首级，很好！此人乃是害死我兄长的凶手之一，立刻给我送出城外悬挂起来!”刘秀一见，顿时心中涌出了一股莫名的恨意。

“这是大将军给主公的密函!”邳彤又递上一封以火漆封好的信函，呈给刘秀。

刘秀拆开细看，顿时大笑。

众将皆莫名其妙，不知刘秀此笑何意。

“好！好！冯公做得好，真是妙不可言！李轶呀，我就先让你们狗咬狗好了!”刘秀突地一正色，悠然吸了口气道。

“众位爱卿，你们知道冯公为何会如此快地夺下上党两城，城皋东十三县，降敌十余万，并能在洛阳城外斩杀洛阳太守武勃吗?”刘秀突然问道。

众将更是惑然，不明白刘秀何以突然如此问。

“冯将军智勇双全，晓通兵法战策，文才武略过人，所以才能在短时间内取得如此战功。”海高望出言道。

“海祭酒所言甚是!”一干人附和道。

刘秀不由得笑了，道：“海公说的固然很对，但更重要的却是冯公的一条妙计。诸卿看看冯公的信函吧!”

邳彤不由得愕然，这信函乃是冯异给刘秀的密函，可是刘秀居然将之公开传看，那又是何意？函中又写了些什么呢?

众将皆讶，于是将信函竞相传阅，看之无不欣然而笑，更是恍然，或赞不绝口。

朱鲔几乎快气疯了，武勃居然死于洛阳城外，而洛阳城中居然未出救兵。

“我道李轶何以让冯异逞能，原来这厮与冯异早有密谋，与刘秀串通一气，如此逆贼，害死我大将，丢我大片河山，我朱鲔不取你狗命誓不为人!”朱鲔咬牙切齿地道。

“大司马请息怒，事已至此，节哀顺变，不如我们奏请皇上，让皇上革其职位……”

“哼，皇上哪还有闲情管这事？你去把冷面杀手盖延找来！”朱鲔冷漠地道。

“大人！”那中军吃了一惊。

“难道你没听到我的话吗？”朱鲔叱道。

邓禹的神情略显委顿，王匡的来势确实是太过猛烈。

成丹、刘均为两翼，王匡为中军，合兵十万，一阵冲击，枭城军确实难以承受。

败阵尚属其次，最让邓禹难过的却是损失了骁骑将军樊崇。

众将聚于营中，显然也未自今日大战之中回过神来，这次败走二十里，损兵过万，是以邓禹不得不重整旗鼓，聚将商议。

“元帅，我看我们不如退回河北，暂避王匡的风头吧？”李文心有余悸地道。

“是啊，王匡兵力强盛，我们损兵折将，现在士气低落，实不宜再战。”耿诉也有些担心地道。

“军师以为如何？”邓禹目光投向韩歆。

“敌军是我军的数倍，此战失利，若再战实难讨好，不过若背水一战，我军也并非毫无胜机！”韩歆想了想道。

“末将以为我们实应避开王匡的风头，不能与之硬撼！”李春出言道。

“是啊……”

帐中众将似乎都心有余悸，连樊崇都已战死，众人见识了王匡与更始大军的威势，确实是心情大坏。

“军师说得很对，如果我们背水一战并非没有胜望，此次王匡来得太突然，而且我军太过轻敌，这才使得首战失利，更折损了一员大将。但只要这次我们准备充足，有必胜的信心，王匡又何惧？成丹又何惧？十万更始军又何惧？”邓禹昂然道。

“元帅所言极是，主公对我们寄予了那么高的厚望，若是我们就这样无功而返，又有何面目见主公?”邓寻肃然而坚决地道。

众将顿时无语，邓寻的话确实让众人心中生出愧意。

邓禹不由得笑了，吸了口气道：“建威将军所言没错，主公对我们寄予如此厚望，让我们成为第一支入主天下的军旅，若是无功而返，我们有何面目见主公？寇大将军平河内，冯大将军取上党两城，更杀武勃，取河南十三县，降敌十余万，而我们遇此小挫便要退回河北，如何向河东老百姓交代？如何向河北的老百姓交代？又如何能在众将之前抬起头来?”

众将更是哑然，邓禹这样一说，确实把这些人心中的傲气激发了出来，也更羞愧。

“因此，我希望大家能齐心协力，团结一致，打一场漂漂亮亮的仗！只要我们有足够的勇气，有足够的信心，就一定会胜!”邓禹昂然道。

“一定会胜!”邓寻带头应合。

“一定会胜……”几名偏将也激昂地举手叩道。

“自我们走上军营的那一天起，就已经准备好了战斗！我们不仅是将军，也是战士，为什么我们会成为将帅？那是因为我们比普通的士兵更勇敢，比那些士兵更善于战斗，也付出的更多！其实我们知道，战争，不成功便成仁，许多跟我们一样勇敢的人都不幸地去了，我们有幸活下来，但我们绝不可以失去一个超级战士所拥有的品格和自信！活着，要活得有骨气！所以，我们没有理由退缩!”邓禹声音激昂地道。

“元帅，我们誓死追随你左右战士到底！绝不退缩!”程虑沉声道。

“元帅，无论多么艰难，我们一定会战斗到底!”冯音附和道。

“元帅，我们要战……要战……!”众将再无异议，全都附和。

“很好，我们一定要战，而且还一定要胜，一定会胜!”邓禹又自信地道。

“一定要胜！一定会胜……!”

“好，你们现在立刻回去整兵，战士们斗志必未已调整过来，你们该知道怎样让他们更有勇气一些去面对明日的战斗吧？重整军容之后，你们便到我帐中共商明日与王匡决战之事！”邓禹吸了口气，肃然道。

众将一听，立刻知道邓禹的话意，皆各自集合自己营中的士卒，以激励士气。

“报太守，洛阳新消息！”

寇恂放下手中的书简，悠然问道：“何事？快报！”

“李轶为冷面杀手盖延刺杀而死，朱鲔派讨难将军苏茂领兵三万渡河攻我温县（今河南温县西），而朱鲔则领兵进攻平阴。”那中军迅速禀报。

寇恂闻言，先是大喜，随即又向身边的裨将道：“传我军令，立即调兵五千，给我备马！”

“大人，你要去温县？”那裨将立刻吃了一惊问道。

“不错！”

“大人，我看还是等调齐了众军再去吧？”那裨将担心地道。

“温县乃河内要地，失温县则郡不可守，怎能稍有迟缓？李轶定是朱鲔所杀，他此次定想夺我河内，这才出兵牵制孟津大将军。此人极会用兵，我们不可稍有失误！”寇恂肃然道。

“朱鲔来攻平阴？哼，无非就是想牵制于我，让苏茂夺取温县，他想得倒是很美！立刻传我军令，让邳彤死守平阴！待我率大军先破苏茂后，再解平阴之围，只要此次能将平阴守到我归来，必记大功一件！”冯异一听到洛阳城的动静，立刻看透了朱鲔的心思。

众将对冯异的安排极为信服，只看这次离间之计而使朱鲔派人刺杀李轶便足以证明其智计之深。

温县，寇恂兵至而定，守将也没想到寇恂如此快便赶来，这使他们心中不无感动，更是军心大振。

尽管城中兵力不足一万，但却凭城而守，有寇恂主持大局，足以安人之心，苏茂欲夺城也并非易事。

当然，大战在即，寇恂已赶到，却不曾休息地巡城，观看敌营，因为他知道，明日必有大战。

事实果未出寇恂所料，天方亮，苏茂便令先锋贾强讨敌叫阵，而他则布兵于城外，旌旗蔽日。

“叔父，让侄儿去教训教训那猖狂的家伙吧！”寇张向寇恂请求道。

“小心些，贾强不好对付！”寇恂提醒道。

“叔父放心，侄儿知道！”寇张大喜。

“舅父，让我为表弟观阵吧！”谷崇也出言道。

“好！我给你们一千人出城，不敌立回！”寇恂叮嘱道。

与此同时，贾强大骂一通后，正觉有点累，突见城门大开，两名小将领着一千人马冲了出来，并在百米外排开阵势。

“喂，你叫贾强吗？听说你昨夜帐篷没安顶，可有此事？”寇张带马便冲到两军阵前，挺枪指着贾强笑道。

“小娃娃你胡说什么？”贾强愕然，不明白寇张说这话是何意。

“要不是如此，你今天舌头怎会被风吹松了，在城下吠了个多时辰！”寇张语气一转道。

“哈哈……”枭城军不由轰然大笑，贾强却气得脸色煞白。

“你是何人？快让寇恂出来受死！”贾强语气一转，吸了口气道。

“小爷寇张，对付你们这帮乌合之众，何用我叔父出马？小爷出马已经够看得起你了！若是识相的话，立刻下马投降，让爷饶你不死！”寇张口气大得让贾强都气坏了。

贾强怒极反笑道：“好个不知死活的小娃娃，今日就先杀了你再取寇恂小儿之命，受死吧！”贾强一夹马腹，迅速冲至。

“来得好！”寇张也大叫一声，策马便扑杀而上。

寇张自幼随寇恂习武，十四岁便随寇恂南征北战，在军中早已颇有名气，尽管无法与耿弇等相比，但在年轻一辈中也算是佼佼者，是以他并没有把贾强太过放在心上，但甫一交手，寇张便知道自己错了。

贾强的长钺未至，便已夹着风暴般的暗潮紧罩住了寇张全部的身心。

寇张座下的战马在强大的杀气和战意之下竟不敢与贾强正面相冲，而是避而行之。

战马一失控，寇张的攻招便已不成攻招，反将自己暴露在对方的长钺之下。

“去死吧！”贾强长钺以雷霆万钧之势狂击而下，卷得沙石狂飞，虚空顿时一片迷茫。

寇张的眼光受阻，但感观却极为敏锐，忙反枪扛于背上，刚好挡住贾强这一重砸。

寇张一声闷哼，身形翻飞而出，借力落于马下，保住了一命，却惊出了一身冷汗。

谷崇也看得心惊肉跳，他没想到寇张竟被贾强一招逼落马下。

贾强圈马而回，寇张却如踏风般疾迎而上，长枪若出海蛟龙，脚下更踢起如龙卷风般的尘土，一时也迷住了贾强的视线。

贾强没能看出寇张的枪影，却感觉到那股锐风所来的方向。

“砰……”长钺以极为准确的角度重击在寇张的长枪之上。

同时，贾强却发现两股锐风再次袭到，这使他为之愕然，长钺横扫，在朦胧的枪影中，骇然发现寇张手中的长枪竟分成两杆短枪。

“叮叮……”两人以快打快，在一错马之间，互攻七十八招。

错开马身，贾强眼前顿亮，而寇张却又自身后追来。

在地上的寇张似乎更为灵活，攻势更犀利。

城头之上立刻擂鼓助威，双方的战士也在鼓噪着。

苏茂的大军并不想攻击，若其强攻，必让寇恂闭城死守，那全就要付出太多的代价，因此倒想贾强把寇张生擒活着。

寇恂仅让寇张领一千人出城，摆明着并不打算与对方硬拼，只是试探，这也是苏茂不会尽显实力的原因。

“大人，你看！”一护卫突地指了指远处飞扬而起的尘埃向寇恂道。

寇恂立于城楼之上，举目远眺，果见远处的尘土飞扬，显然有大批人马赶到，他顿时大喜，那正是自孟津方向赶来的人马。

“快传我军令，刘公援兵已到，我们立刻全力出击！”寇恂立于城楼之上，扬声高喝，帅旗一挥之下，城头顿时数十面战鼓一齐敲响。

谷崇一听鼓声大作，立刻一挥手中大刀，呼喝一声：“冲啊……”

“哗……”与此同时，城门大开，寇恂一马当先，领着全城将士如飞一般冲杀而出，直扑苏茂大军。

“刘公兵到——杀啊……”自城中涌出的枭城军战士一齐高呼，顿时声振四野，气势如虹。

战场顿时杀气弥漫，阴云蔽日。

苏茂大军也吓了一跳，寇恂居然突然倾城而出，而再闻刘公军到，更是有些吃惊。在他扭头观望之时，果见一路人马自背后杀入他的军阵之中。

一面巨大的帅旗之上飘扬着一个斗大的“冯”字，帅旗所过之处，更始军一盘散沙。

“将军，是冯异的大军杀来了！”一名偏将吃惊地叫了声。

“苏茂，纳命来！”寇恂大杀而至，贾强也吓得掉头便向阵中跑去，他并不敢与寇恂正面对敌，而且寇恂身后乃是满城的精兵。

“杀啊……”

冯异居然在这要命的时候来了，没有人会不知道冯异的可怕，在洛阳城外斩武勃，更连夺十三县，降敌十数万，如今，也没人知道冯异带来了多少兵力，但更始军顿时阵脚大乱，连苏茂也稳不住。

冯音的心情极度紧张，王匡的大军正迅速向他们逼近，十万大军黑压压地挤满了前方的所有空间。

王匡看来是要一举将邓禹击溃，是以倾军而出，欲以压倒性的兵力碾碎邓禹那仅为其几分之一的兵力和枭城军的信心。

更始大军的步伐几乎统一，漫山遍野的兵马，每走一步都仿佛有山摇地动之势，又有若闷雷般击在每一个人的心上。

天空极为阴暗，那扬起的尘土在低空之中结成一片暗云，沉沉地压在大地之上，生出一种让人窒息的杀机和死气。

冯音的手心都冒出了冷汗，那些枭城军战士自然也都心头怦然，不过这群人乃是邓禹自枭城军中精选的最优秀的战士，皆是身经百战，生死似乎已经并不能影响他们的斗志，越是激昂的气氛，就越能显示出他们的素质，越能激发他们的战意。

枭城军只有在阵前的几匹快马不停地移动，叮嘱他们作好战斗的准备，却并没有向王匡大军靠近一步。

邓禹军令极严，没有命令绝不可以私自行动，违者当场斩首！是以，尽管王匡大军以无坚不摧的气势逼来，但是枭城军没有一人敢退缩。

在中军的山丘之上，两百面大鼓架于坡上，倒像是一座鼓垒。

等待是一种折磨，冯音真想立刻冲上去大杀一气，哪怕是战死！在今日之战中，他没有想可能会活下去。

在战争之中死去，是每个战士的光荣，尽管邓禹坚决主战，但他心中也没有底，毕竟对手的兵力乃是他的数倍之多，这之间的差距很难想象。

若想在硬撼之下以少数的兵力胜过对方的十万大军，没有人能保证自己可以活下去，但不管怎样，邓禹没有退缩！

每个人都会珍惜生命，没有人想死，邓禹也不想，但在很多时候，死并不可怕，对于一个人的尊严，对于天下所有人的幸福来说，个人的生死又显得极为渺小！是以，邓禹在出征河东的第一天起，就没有想过会有退缩的一天。

此时邓禹立于小丘的战鼓堆前，轻装轻骑，在他的身后是两面飘扬的帅旗。

相隔四里，邓禹的目光便已与王匡相对，仿佛是两道电火在虚空中擦过。

邓禹读懂了王匡眼中的杀机，而王匡也读懂了邓禹眼中的战意。

昔日两人曾同为绿林军中的人物，只不过王匡并不怎么在意这个年轻人，因为他乃是绿林军主帅之一，邓禹却什么也不是，今日，王匡依然并未将邓禹放在眼里。

天下间能让王匡惧怕的人并不多，其身经百战鲜有败绩，仅在昔日王莽大将严尤的手下败过，但此刻严尤已退隐，而他敬畏的刘寅也死于非命，天下间真正能在战场之上与他一较高低者，只怕没有几人。

此次，一开场便让邓禹败下一阵，更杀其骁骑大将军樊崇，这使得王匡心中多少有些骄傲和狂妄，但当他此刻与邓禹的眼神相对时，竟有些错愕。

只是因为邓禹眼神中透着的那股无比坚定的战意，这股战意使王匡觉得，仿佛没有任何人可以战胜这个对手。

那是一种感觉，却很实在，王匡的目光没有自邓禹身上移开过，可是他却看清了枭城军的形式，对枭城军毫无反应的冷静有点吃惊。

枭城军在这种时候尚能如此安静，没有半丝慌乱，这使得王匡心中颇感意外的同时，更多了几分高深莫测的感觉。

三里……两里……一里……枭城军依然没有动。

脚步之声如惊雷般，天空完全陷入一层弥漫的尘雾之中，但每个人却又能在这杂乱的喧嚣声中听到自己沉重的心跳。

更始军更可以看到枭城军自额角淌下的汗滴，那暴涨的青筋，那沉重的压力几让枭城战士爆裂，在他们的思想中充盈的不再是惊惧和恐慌，而是一股欲寻求发泄的力量。

六百步……五百步……四百步——杀——

“咚咚咚……”两百面巨鼓同时敲响，邓禹帅旗一摇：“杀——”

鼓声顿时弥漫了整个虚空，天地之间荡漾着一层无法挥去的杀伐之音。

“杀……杀……杀……”每一个憋足了劲的枭城军口中也若炸雷般暴出一串厉吼。

箭矢如雨，在虚空中炸了开来，天地一片黑暗，有若一团巨大的黑云自虚空中压下。

枭城军的战士在放箭的同时，也奋不顾身地向王匡的主力中军狂冲而去。

邓禹的战马迅速破开一条道路，领着一队精骑若龙卷风般率先杀出。

“杀……杀……”王匡的部将也高喝，尽管他们人多，但却被枭城军这突如其来的发难给怔了怔。

战车在健马的嘶鸣声中卷起遮天蔽日的尘埃在战场上空交错纵横。

尽管王匡极小心，但一直沉寂的枭城军突然爆出的狂喊，确使他也吃了一惊。

“刘公必胜，刘公必胜……”枭城军喊着同一口号，悍不畏死地穿过箭雨闯入王匡的军阵之中。

王匡的大军本拥有着无坚不摧的气势，但此刻这股气势被先声夺人的枭城军一下子给压了过去。

这些憋足了劲的枭城军，一个个都红了眼，凶狠得让人吃惊。

邓禹却错开王匡，领着这一干骑兵如旋风般卷向更始军的大军中心，所过之处，必如巨舰破浪一般，使得更始军乱成一片，其马蹄所踏尽是血路。

王匡极恼，邓禹不与他交手，在这片人多马杂的战场之中，他想追邓禹都不可能，但邓禹却专门冲乱他的阵形，以势不可挡的攻势将十万更始军的布局扰乱，而给枭城战士和将领有机可趁。

那两百面战鼓的杀伐之音只让每一个交战的枭城军战士热血沸腾，战意高昂，弃之生死而不顾，狂杀狂砍，将自己所有的力量都使了出来。这个时代，没有人猜得到自己在哪一刻会死，会是怎样的死法，但每个人都知道，活着的时候绝不可以松懈，绝不可以心慈手软！

战争本身就是残酷的，在血腥之中才能够体现战争的野蛮和无情。

杀人者，被人杀，尸身狼藉，马蹄践踏，天空中除了弥漫的征尘便是杀机及那愈演愈烈的鼓声。

绝望，无助，惨号，怒吼，悲嘶……糅合一起，纠缠交织化成狂野的风暴，百里之外清晰可闻。

第九十一章　智将邓禹

苏茂军大败——在寇恂与冯异的夹击之下大败而逃。

寇恂绝不会轻易放过此等良机，狂追猛打直杀至洛阳，更斩杀大将贾强，更始军在抢渡黄河时，投水淹死数千之众，更有被俘万余人。

冯异在寇恂追击苏茂之时，掉头过河直攻朱鲔。

朱鲔得知苏茂大败的消息后，哪还敢恋战？也只好迅速败回洛阳，城门紧闭，不敢开战。

冯异与寇恂在洛阳城外合兵围城一周，更夺下洛阳周围各县镇，将洛阳重重包围。

刘秀得知河内的消息，大喜！北方此刻早已平定。

大枪与王校义军大多降服，此刻又传来南方捷报，怎不叫刘秀大喜？

此刻整军，河北大军带甲百万，气象一片繁荣，百姓也处于一种相对安定的环境之中，尽管尚有小股未曾臣服的力量，却已难酿成大乱。何况，以刘秀此刻的威势，北方又有谁敢不服？

冯异直接返回枭城，此刻，枭城与高邑形成连城之势，这是王校军促成的。

“什么人?！胆敢惊扰……啊……”

刘玄吃了一惊，迅速披衣，立身之时，剑已在手。

那正在温柔乡中的宠妃也吃惊地坐了起来，突地尖叫。

刘玄也大为愕然地呼了声："师尊！"旋又转头向那宠妃喝道："住嘴！没你的事！"说话间已拉下寝帐的帘子。

那宠妃还没见过刘玄这么凶，立刻吓得缩于寝被之中不敢出声。

"没想到你当了皇帝后，反应仍然如此之快，看来我邪神没有选错人！"那突然闯入者沙哑着声音笑道。

"这一切都多亏了师尊教导有言，我闻师尊在泰山之巅为人所害，极为悲痛，没想到师尊尚活着，那真是太好了！"刘玄极为欣然地道。

"是吗？我还以为你不会为这个消息高兴呢！"邪神阴恻恻地笑了笑道。

"师尊何出此言？徒儿对师父忠心一片，又怎会如此？"刘玄神色有些难看地道。

"那就好，听说你要杀廖湛，可有此事？"邪神冷冷地问道。

"不错，廖湛与申屠建诸人密谋造反，如此，不仅坏我邪宗门规，更是叛主欺君之罪，所以徒儿绝不能念在旧情之上而网开一面，以坏朝纲！"刘玄断然道。

"嗯，你做得很好，为师今日来找你，是要借地疗伤的。"邪神道。

"师尊受伤了？"刘玄关切地问道。

"不错，秦盟那老东西真阴险，竟在玉皇顶上埋下火药，若非为师跳落绝崖，只怕也难逃粉身碎骨之厄！不过，为师也是身受重伤，虽然在泰山脚下修养半年多，也仅是捡回一条命而已，因此，我要闭关一段时日，以保证恢复功力！"邪神恨恨地道。

"火药？那是什么东西？连师尊也无法抗拒？"刘玄讶异。

"我也仅是听说，至于是什么东西为师也不明白，但是一点火便会爆炸，可开山裂地！"邪神似心有余悸地道。

“师尊便放心在此闭关吧，我立刻去为师尊安排一处密址!”刘玄似乎极为殷勤地道。

邪神深深地吸了口气道：“我果然没有看错你！眼下赤眉大军已快攻至洛阳，你可以发我邪神令，召集所有邪神门徒前来相助于你。据我所知，赤眉军与天魔门有很大的关系，秦盟想设毒计害我，我誓报此仇！哼，所有天魔门的人都得死!”

“啊，赤眉军会与天魔门有关?”刘玄也吃了一惊，问道。

“这不假，只是我尚未能查出是什么关系，待我出关之后再着手解决此事!”邪神淡淡地道。

“邪神还活在世上?”杜吴吃了一惊，讶异问道。

“不错，那老鬼居然还没死!”刘玄深深地吸了口气，脸上不无忧色地道。

“皇上不如趁他闭关时将之除去，那样就可以免除后患了!”杜吴吸了口气道。

“此老鬼极为狡猾，他在入关之前暗示朕只有他才有可能对付得了赤眉军，因为他知道赤眉军与天魔门的关系!”刘玄叹了口气道。

“那皇上准备怎么办？臣一切惟皇上是从，如果皇上要臣调人去除掉邪神，臣立刻去办!”

“不，赤眉军眼下已快逼至长安，而长安因申屠建之乱而少大将，若有邪神相助或许会好一点，尽管这老鬼最终可能想要夺我的皇位，不过，他一人之力倒不足为患，反而是赤眉数十万大军让朕难以承受!”刘玄吸了口气道。

“那皇上要臣如何做?”

“朕要你去传招所有邪神门徒，朕要他们与赤眉先斗上一场，不过，你还要小心行事，不要让人看出心思。”刘玄叮嘱道。

“臣明白，不过臣还得到一条消息!”杜吴又道。

“什么消息?”刘秀反问。

“关于廖湛、胡殷、张卯这几名乱党，有确切的消息称他们去找安国公王匡了!”杜吴望着刘玄的表情道。

“王匡知不知道?”刘玄神情变得有点冷，问道。

“安国公应该不知道，因为他还在河东平定邓禹的乱军!”杜吴道。

“那就好，如果王匡也胆敢与他们合作的话，朕必连他也一起杀!”刘玄咬咬牙道。

“不过，臣以为皇上还是小心为妙，廖湛、胡殷、张卯三人去找安国公，他们必有把握，若一个不好，安国公可能会受奸人蒙蔽。”杜吴提醒道。

“朕立刻下旨让王匡把这三个乱贼给我送回京城，否则我必让他从这个世界上消失!”刘玄声音极冷，更极为坚决。

邓禹浑身浴血，神疲力倦，他也不知道自己杀了多少人，也不知自己追杀了多少里，身边的战士一个个地减少，身前的敌人也一个个地减少。

漫山遍野皆是横七竖八的尸体，战争已经接近尾声。

邓禹没死，他感到幸运，而双方的战士依然在小股交战，但更始军已经逃得七零八落，在枭城军那无坚不摧的气势之下，十万大军竟然无法抗拒这仅为他们几分之一的人马的冲击。

战鼓的声音依然在响，但已是从那遥远的地方传来，不再像最开始那般充满了杀伐之音，而是一种极惨烈而怆然的音质，不过依然是那种激昂而极具节奏的频率。

邓禹立于马上，身后仅剩三十余名枭城战士，而放眼望去，四面的旷野之中，尽是尸体，破碎的战车，倒毙的战马，斜插的旌旗。

在许多地方尚冒着淡淡的青烟，天空依然昏暗，尘埃如云犹未曾散下，远处的天空依然有淡淡的烟。

在空旷的战场之上，尚有低低的呻吟之声断断续续地传来。

邓禹的战马也长嘶了一声，声音清越。

“元帅！”程虑低低地唤了一声，他的心情也极为沉重，没有人在这种时候仍能开心起来，在这种时候，邓禹甚至不知道是自己胜了，还是王匡胜了，大军已经相互冲散。

邓禹的眼睛悠然合上，却有两颗泪珠滑落，为死去的臬城军战士，也为死去的所有英灵。

“元帅，我们现在该怎么办?”一名中军伤感地道。

邓禹回过神来，扭头望了一下身后的帅旗，又望了望三十余骑，深深地吸了口气道：“我们还没有败！我们的旗没有倒，我们的鼓没有停，只要尚有一口气，就要战斗到底!”

程虑望了望天色，忧心忡忡地道：“可是我们已经战了一天，现在天色已渐晚了……”

“不！那是我们的战鼓声！他们仍在坚持，我们就要进攻，我们不能丢下他们！传我军令，再杀回去!”邓禹坚决而肯定地道。

三十余名战士听邓禹如此一说，也不再多言，立刻掉转马首向战鼓声传来之处疾赶过去。

邓禹依然是一马当先，两名举旗的中军已经更换了许多人，却保证了帅旗未曾倒下。

没有人会让帅旗倒下，哪怕只有最后一个人！

死亡，已经麻木了，没有人会惧怕死亡，在每个人的心中，只有战斗，疲劳和肌饿并不能让他们的斗志稍减，除非他们是流尽了最后一滴血！

战场拉开了数十里地，邓禹一路杀回，却只遇到小股的战斗，或是更始军围杀臬城军，或是臬城军围杀更始军，皆差不多到了强弩之末。

邓禹高举帅旗又重杀而回，立刻给了那些枭城军无比的斗志。

“杀……”邓禹虽已疲惫不堪，但其战意依然高昂得让更始军心胆俱寒。

“邓禹在此，谁敢与敌——！”邓禹呼声远传，许多更始军听到呼声皆吓得四散而逃，或被邓禹这数十骑一阵冲杀，再大乱阵脚。

更始军的主要将领都不知跑到哪里去了，邓禹所遇的尽是一些小兵小将，是以杀起来并不费力。

王匡深深地吸了口气，他身边仅剩百余人，余者或死或散，被冲得七零八落，偌大的战场，他根本就无法把握形式，但他仍能听到枭城军的战鼓之声悠然传来。

“元帅，枭城军还在进攻！”刘均的脸色难看至极地通报了一声。

王匡点了点头，又望了望身边的百余人，他没有勇气再调回马头杀回去，因为他根本就不知道此刻枭城军还有多少，更始军是否已经溃散，若是凭他这百余人杀回去，岂不成了羊入虎口？

“元帅，我们走吧，否则，只怕邓禹大军会追来！”刘均提醒道。

望着满地的尸体及那自遥远的地方传来的战鼓之声，王匡心中涌上了一种怆然的感觉。

他败了吗？王匡也不知道自己是败了还是胜了，他根本就不知道除了他这一队百余人之外，还有多少更始军活着，但他已经没有勇气去考证这一切。

王匡不想死，他拼死拼活打下更始江山，觉得还没有享受够，所以他尚想活下去并继续享受，所以任何太过冒险的举动他都不愿去做。

“走吧！”王匡望了望那战鼓声传来的方向，叹了口气，无可奈何地道。

“驾……”刘均松了口气，他此刻已是没有一点斗志，枭城军不要命地拼杀的那股狠劲，也让他心中发寒，不管他杀敌过百，全身浴血，但已经心胆俱寒，没有勇气再掉头杀回，这一切，也只有一个原因，那便是他怕死！

王匡走了，他并不知道他的这个决定改变了整个战局，更不知道在他决定走之前并未败阵，但是在他不敢掉头杀回，而选择逃走之后，更始军才是真的彻底败了！

邓禹掉头杀回，确实又激活了整个战场，激活了每一个枭城战士的心和斗志。

邓禹没有想过能活着，是以他身上所散发的是一往无回、无坚不摧的斗志，所过之处，更始军将尽皆披靡，于是他杀入一个又一个的包围圈，杀散一队又一队的更始军，在他身后的枭城军战士也越聚越多。

那两面高扬的帅旗迎风抖动得更烈，尽管染上了一片血红。

邓禹向战鼓声传来的地方杀回，在他身后的枭城军战士迅速汇成一股洪流般的力量，所过之处，敌军望风溃散。

王匡已经走了，更始军的大将并没有人敢回头，也没有能与邓禹对抗的人留在这个宽广的战场之上……

鼓声越来越清晰，邓禹听到了杀喊之声，依然激烈，依然那般让人热血沸腾。

鼓点略有些零乱，却尚能体现出无限高昂的斗志，也仅只是乱了一下，便立刻又再一次激昂起来。

邓禹杀了回来，他看到了那座土丘，看到了那位置已经零乱的鼓阵，看到了一个鼓手死去，另一个士兵紧接扑上拿起鼓槌的情形，更看到了枭城军战士死守着那一片土丘，打退了更始军的一次又一次攻击。

死去的人沉寂了，活着的人依然在奋力拼杀，他们似乎明白，这战鼓声的重要，似乎想用所有的生命来延续这战鼓那激昂悲怆的声律。

每一个持槌的人便像是高举帅旗的人一样，他们可以一个个地死去，却不愿战鼓声有一刻停歇。

邓禹的心中有一团火在烧，整个人仿佛要沸腾起来，斗志、力量、信念如一股洪流般自那鼓声中透入他的躯体，顿时如疯般向那数千围攻枭城军的更始军冲杀而去。

每一位枭城军也皆疯狂了起来，尽管他们的敌人比自己强大，但这一刻已经没有人计较这个，他们只有一个信念，那就是——战斗！

"兄弟们，杀啊……"

"元帅回来了……"

"邓禹在此，谁敢与我一战——"邓禹重枪一摇，声如炸雷般。

土丘之上的枭城军战士看到两杆帅旗，又见邓禹居然领着大队人马又杀了回来，不由得大喜，鼓声更是激昂、急促、密集，如亿万马蹄一齐践踏地面。

那群正在土丘之上苦守的枭城军战士顿时斗志大盛，疲劳仿佛在一刹那间全部消失，自土丘之上反扑而下。

众更始军也大吃一惊，他们本想歼灭这股顽固的枭城军，却没料到大战了一天，邓禹反而又自背后杀了回来。

邓寻苦守，浑身是伤，箭矢用尽，却无法击退这群更始战士，都快绝望了，不过，若不是因为这股人马是由成丹亲自指挥，只怕邓寻早就突出了重围，但成丹乃是身经百战的猛将，昔日在王常的部下与张卯并称为两虎将，虽地位略次张卯，却也是一个绝没有人敢忽视的角色。是以，邓寻只好仗着天机弩之利苦守，使成丹不敢身先士卒地强攻。

若是成丹亲自上前攻击的话，邓寻早死了，这一刻，邓寻见邓禹居然又杀了回来，其心中的欢喜之情自是难以言喻。

"杀呀……"邓寻一马当先地向土丘之下狂冲。

成丹也吃了一惊，这一刻他两面受敌，尽管仍占着人数的优势，却无法占到便宜，但——他依然无惧地迎上邓禹！

成丹始终相信，邓禹能杀回来，王匡也定可以，只要他再坚持一会儿，一定会胜！因为他根本就不相信，以自己的十万大军会敌不过邓禹的区区两万人！尽管这一战付出的代价确实是惨重了一些，但只要最后能够取得胜利，保住河东，他便可以向刘玄交代了。是以，成丹毫不犹豫地迎上了邓禹。

邓禹将近敌阵，便觉一股潮水般的气机向自己涌来，心中一惊之时，便已与成丹目光相对。

第一眼望成丹，邓禹便没敢有半点小视之心，直觉告诉他这是一个绝对的劲敌。

成丹也不敢小看邓禹，任何一个完全把生死抛之脑后的敌人他都不敢小视。

自邓禹的眼神之中，成丹发现了这一点，那就是邓禹根本就不曾把生死放在心上，那股一往无回的气势，使得邓禹的冲刺变得惨烈而锋锐。

重枪无招，邓禹只是带着自己的身子，马儿的冲力，以最猛悍、最直接的方式狂撞向攻来的成丹。

"轰……"两股狂野的劲道在空中相接，邓禹与成丹同时被强劲的冲击力自马背之上震落，而气旋纠结成风暴一般卷飞地上的碎叶尘埃，使得空中一片迷茫。

邓禹身子并未落地，而是落在一名枭城军战士的肩头，借力又若大鸟一般直撞向成丹，大枪化成漫天花影罩定成丹攻击的每一寸方位。

成丹落地，若木桩般一动不动，待邓禹的漫天枪花洒落之时，手中的镔铁大棍如擎天之柱般直破长空，挤入枪花之中。

枪花顿散，枪影凝敛，自铁棍一端滑下，直袭成丹的胸膛。

"当，当……"成丹的大棍狂绞，竟将邓禹的枪头牵引向一旁，而棍身依然毫不迟疑地砸向邓禹。

“噗……”而在此时，邓禹做了一个傻得让人感到意外的动作——弃枪，出指！

邓禹居然在这种要命的关头弃枪！

成丹也为之愕然，他从没想过会有人认为手指比长枪更有用，但邓禹所做却是一个事实。

邓禹出指，指向那正撞向他胸膛的槟铁大棍！

连成丹都觉得邓禹有点傻，或是有点可怜。

“砰……”邓禹的手指与大棍的棍头相触，爆出一声轻响。

手指未断，邓禹未死，而在手指稍缓棍势之际，邓禹的手便已抓住了棍身。

“天一禅指！”成丹似乎记起了什么，想起了什么，是以吃惊地呼叫了一声，但与此同时，他只觉得天空顿黑，仿佛有亿只苍蝇在刹那间结成云朵向他扑来……

这是什么？没人知道，成丹也没想到是什么，但他感觉到了无数的锐风袭体，他想移棍，但棍在邓禹的手中。

“呀……”成丹一声低啸，在刹那间，他也弃棍出剑。

剑如水银泄地，又若一道水幕，雪亮得让人以为是一块巨大的玉盘。

是暗器，邓禹竟在刹那间使出了如此之多的暗器，这让成丹吃惊！不过，此时他记起了江湖中的传闻，邓禹的两大绝技“天一禅指”和“暗夜流星”的暗器手法，如此看来，这便是邓禹最为成名的暗夜流星了。

暗器一触剑锋立刻弹飞而散，成丹的剑便像是一张光盾，没有一颗暗器可以穿透其中，但成丹突觉手中的剑狂震。

一股强大的劲气直破剑盾，邓禹竟抓着那根槟铁大棍合着自身的重量如一支怒箭般撞下。

成丹大惊，那铁棍的力量竟将他的剑网撞开，棍势直捣黄龙，这正是刚才他对付邓禹的招式。

“叮……”成丹长剑一引，棍身自他身边斜斜掠过，惊险至极，但成丹却在刹那间觉得眼前一阵乍亮，一道凄美绝伦的光彩若天边划过的流星，乍亮又乍灭。

成丹呆立，心中一片空白，他只感到一股寒意自心头向身体的每一个部位扩散，手中的剑便定格于虚空之中。

邓禹落地，踉跄两步，拄棍而立，大口大口地喘息着。

成丹定定地盯着邓禹，嘴角间突地滑下一行血水，艰难地吐出两个字：“流星……”

邓禹望着成丹胸前的一个血洞，沉重地点了点头，重复了成丹的话：“是的，流星！”

成丹眼神中泛出一丝黯然的苦涩，苍凉的笑容却自嘴角边泛起，然后悠然仰天而倒。

邓禹无可奈何地摇了摇头，他终于杀了成丹，但他为了找出成丹那一道破绽的裂隙，差点付出了整条手臂。

幸运的是成丹弃棍，这使邓禹制造出了自己所要的机会，只要拥有一个机会，流星便可以破入对方的胸膛。

暗夜，流星，最可怕的杀招是流星，到目前为止，邓禹仅用了第一个流星！但却以此换来了此生最有意义的一场胜利。

……

成丹战死，这使更始军战士惊呆了，在枭城军两头夹击之下，尽管占了人多的优势，但在邓禹杀了成丹的那一刻，也完全摧毁了他们的信心和斗志，所有的人立刻如炸开窝的马蜂，四散溃逃。

邓寻与程虎大杀一通，俘敌千余。

邓禹缓了口气，艰难地爬上马背，再聚合大军，却只有两千余人，不过此仗却是大胜一场。

邓禹望着漫山遍野的尸体吩咐程虎清点战场，而在天黑之时，冯音、宗歆、李春各领回近千人马，左于也领着七八百部属赶回。

邓禹领兵迅速攻向安邑城，他绝不能错过这个机会！

安邑城中之兵早被王匡调出，城内人马并不多。

邓禹赶到之时，却发现安邑城头已插上了枭城军的大旗。在他来到城下之时，城门立刻大开，一队十余人的人马迅速奔出。

“韩军师！”邓禹不由大喜地呼了声。

自安邑城中奔出的人竟是他的军师韩歆，这怎么不让他大喜过望？

“末将迎接来迟，还请元帅恕罪！”韩歆赶到邓禹马前跪倒。

“快快起来，你大破安邑城，何罪之有？”邓禹忙下马扶起韩歆，欢喜至极地道。

“请元帅和诸位将军入城！”韩歆起身，吸了口气道。

“真有你的！”宗歆一拍韩歆的肩膀，赞许道。

邓禹忙让众将士入城，进城才知，安邑城中只有八百枭城军战士。

韩歆杀出重围，便直扑安邑，趁城中兵马空虚时一举将之夺下，并紧闭城门，换上枭城军的大旗。

更始军发现不妙时，安邑已被攻下，许多人都弄不清怎么回事，还以为枭城军又有援兵来了，都吓得逃散。

众枭城军四面冲杀，将更始军冲杀得七零八落，使更始军都有些惧意，想退回安邑城中，反被韩歆射杀，于是更始军许多人以为己方已败阵，哪还敢恋战，便四散而逃。

韩歆虽然有些投机取巧，没有在战场上太过血腥地杀到最后，却为此战建下大功，这自是让邓禹欢喜。

在安邑休整一夜，一些被冲散的枭城军战士陆续地聚回，竟尚有万余众！但王匡的十万大军已败得不见踪影，王匡更是逃过了黄河。

清点战场后，发现此战缴获物资无数，降敌数千。在这一场不对称的大战之中，邓禹居然以大胜结束，这怎不让枭城军战士激动不已？

王匡大败，安邑已失，河东郡太守哪还敢再战，立刻写下降书，愿归服枭城大军，这更使得邓禹欣喜不已。

公元25年六月，先是寇恂与冯异大败苏茂大军，逼朱鲔苦守洛阳孤城，后又传来邓禹大败王匡于河东，更夺下河东诸地，而河北各路义军也被刘秀完全吞并。其时，刘秀已是跨州踞地，带甲百万，在众臣的相劝之下，适时称帝。

六月，刘秀在高筑台登基称帝，改元建武，史称东汉政权。

刘秀登基，立刻遣使赶赴河东，拜邓禹为大司徒，封为赞侯，更对其“运筹帷幄，决胜千里，平定山西”的功绩深加褒扬，时年，邓禹才二十四岁。

冯异因其镇压河北义军屡建大功，更在破苏茂大军中也立下大功，被封为应侯。

贾复伤势尽好，被刘秀任为统管禁军的执金吾，封冠军侯。更在贾复伤重之时因其妻身怀六甲，许诺：“其生女耶，我子娶之；若生子耶，我女嫁子！”因此，贾复可谓受极恩宠。

吴汉因夺鄴城，平尤来，更灭大枪诸路义军，故刘秀拜其为大司马，统帅全军，更封舞阳侯。刘秀命其领兵攻打洛阳，贾复领兵协助，阻击陈牧大军。

河北既定，刘秀绝不会闲着，他必须在赤眉军夺下长安前南征。

“皇上，臣查到了藏宫的下落！”姜万宝自南方匆匆北上，赶入宫中，在鲁青的引领之下来到御书房沉声道。

“哦？”刘秀大喜，忙下座扶起姜万宝，喜问道：“可有我儿的下落？”

姜万宝神色有点怪，涩然道：“藏宫此刻正陷身西域王母门中，我们的人尚没有与他取得联络，我的消息只是自西域王母门的弟子口中所得。”

刘秀神色大变，深深地吸了口气问道："那他是死是活？"

"他还活着，因为西域王母门的人也想从他的口中得知皇子的下落！"姜万宝吸了口气道。

"西域王母门为什么也想要知道皇儿的下落？"刘秀的眸子里透着浓浓的杀机道。

"因为皇上去年在内丘不仅杀了无我尊者，更差点让大日法王命丧内丘，因此大日法王想以皇子向皇上报复，而他们知道当年可能是藏宫带走了皇子，这才将藏宫囚禁于西域王母门。臣已派出一百二十名探子去了西域，却有四十七人死于王母门之中，其余的人也没有办法接近藏宫。"姜万宝叹了口气道。

"很好，你这些年来为我操劳这么多，想我怎么封赏你？"刘秀拍了拍姜万宝的肩头，语气极为缓和地道。

"臣只想一心为皇上办事，皇上对臣最好的封赏就是能给臣更多的任务！"姜万宝一惊，忙跪下道。

"起来，不要臣呀皇上的，在这里，你依然是姜万宝，我依然是林渺，称我刘秀也行，我不习惯这般虚伪的客套话！"刘秀恳然道。

"微臣不敢，皇上既已登基便贵为九五至尊，微臣若有言语之失，还请皇上责罚！"姜万宝不由得冷汗一冒，慌忙再次跪下。

"看你这样子，好吧，我也不勉强你废除这么多礼节，便封你为枢密大使，执我御赐金令行于江湖商界，在江湖中替我查奸商赃官，更为我培植武林力量，此金令有生杀大权，对任何地方上的奸商赃官可以先斩后奏！"说完刘秀自袖中掏出一面纯金的五寸令牌。

姜万宝一看忙跪地大喜道："谢皇上如此大恩！"

"呵，此官无品，也不能随百官入朝，但凭此金令你可以自由入宫见驾！不过，你不要认为这是一件轻松的事，你还得及时向我回禀天下各地民间的动向，凭此令，你可调动各州县任何衙门或官府的三千将士，以助你完成特别的任务。”刘秀笑道。

姜万宝双手接过金令，只见正面刻着“枢密”两个古篆字，反面却刻着龙形图纹，显然是刘秀早就让人准备好的。得知此金令拥有如此多的大权，姜万宝心中之欢喜自是难以言喻，并立刻向刘秀立誓效忠。

刘秀自是欢喜，他相信姜万宝的能力，而要论及开国功臣，姜万宝才是最大的开国功臣之一，若没有此人在江湖中各方的运作，及小刀六的全力支持，他又如何能够有今日之帝位？不过眼下天下尚是各自为政，虽然自己称帝更雄踞北方，但说到统一天下，那还不知会是何时，而江湖中的动乱才是最具破坏力的，目前天下尚有邪宗、天魔门，甚至什么邪神门徒，这些人隐患无穷，而且是大军根本就无法解决的。因此，刘秀才想让姜万宝设立枢密机构，隐于江湖之中掌握江湖动态。

治天下不仅只是要拥兵，更要使江湖也能安定，那样才不会出现大乱子，而且眼下各地势力皆雄踞一方，必须借助江湖的力量才能够更好地把握各地方的军事动态，找出其破绽。

“湖阳世家的人会全力协助你的行动，一切行动皆要保持秘密，而你的身份也更要保密！”刘秀叮嘱道。

“谢皇上提醒，微臣会小心的。另外，微臣尚想让三人相助。”姜万宝提议道。

“你要谁相助呢？”刘秀反问道。

“刑家兄弟和欧阳振羽！”姜万宝道。

刘秀不由得笑了，点头道：“很好，朕答应你，待朕统一了天下，再调你们回京！”

“谢皇上恩准！”姜万宝大喜道。

刘秀的神色旋一正，长长地吸了口气道：“你认为要破西域王母门需要多少兵力或高手呢？”

姜万宝不由一怔，思索了一会儿才道：“如果只是西域王母门，那么五千普通兵力即可，若是高手，则两百名好手足够！但若想清除王母门，却无法不惊动西域其他各派的势力。”

刘秀的眉头微皱，此刻让他出五千兵力那只是小事一桩，但是他也明白，王母门在西域根深蒂固，想灭王母门，便不可避免地要面对西域的各部割据势力，而他们也绝不可能允许外人带五千战士去大杀一通，事实上刘秀调离两百名好手前去西域也不是易事。

此刻军中虽然高手如云，但大举征伐中原正是用人之际，又怎能调太多的高手去西域？这样只可能因小失大，不识大局。

姜万宝知道刘秀很为难，他并不是看不清眼前的形式，可是他也很明白刘秀对皇子的关心，而这位皇子还很有可能便是往后的太子，是以姜万宝也急。

“皇上，微臣倒有一个主意，不如由我在江湖之中以重金聘请一些高手去西域对付王母门门，待他们与王母门先消耗一些时，我们再领着高手杀入王母门。”姜万宝提议道。

刘秀摇了摇头道：“此事只会打草惊蛇，反会暴露你的身份，而且以大日法王的武功，你们根本就不是他的对手。若想灭王母门，就必须先杀大日法王！”

姜万宝只是听过有关大日法王的传闻，并没有真正见识过，皆因他并不太管江湖中事，平时面对的多是生意账目之类。

“微臣倒想起一人！”姜万宝道。

“谁？”刘秀喜问道。

“萧老板！”姜万宝道。

刘秀眼睛一亮，道：“快去把他给我找来！”

小刀六身上的伤已经好了，绝杀的那一击还真狠，差点没要了他的命，但也足足让他静养了三个月才康复过来。

近日来，小刀六倒也很惬意，整日躲在信都城中，若不是被任灵看得紧了点，那他的日子会更舒坦。

不过，小刀六也享尽了任灵温柔的一面，至少在他重伤的这些日子，任灵几乎是总在他的床头边，这使他颇有点感动，所以在伤好之后就只好补还给任灵，陪在她的身边了，连刘秀想封他做个什么王的都不要。

小刀六没想到刘秀又来找他，尽管任灵是满心的不欢喜，但这是圣旨也没办法，现在的三哥已不同往日的三哥了，所以小刀六让她在殿外相候，她也不得不守在殿外了。

小刀六来到殿外，便有人引入殿中，这里的每一个宫监和侍卫都知道这是个什么人物，尽管没封个什么官，但比任何官都要有权威。

“六子见过皇上!”小刀六被领进御书房，见姜万宝也在，便向刘秀深施一礼道。

“不用跟我客气，我叫你来是有一件很重要的事你去做!”刘秀也并不摆架子。

小刀六松了口气，笑了笑道：“我以为你又要给我个什么劳什子官当当。”

姜万宝不由得好笑，却不敢笑，大概也只有小刀六敢和刘秀这般说话。

“做官有什么不好？那么多人都想做，你为什么就不想？”刘秀又好笑又好气地笑骂道。

“无官一身轻，要是做了官，那就什么都要听你的了，倒不如做一个自由自在的商人，不用想着什么大的责任之类的东西，那多开心？你也知道我这脑子一天到晚算着钱，要是做你的官，万一某天成了贪官，被砍头了怎么划算？所以还是不做为妙。”小刀六悻悻地笑道。

刘秀苦笑了笑，他与小刀六一起长大，自然了解这位兄弟，尽管小刀六聪明至极，做生意更是精明得吓人，但却并不是一块治理百姓的料，也便没有强逼。

“你要我做什么事?”小刀六直截了当地问道。

“我要灭王母门!”刘秀肯定地道。

小刀六顿时眼圈一红，半晌未语，忽突然道：“我早就想去，要不是伤势一直未好，我早到了西域!”

姜万宝一愣，刘秀心中一阵凄然，轻叹了口气道：“今次不仅仅要灭王母门，更要救出一个人!”

“谁?”小刀六讶异问道。

“藏宫!”刘秀道。

“藏宫？他怎会在王母门？那你儿子呢?”小刀六吃了一惊道。

“大日法王就是想从藏宫的口中知道皇儿的下落，所以我们必须赶在他们得出皇儿下落之前救出藏宫，灭王母门!”刘秀坚定地道。

“好，我这就去!”小刀六干脆地道。

刘秀知道小刀六和他一样，对梁心仪的死一直都耿耿于怀，也永远忘不了此仇恨，那是因为他们爱得同样深!

仇恨有时候能化成一股无坚不摧的动力，有时却会让一个人失去理智。

“不！这件事情必须从长计议，因为任何想打击我的人，都会想要你的命！你比大日法王更有价值!”刘秀肯定地道。

小刀六苦苦地笑了笑，旋又不无骄傲地道：“任何想要杀我的人，都必须付出惨重的代价，这是你教给我的一句话!”

刘秀不由得也笑了，道：“但是我不希望给你留下太大的风险，那并没有必要，所以我们还要分析好形势!”

“那你要我如何做?”小刀六反问。

“我要你先派人前往匈奴，让他们出兵骚扰西域，使陇西的隗嚣和姑师没办法兼顾其他。”刘秀道。

“这个好说，呼邪单于与我关系不错，只要给他点好处，他必然肯干！”小刀六自信地道。

“而后姜先生便去姑师和隗嚣陈明利害，我们在孤立了王母门后，便开始消灭他们！”刘秀道。

“这样倒也不错，不过会耗去更多的时间。”小刀六担心地道。

“我们可以双管齐下！要相信，我们三人联手，是天下无敌的！”刘秀傲然道。

“我们三人？”小刀六讶异。

“不错，是我们三人！我决定亲自去一趟西域！”刘秀肯定地道。

“啊，你乃九五至尊，怎么可以离此而去？”小刀六吃了一惊问道。

“我自有安排，一天没找回皇儿，我便一天无法安心政事，所以我必须亲自出手！否则你们没人能对付得了大日法王。”刘秀吸了口气道。

姜万宝也极为吃惊，忧色忡忡地道：“皇上，还请三思！”

“此事我已深思再三，若是想要出行，唯有这两个月之中才是最好的时机，而且很多事情并不是军队所能解决的，需要的是来自江湖的力量！”刘秀深深地吸了口气道。

“那这百万将士的问题又怎么安排呢？”姜万宝忧心道。

“朕要设立尚书台，由它暂管各项事务，而其他的则分由各路将帅自主。不过，这也是你这枢密大使表现的时候，无论我在哪里，你都必须以最快的速度告诉我各地的军情战报，更要能快速地传达我的命令于各地！”刘秀吸了口气道。

“尚书台？”小刀六和姜万宝皆愕然。

“就是专为朕打理政事、处理公文之处，其职属三公九卿之外，已有了人选。至于西域之事，你们立刻去给我安排，我决定亲自前往！”刘秀肯定地道。

“可皇上乃万金之躯，若是有个闪失，微臣则是万死不辞了！”姜万宝头上渗出了汗水。

刘秀不由笑了，傲然道：“天下之间，能够威胁到我的人尚不多，昔日我独行江湖，何种风浪未曾见过？今日，天下间可与我并驾齐驱的高手又能有谁？”

小刀六无可奈何地道：“可是明枪易躲，暗箭难防呀！”

刘秀不由又笑了，拍了拍小刀六的肩头道：“别忘了，我们在宛城的时候乃是捣鬼专家，想算计我们，只怕这种人物还没出世吧？”

小刀六不由得悻悻一笑，并无得色，因为他知道刘秀此刻是铁了心要去西域，想阻拦也是拦不住了。

“既然如此，我萧六只好豁出去了，保证不让你比我先死就是！”小刀六哭丧着脸道。

“不准说死！”刘秀轻打了一下小刀六的嘴，笑骂道。

姜万宝脸色都变了，此刻的刘秀已不是昔日的林渺，君臣有别，而小刀六说话仍然是如此无拘无束，连这般忌讳的话也敢说出来。

小刀六不由耸耸肩，无辜地笑了笑，并没有半丝惧意。

“那还不去为我准备一切？”刘秀瞪着小刀六那无辜的样子，又好气又好笑地叱道。

“遵旨！”小刀六顽皮地鞠了一躬，随即便退了出去。

“皇上，萧老板一向狂放不羁，还请皇上不要见怪！”见小刀六退出了御书房，姜万宝忙恳然道。

刘秀淡淡一笑道：“朕比你更了解他！朕从来都不曾怪罪他，若是他想要朕的江山，朕也可给他一半！”旋又正色道：“你也立刻去安排一切吧，任何事情都需做得妥当，此事更要极度隐秘，我已让人去叫欧阳振羽了！”

“臣明白，这就去打理！”

“圣旨到——”

王匡近日心神颇为郁闷，居然在邓禹手上大败，而且其部下十万大军损兵折将，这一仗确实打得窝囊，这还不说，成丹战死沙场，这使得他部下的猛将又少一员，其损失甚至比失去数城还大。

成丹在绿林军起义之初便是他部下大将，这么多年来，虽然在王常的部下呆了一些时间，但与他之间的关系亲如兄弟，王匡自然悲伤。

正在神思之际，突闻“圣旨到”，王匡不由吓了一跳，忙摆好香案叩首接旨。

“皇帝诏曰，今安国公兵败河东，失我大片国土，更损兵折将，论罪当诛，但念其为我大汉江山立下赫赫战功，更对朝廷忠心耿耿，是以给予戴罪立功的机会！寡人得知乱臣张卯、胡殷、廖湛三人正潜于你所辖境内，限尔十日之内擒此三贼以折己罪——钦此！”

“安国公接旨吧！”那钦差念完圣旨，立刻合上递向王匡。

“慢——”一个冷冷的声音悠然传来。

王匡和那钦差不由得将目光投向声音传来之处。

钦差和王匡的神色皆为之大变，脱口呼道：“张卯！”

“给我拿下！”钦差一见张卯，不由得立刻吼道。

而便在钦差刚传出之时，张卯的剑如一缕雪芒般划破虚空直射向钦差。

随钦差而至的禁卫立刻也皆出手截向张卯。

王匡一时愣住了，张卯与他的交情一向极好，而且此刻突然出现在这里，实在是他极为意外。一时之间，他都不知道该出手还是不该出手。就在他犹豫的一刹，禁卫高手便已与张卯交上了手，但王匡却看到了另外一缕暗淡的光影掠向钦差的背门。

“小心！”王匡不由得叫了一声。

钦差也感到了异样，转身、拂袖，手指如钳般掠出。

“噗……”钦差将圣旨交于右手，左手夹住的却是一条青绿色的大蜈蚣！不由大吃一惊，但还来不及抛开之时，已被蜈蚣咬了一口。

钦差骇然，整条蜈蚣在其指间爆碎，他更是毫不犹豫地拗断伤指。

王匡也不由得吃了一惊，钦差的反应速度，绝可称得上快捷至极，而且也是个不折不扣的高手！只看其当机立断断指以阻止毒气上升，便知此人是经过极端训练的狠角色。

王匡府中的护卫也呆住了，他们没有王匡的命令不敢擅自出手，其形势倒成了是钦差与张卯交手。

“胡殷——”钦差的眸子里透出浓浓的杀气，仇恨仿若烈火一般燃烧在他的眸子里，一出手便自毁一指，这怎不叫他恨？

圣旨尚在手中，王匡并未接旨，但胡殷已经攻上来了。

“五毒掌！你是五毒盟的人!?”钦差尖声叫了一声，圣旨顿时缩入袖中，同时合身投向胡殷的掌影之中，气势凛冽，狂野有若暴风骤雨。

王匡吃了一惊，眼前的宦官其貌不扬，竟拥有如此功力，出手如此犀利，而他居然并不认识，也没想起过江湖中有这样一个人的存在！如此看来，皇宫之中确实是藏龙卧虎，而刘玄身边更隐藏着许多不为人知的高手。

“砰……”胡殷与钦差同时闷哼了一声，各退三步，衣袂飘飞，强大的气劲将殿中的桌椅掀得乱七八糟。

钦差一退即攻，中间似乎没有半刻停顿，利落得连胡殷都为之吃惊。

胡殷吃惊不小，钦差的攻速快极，仅在刹那间便攻出了一百余招，若不是左手断了一指，只怕他已经很狼狈了。

胡殷疾退八步，再反击出五招，但一出手便逼退了这名钦差，因为他洒出了数十点青影，却是那青褐色的大蜈蚣。

钦差退，忽觉一道锐风自侧方袭来。

“廖湛——”王匡惊呼了一声。

“砰……”钦差在百忙之中出掌，阻住了廖湛的偷袭，但不由自主地跌出三步。

“啊……”钦差一声惨叫，这跌出的三步正好将他陷落在那蜈蚣群中，立刻被几只落在身上的大蜈蚣狂咬了几口。

“你们干什么?”王匡大急，他再也不能不出手了！这件事发生得太过突然，等他意识到廖湛等人要杀钦差之时，再出手已略显有些迟了。

“砰……”廖湛与王匡对了一招，各退两步，王匡府中的卫士立刻也跟着出手了。

“去死吧!”胡殷不管这些，在钦差剧痛难忍之时迅速出手，掌势结结实实地印在钦差的胸膛之上。

“呀……”钦差惨号跌出，立时毙命。

廖湛见钦差已死，立时住手，王匡大惊扑上钦差的尸体，一探其鼻息，居然没气了，顿时愣住了。

王家的护卫立时将三人围于当中，只要胡殷诸人一有异动，立刻便会变成三具尸体。

那几名禁卫高手也傻眼了。

“你们杀了他?”王匡几乎是恨得牙痒痒，这三个人竟在他的府中击杀了钦差，现在他在刘玄面前可谓是百死莫辩了。

“不错！我们杀了他！安国公，你应该知道我们三人的心思。这座江山乃是我们打下来的，我们可不想让这般眼睁睁地看着刘玄将之丢给了赤眉军，不如你起兵，我们都听你的!”胡殷肯定地道。

“你这简直是胡闹!”王匡几乎有些气极败坏地吼道。

“现在我们已经杀了钦差，你也逃不了干系，即使你将我们三人送回长安，刘玄也绝不会饶你的！不如我们一起反了吧！只要我们聚合旧部，又何惧刘玄?”张卯咬牙道。

“安国公，快杀了这几个乱贼，我们会在皇上面前证明你的清白!”那几名禁卫高手怒极，愤然道。

王匡一时心中犹豫起来，因为他尚没有下定决心要反刘玄，当然，如果不是他刚刚大败一场，手下的将士损失了一大半，他倒不怕与刘玄对抗。可是河东之役，损兵十万外加许多将领，便连成丹也战亡，这使王匡不能不估计一下自己所拥有的实力。如果是没有一点把握，他宁可杀了胡殷诸人，以向刘玄表示忠诚，而此刻刘玄正值用人之际，想必也不敢拿他怎样。而这几名禁卫高手的话，更让王匡有点心动！

“刘玄根本就不会放过你，因为他不是真正的刘玄！”廖湛语出惊人地道。

“你胡说！”那禁军高手更是大怒。

王匡一怔，也叱道：“你这话是什么意思？”

“真刘玄早在宛城的时候就死了，现在的皇上乃是刘寅的亲兄弟刘仲，也便是那个在昆阳立下大功的刘仲！”廖湛肯定地道。

王匡不由得冷笑了一声，道：“你是在污蔑皇上？”

“我为什么要说谎？因为真刘玄是我亲手所杀！真刘玄乃天魔门的大护法，而这假刘玄乃邪神弟子，我自己便曾是邪神门徒！更被邪神自小遣入天魔门，成为天魔十二圣使之一！这一切，都只是邪神策划的一个阴谋！”廖湛在这个时候再敢不作任何隐瞒，坦然道。

“那汉中王刘仲又是谁？”王匡的脸色顿时发白，冷冷问道。

“他乃是刘仲最信任的堂弟刘嘉，也便是昔日说服我们绿林军各支联合的刘嘉！你知道为什么刘嘉突然从江湖中消失吗？那是因为他以改头换面之术变成了刘仲！而刘仲也改头换面成了刘玄！说白了，现在的皇上只不过是一个政治的投机者罢了！”廖湛毫无惧意，更是愤然地道。

“廖兄，这一切可是真的？”胡殷和张卯也大大地吃了一惊，问道。

“这当然是真的，我廖湛何时骗过你们？”廖湛正容道。

“可是为什么你不早对我们说？”胡殷和张卯也有点生气地道。

“因为我也害怕邪神门徒的报复，我敢背叛刘玄，但我不敢背叛邪神！”廖湛深深地吸了口气，脸上显出一丝无奈和恐惧。

王匡诸人顿时哑然，廖湛居然觉得邪神门徒会比当今天子还可怕，这怎不让他们哑然？

“但是邪神已经死了呀！”胡殷不解地道。

廖湛苦涩地笑了笑道：“你根本就不会明白邪神门徒的可怕，即使邪神已经死了，他们也绝对不会放过任何背叛邪神门规的人，无论你躲在哪里！”

胡殷与张卯有些不以为然，但廖湛的解释却让王匡的心动了。

他知道廖湛并不会说谎话，江湖人或许知道天魔门的许多秘密，却没有人知道邪神门徒的秘密，这群人似乎比天魔门更为神秘，更难揣度。

“安国公，不要听这乱臣妖言惑众，他不过只是想保命，才出言污蔑皇上，这种人死不足惜！”那几名禁军高手提醒道。

“安国公，别忘了刘寅的死你也有份，刘仲是不会放过我们的！”廖湛沉声道。

“你给我住嘴！”王匡对着廖湛怒吼一声，“铿锵”的一声拔刀而出，抵住廖湛的咽喉，冷厉地道：“你信不信我先割掉你的舌头？”

廖湛顿时无语，王匡身上布满了杀机，刀锋之上的寒气透入他的皮肤之中，让他几乎喘不过气来，自然不敢再说话。

“安国公，我们几人本是来投奔你的，以为你是条汉子，是个胸怀大志的英雄人物，看来今日我们是找错人了！”胡殷语气极为冷淡地道。

“我们几个死不足惜，只可惜我们一手辛辛苦苦打下的江山，就这样被那小贼给窃了去，现在又双手送给了赤眉军！”张卯也故意道。

“你们既然如此多舌，那我只好先杀了你们再说了！”王匡冷哼一声，刀锋疾转，斜斩而出，直劈张卯的脖子。

张卯目光依然极为坚定地对视着王匡，似乎毫无半点惧意，死亡对他来说仿佛并不是太在意，但王匡这一刀并未斩下。

王匡的刀并没有斩向张卯，而是在中途刀锋悠然一转，以更快的速度斩向那几名禁军高手。

“呀……”一名禁军高手还没有意识到怎么回事之时，脑袋便已经飞快滚落，鲜血溅得到处都是。

张卯和胡殷等人一愣，王匡却已经一声令下：“杀——”

王匡府中的护卫先是一怔，随时立刻明白，掉头便攻向那几名禁军高手。

禁军高手们先是一怔，旋即大怒，但在他们还没组织起有效的攻击之时，又被放倒两人，剩下的五人立刻作困兽之斗在大殿之中大战起来。